W0381710

Une taupe
à la Maison Blanche

Jack Higgins

Une taupe à la Maison Blanche

ROMAN

Traduit de l'anglais
par Pierre Girard

Albin Michel

Titre original :
THE WHITE HOUSE CONNECTION
© Septembertide Publishing B.V. 1999
Traduction française :
© Éditions Albin Michel S.A., 2000
22, rue Huyghens, 75014 Paris
www.albin-michel.fr
ISBN 2-226-11403-3

A Sally Palmer, ma belle-mère.
Merci pour l'idée.

PROLOGUE

New York

SOUS le vent d'est qui chassait la pluie mêlée d'un fin grésil le long de Park Avenue, Manhattan était aussi sinistre et peu engageante que la plupart des grandes villes au-delà de minuit, surtout au mois de mars. Très peu de véhicules circulaient — une limousine, un taxi de temps à autre —, ce qui n'avait rien de surprenant à cette heure, et par ce temps de chien.

Sur une partie de l'avenue où alternaient bureaux et habitations, une femme attendait sous une porte cochère, debout dans l'ombre, coiffée d'un chapeau de pluie à larges bords, le col de son trench-coat relevé sur la nuque. Un parapluie retenu par une lanière pendait à son poignet droit. Elle n'avait pas de sac.

Elle chercha à tâtons son revolver dans la poche droite du trench-coat, le sortit et le manipula d'une main experte pour vérifier qu'il était en état de marche. C'était une arme peu utilisée, un colt .22 semi-automatique à huit coups, relativement petit mais redoutable, surtout avec son silencieux. Une arme de femme pour certains, mais pas lorsqu'on l'utilisait avec des balles à pointe creuse. Elle le remit dans sa poche et regarda autour d'elle.

Légèrement sur sa droite de l'autre côté de Park Avenue se dressait un magnifique hôtel particulier, propriété du sénateur Michael Cohan. Le sénateur assistait à une soirée de bienfaisance Chez Pierre, le restaurant ultra chic de

New York, et rentrerait tard. Elle attendait donc, tapie dans l'ombre, et repartirait en le laissant mort sur le pavé. Telle était du moins son intention.

Elle entendit des voix avinées, un cri, et deux jeunes hommes s'avancèrent sur le trottoir, sortant d'une rue adjacente. Ils étaient coiffés du même bonnet de laine, vêtus l'un et l'autre d'un jean et d'un caban, et buvaient de la bière à même la boîte. L'un d'eux, grand et barbu, marcha dans le caniveau débordant et donna un coup de pied dans l'eau en rigolant, mais comme la pluie redoublait l'autre referma frileusement son caban. Puis, repérant une entrée d'immeuble abritée, il siffla le reste de sa bière et balança la boîte dans le caniveau.

— Viens par ici, mec, dit l'autre.

Il courut vers l'entrée d'immeuble.

— Bon sang ! murmura la femme.

Cette entrée était juste à côté de celle de Cohan. Elle ne pouvait rien faire. Ils avaient disparu dans la pénombre mais leurs voix lui parvenaient encore. Ils riaient très fort. Comme elle attendait impatiemment, une jeune femme déboucha du même angle de rue et s'avança sur le trottoir. Elle était petite et, malgré son parapluie, pas du tout équipée pour le mauvais temps avec ses hauts talons et son tailleur noir à jupe ultracourte. Elle entendit le rire éraillé, hésita une fraction de seconde, et passa devant l'entrée d'immeuble.

Une voix sortit de l'ombre :

— Eh, petite, où tu vas comme ça ?

Le barbu apparut, suivi de son compagnon.

La jeune femme accéléra le pas. Le barbu la rattrapa d'un bond et la prit par le bras. Elle laissa choir son parapluie en se débattant pour lui échapper, et il la gifla.

— Vas-y, défends-toi, ma chérie. J'adore ça !

Son ami la prit par l'autre bras :

— Viens, on va se mettre à l'abri.

La jeune femme, terrorisée, se mit à crier, et le barbu la gifla une deuxième fois.

— Tu vas être sage, oui !

Ils la traînèrent jusqu'à l'entrée d'immeuble. La femme qui attendait à quelques mètres de là hésita. Puis elle entendit un cri.

— Bon sang ! dit-elle à nouveau.

Puis, tête baissée sous la pluie, elle traversa. Il faisait sombre dans ce boyau éclairé seulement par le reflet d'un réverbère. La jeune femme tenta à nouveau d'échapper au type qui la retenait par derrière, mais le barbu avait maintenant un couteau dans sa main droite et il lui effleura la joue, faisant jaillir le sang.

Elle poussa un cri de douleur.

— Je t'avais bien dit d'être sage, gronda le barbu.

Il tira de la main gauche sur le bas de la jupe et la fendit d'un coup de lame sur toute sa longueur.

— Vas-y, sers-toi, Freddy. C'est moi qui régale !

— Vous ne ferez pas cela, dit une voix calme.

Freddy regarda au-delà de son compagnon, et la surprise se peignit sur ses traits.

— Merde ! dit-il.

Le grand barbu se retourna et vit la femme debout à l'entrée du passage. Elle tenait son chapeau de pluie à la main. Le réverbère jetait une lumière argentée sur ses cheveux blancs. Elle avait largement dépassé la soixantaine, mais on ne distinguait pas ses traits.

— Qu'est-ce que c'est, bordel ? fit celui qui tenait la fille.

— Lâchez-la.

— Je sais pas ce qu'elle veut, mais je sais ce qui l'attend, dit le barbu à son compagnon. Ça sera le même traitement que pour cette salope. Ça te dirait, Grand-mère, un petit câlin pour finir la soirée ?

Il s'avança d'un pas et la femme lui tira silencieusement une balle dans le cœur, à travers le chapeau de pluie. Projeté contre le mur, il rebondit et tomba sur le dos.

La jeune femme était si terrifiée qu'elle ne pouvait pas articuler un mot.

— Oh, mon Dieu ! gémit le type qui la tenait toujours. Oh, mon Dieu !

Sortant un couteau de sa poche, il fit jaillir la lame.

— Je vais lui couper la gorge ! dit-il à la femme aux cheveux blancs. Ma parole, je vais le faire !

La femme ne bougea pas. Le colt était toujours dans sa main droite, contre sa cuisse maintenant. Elle parla à nouveau, du même ton posé :

— Vous n'apprenez jamais rien, vous autres, n'est-ce pas ?

Puis elle releva la main et lui logea une balle entre les deux yeux. Il bascula en arrière. La fille s'appuya au mur, le souffle court, le visage en sang. La femme lui tendit sa fine écharpe de laine et la fille la pressa contre son visage. La femme se pencha, examina d'abord le barbu, puis l'autre type.

— Eh bien, ces messieurs n'importuneront plus personne.

— Les salauds ! explosa soudain la fille, en donnant un coup de pied dans le cadavre étendu devant elle. Si vous n'étiez pas venue... (Elle frissonna.) J'espère qu'ils crament déjà en enfer !

— Il y a de fortes chances, dit la femme. Vous habitez le quartier ?

— Non, à une vingtaine de rues d'ici. J'étais dans un restaurant tout à côté, je me suis disputée avec mon copain, et je suis partie à pied en espérant trouver un taxi.

— Il ne faut pas y compter par des temps comme celui-ci. Montrez-moi votre visage.

Elle entraîna la fille vers la lumière de l'avenue.

— Je pense qu'il va vous falloir quelques points de suture. L'hôpital St. Mary n'est pas loin.

Elle montra du doigt la direction :

— Allez aux urgences. Dites que vous avez eu un accident. Vous avez glissé, vous vous êtes blessée à la joue et vous avez déchiré votre jupe.

— Et on me croira ?

— Peu importe. Ce qui s'est passé ne regarde que vous.

La femme se tut quelques secondes avant d'ajouter, avec un haussement d'épaules :

— À moins que vous ne préfériez prévenir la police.

— Mon Dieu, non ! répliqua vivement la fille, avec une sorte de désespoir. C'est la dernière chose que je ferais !

La femme s'avança d'un pas sur le trottoir, ramassa le parapluie et le lui tendit :

— Dans ce cas, filez, ma chère, et ne vous retournez pas. Il ne s'est rien passé, il ne s'est rien passé du tout.

Elle se pencha à nouveau pour ramasser le sac de la fille.

— Rappelez-vous-en.

La fille prit le sac.

— Vous, je ne vous oublierai pas.

La femme sourit :

— Franchement, je préférerais.

La fille parvint à sourire elle aussi :

— Je vois ce que vous voulez dire.

Elle tourna les talons et partit à grands pas, en tenant son parapluie d'une main ferme. La femme la regarda s'éloigner, examina le trou laissé par la balle dans son chapeau, ouvrit son parapluie et partit dans la direction opposée.

Elle rejoignit la Lincoln garée le long du trottoir à deux rues de là. Le grand Noir en livrée de chauffeur grise la vit approcher.

— Tout va bien ? demanda-t-il.

— Je suis là, non ?

Elle s'assit à l'avant. Il referma la portière sur elle, contourna la voiture pour se remettre au volant. Sa ceinture de sécurité bouclée, elle lui donna une petite tape sur l'épaule :

— Où avez-vous mis votre flacon de whisky, Hedley — cet excellent Bushmills ?

Il prit la flasque argentée dans la boîte à gants, dévissa le bouchon et la lui tendit. Elle but une gorgée, puis une autre, avant de la lui rendre :

— Merveilleux.

Elle prit un étui en argent, choisit une cigarette qu'elle alluma au briquet du tableau de bord, souffla un long jet de fumée

— Toutes les mauvaises habitudes sont délectables.

— Vous ne devriez pas. Ce n'est pas bon pour vous.

— Quelle importance ?

— Ne parlez pas comme ça. (Il était contrarié.) Vous l'avez eu, ce fumier ?

— Cohan ? Non, quelque chose m'en a empêchée. Retournons au Plaza, je vous raconterai ça.

Ils étaient à mi-chemin quand elle acheva son récit, le laissant horrifié.

— Mon Dieu, mais qu'est-ce que vous voulez, maintenant ? Nettoyer la planète entière ?

— Je vois. Vous trouvez que j'aurais dû rester plantée là, à attendre que ces deux brutes aient violé la fille et l'aient égorgée, probablement ?

— D'accord, d'accord ! dit-il en soupirant et en hochant la tête. Et le sénateur Cohan ?

— Nous prenons l'avion pour Londres demain. Il doit y passer quelques jours, pour se montrer dans le cadre de sa prétendue campagne de soutien au Président. C'est là que je l'aurai.

— Et après ? Est-ce que ça finira un jour ? grogna Hedley. Toute cette histoire semble tellement irréelle.

Comme il s'arrêtait devant le Plaza, elle eut un sourire espiègle, presque enfantin :

— Je vous en aurai fait voir de toutes les couleurs, n'est-ce pas, Hedley ? Je le sais bien. Mais que deviendrais-je sans vous ? À demain matin.

Il fit le tour de la voiture pour ouvrir sa portière et la regarda gravir les marches du perron.

— Et moi, qu'est-ce que je ferais, sans vous ? dit-il, à mi-voix.

Puis il se remit au volant et partit.

Le portier de nuit attendait en haut des marches :

— Lady Helen ! Quel plaisir de vous voir ! On m'a prévenu que vous étiez ici.

— Pour moi aussi c'est un plaisir, George. (Elle l'embrassa sur la joue.) Comment va votre petite dernière ?

— Très bien, très bien.

— Je repars pour Londres demain matin. À bientôt.

— Bonne nuit, lady Helen.

Comme elle pénétrait dans l'hôtel, un homme en imperméable, qui attendait un taxi, dit au portier :

— C'est qui, cette femme ?

— Lady Helen Lang. Voilà des années qu'elle descend ici.

— Une lady ? C'est bizarre, elle n'a pas l'accent anglais.

— Parce qu'elle est originaire de Boston. Mariée à un lord anglais, il y a bien longtemps. On dit qu'elle pèse des millions.

— Vraiment ?... En tout cas, elle m'a l'air d'être quelqu'un.

— Je ne vous le fais pas dire. Et gentille, avec ça... on ne fait pas plus gentil que cette femme-là.

AU COMMENCEMENT

Londres
New York

1

HELEN Darcy était née en 1923 dans l'une des plus riches familles de Boston. Sa mère étant morte en la mettant au monde, elle était restée enfant unique. Son père, heureusement, l'adorait, tout comme elle l'adorait elle-même. Malgré les intérêts considérables qu'il lui fallait gérer dans les industries de l'acier, du pétrole et de la construction, il trouvait le temps de veiller sur son éducation et de lui prodiguer toutes sortes d'attentions, et elle s'en montrait digne. Douée d'une intelligence hors du commun, elle avait fait ses études dans les meilleurs établissements privés avant d'intégrer le collège pour jeunes filles de Vassar où elle s'était découvert une facilité et une passion pour les langues étrangères.

Son père, qui était lui-même diplômé de Rhodes et voulait lui offrir, en toutes choses, ce qui se faisait de mieux, l'avait ensuite envoyée en Angleterre pour y achever son parcours universitaire au St. Hugh's College d'Oxford.

Darcy avait à Londres de nombreux associés qui ne demandaient qu'à recevoir la jeune fille, et Helen fut très bien accueillie dans la haute société britannique. Elle avait vingt-quatre ans quand elle fit la connaissance de sir Roger Lang, un baronet, ancien lieutenant de la Garde écossaise devenu président d'une banque qui traitait de nombreuses affaires avec son père.

Ce fut, pour l'un comme pour l'autre, un véritable coup

de foudre. Mais il y avait une ombre au tableau. Bien que célibataire, sir Lang était son aîné d'une quinzaine d'années, ce qui paraissait beaucoup à la jeune fille.

Elle repartit pour l'Amérique, en pleine confusion et se posant bien des questions sur son avenir, car elle n'avait pas de goût pour les affaires et le milieu universitaire commençait à l'ennuyer. Elle ne manquait pas de soupirants parmi les jeunes gens de son âge, et pas toujours pour de bonnes raisons — sa fortune avait de quoi les attirer —, mais aucun ne lui plaisait vraiment, car Roger Lang occupait toujours ses pensées, et ils continuaient à se téléphoner une fois par semaine.

Finalement, à l'occasion d'un week-end à Cape Code dans leur maison du bord de mer, elle dit à son père pardessus la table du petit déjeuner :

— Papa, ne te mets pas en colère, mais j'envisage de repartir en Angleterre... pour me marier.

Il se renversa contre le dossier de sa chaise et sourit :

— Roger Lang est au courant ?

— Ça, alors ! Tu le savais ?

— Depuis ton retour d'Oxford. Je me demandais quand tu te déciderais à être enfin raisonnable.

Elle se versa du thé, une habitude contractée en Angleterre :

— La réponse à ta question est... qu'il n'en sait rien.

— Dans ce cas, je te conseille de prendre le premier avion pour Londres et de le lui dire.

Et de se replonger dans son *New York Times.*

Ainsi commença une nouvelle vie pour Helen Darcy, entre la maison de South Audley Street et Compton Place, la propriété qu'elle possédait au bord de la mer dans le Norfolk septentrional. Mais il y avait, cette fois encore, une ombre à ce tableau. En dépit de tous ses efforts pour avoir un enfant elle multiplia les fausses couches. Quand son fils Peter vint enfin au monde elle avait déjà trente-deux ans et cette naissance fut accueillie comme un miracle.

Peter se révéla une grande source de bonheur dans sa vie, et elle veilla sur son éducation comme son père avait veillé sur la sienne. Son mari accepta d'envoyer le gamin pendant quelques années dans des écoles américaines mais, quand il fut en âge d'entrer à l'université, le futur sir Peter revint en Angleterre pour poursuivre ses études à Eton et à l'Académie militaire de Sandhurst. Telle était la tradition familiale — ce qui convenait tout à fait à Peter, qui n'avait jamais voulu être autre chose qu'un soldat, comme tous les Lang avant lui.

Après Sandhurst il entra dans la Garde écossaise, le régiment de son père et, au bout de quelques années, passa dans l'aviation. Le jeune Peter avait hérité le don des langues de sa mère. Il servit en Bosnie comme dans la guerre du Golfe, et reçut la Military Cross à la suite d'une mission secrète en territoire irakien. Puis ce fut l'Irlande, bien sûr, dans cette guerre qui s'éternisait. Le dialecte n'avait pas de secrets pour lui, et il s'exprimait en irlandais sans le moindre accent, ou plutôt avec le pur accent de Dublin ou de South Armagh, ce qui faisait de lui un agent secret d'une valeur inestimable dans l'interminable lutte de l'armée britannique contre l'IRA provisoire.

La vie qu'il menait désormais laissait peu de place aux femmes. Une petite amie par-ci par-là, mais rien de vraiment sérieux. Il n'en avait pas le temps. Helen vivait dans la crainte, mais se comportait comme doit le faire une épouse et une mère de soldat. Jusqu'à ce terrible dimanche de mars 1996 où son mari décrocha le téléphone dans leur maison de South Audley Street, puis le reposa lentement et se tourna vers elle, livide.

— Il est parti, dit-il simplement. Peter est parti.

Puis il s'écroula dans un fauteuil, secoué de sanglots

convulsifs, tandis qu'elle lui prenait la main et restait debout près de lui en fixant le vide de ses yeux secs.

Si quelqu'un pouvait comprendre la douleur de lady Helen Lang en ce jour pluvieux dans le cimetière attenant à la petite église de Compton Place, c'était bien Hedley Jackson, qui se tenait derrière elle et sir Roger dans son impeccable livrée grise pour les abriter sous un grand parapluie.

Ce gaillard d'un mètre quatre-vingt-dix-huit était né à Harlem. Engagé dans les Marines à l'âge de dix-huit ans, il était revenu du Viêt-nam décoré de la Silver Star et deux fois du Purple Heart. Alors qu'il était affecté à la garde de l'ambassade américaine à Londres, il avait fait la connaissance d'une jeune fille de Brixton, femme de chambre des Lang à South Audley Street. Ils s'étaient mariés, Hedley avait quitté l'armée pour entrer comme chauffeur chez les Lang, où il occupait avec sa femme un spacieux appartement du rez-de-chaussée, et un enfant était né — un fils. C'était pour eux une existence idéale. Mais le malheur avait frappé : pris dans un carambolage provoqué par le brouillard sur le périphérique nord, la femme d'Hedley et son fils avaient été tués sur le coup.

Lady Helen avait tenu la main d'Hedley au crématorium, puis, s'apercevant qu'il avait disparu de South Audley Street, l'avait cherché de bar en bar jusqu'à ce qu'elle le retrouve, ivre et sur le point de commettre un geste irréparable. Elle l'avait obligé à l'accompagner à Compton Place et, peu à peu, avec une infinie patience, l'avait ramené à la vie.

Dire qu'il lui était dévoué relevait de la litote. Son cœur saignait littéralement pour cette femme, depuis que sir Roger avait prononcé la terrible phrase : « Peter est parti », derrière laquelle se cachait une atroce vérité. La bombe placée par l'IRA dans une voiture était d'une telle puissance qu'on n'avait pas retrouvé la moindre trace de son corps et, debout sous la pluie battante, ils n'avaient devant eux qu'un nom, gravé dans la pierre du mausolée familial.

MAJOR PETER LANG
MILITARY CROSS, SCOTS GUARDS
SPECIAL AIR SERVICE REGIMENT
1966-1996
REQUIESCAT IN PACE.

Helen tenait la main de son mari. Il avait vieilli de dix ans en quelques jours — l'homme qu'on avait connu si fort et débordant de vie semblait ne jamais avoir été jeune. *Requiescat in pace, repose en paix,* songeait Helen Lang. *N'avait-il pas justement vécu pour la paix ? Pour que règne la paix en Irlande. Mais ces salauds l'avaient tué. Détruit. Plus une trace. C'est comme s'il n'avait jamais existé,* pensait-elle. *Ce n'est pas normal. Ça ne peut pas l'être. Il n'y a plus de justice dans ce monde devenu fou.*

— Alors le Seigneur dit : je suis la résurrection et la vie, entonna le prêtre.

Helen secoua la tête. *Non, non, pas ça ! Je ne crois plus, je ne peux plus croire quand le mal gouverne le monde en toute impunité !*

Déjà elle tournait les talons et, sous les regards stupéfaits de l'assistance, s'éloignait en entraînant son mari. Hedley suivit, avec le parapluie.

Le père de lady Helen, que la maladie avait empêché d'assister aux obsèques, mourut quelques mois plus tard, la laissant multimillionnaire. L'immense fortune était désormais gérée par des hommes de confiance sous la direction de son cousin, dont elle avait toujours été très proche. Elle se consacra à son mari, un homme brisé à jamais et qui mourut à son tour, un an après son fils.

Helen se consacra à des œuvres de bienfaisance et passa beaucoup de temps à Compton Place, immense propriété de cinq cents hectares dont la plus grande partie était en fermage.

Compton Place l'aida, pour une bonne part, à retrouver un équilibre. C'était, sur la côte septentrionale du Norfolk, et à moins d'un kilomètre de la mer, l'une des régions les plus rurales d'Angleterre, aux paysages embrumés, parcourus de chemins creux et semés de villages aux noms chargés de pittoresque comme Cley-next-the-Sea, Stiffkey, Blakeney. On s'y sentait au bout du monde, hors du temps.

Dès le premier jour où Roger l'y avait emmenée, elle était tombée sous le charme de ces plages de galets, de sable et de ces dunes où la mer, en se retirant, laissait de grandes traînées humides et brillantes.

Depuis son enfance à Cape Code sur la côte Est des États-Unis, elle adorait la mer et les oiseaux, et il y en avait de toutes sortes à observer dans cette région : oies sauvages de Sibérie, courlis, chevaliers à pieds rouges, et de nombreuses espèces de mouettes. Elle aimait se promener à pied ou à bicyclette le long des digues, dont la hauteur ne dépassait jamais deux mètres, à travers d'énormes massifs de roseaux. La pluie qui lui fouettait le visage et l'air salin qu'elle respirait à pleins poumons lui donnaient toujours un regain de vitalité.

La maison avait été construite au temps des Tudors, mais agrandie et réaménagée à des époques plus récentes. La vaste cuisine meublée en style rustique datait de l'après-guerre. Des boiseries de chêne réchauffaient les murs dans la salle à manger, le grand salon et la bibliothèque. Il ne restait que six chambres, les autres ayant été reconverties en salles de bains et en dressing-rooms.

Lady Helen avait affermé la plus grande partie de ses terres, ne conservant qu'une dizaine d'hectares boisés avec trois grandes pelouses — dont une pour le croquet — autour de la maison. L'entretien en était confié à un fermier retraité qui venait aussi de temps à autre faire de petits travaux. Quand il était là avec lady Helen, Hedley sortait le petit tracteur pour tondre les pelouses.

Une femme de chambre, Ms. Smedley, restait à demeure, et une femme du village venait l'aider pour le ménage. C'était suffisant pour Helen. Cette existence paisible et bien réglée l'avait aidée à retrouver un équilibre — en partie grâce aux gens du village.

Les usages de l'aristocratie britannique sont parfois curieux. En tant qu'épouse de Roger Lang, elle était officiellement lady Lang. Seules les filles de la plus haute noblesse avaient le droit de se faire appeler par leur prénom, mais les habitants de cette région du Norfolk formaient une race à part, parfois rebelle et toujours entêtée. Pour eux, elle était et resterait lady Helen. Et elle le resta aussi, fait plus étonnant, dans le milieu de la haute société londonienne.

Chaque fois que quelqu'un avait besoin d'aide, elle était là. On la voyait à l'église tous les dimanches matin. Hedley s'asseyait sur un banc du fond dans son impeccable livrée de chauffeur. Elle ne dédaignait pas, non plus, se rendre au pub certains soirs pour boire un verre ou deux. Hedley, bien sûr, l'y accompagnait. Aussi surprenant qu'il y paraisse, les villageois austères et taciturnes l'avaient adopté comme l'un des leurs — mais il y avait une raison à cela.

Quelques années auparavant, à la suite d'une très forte marée combinée à des pluies torrentielles, l'eau était brusquement montée dans l'étroit canal qui traversait le village à partir d'un moulin désaffecté. Une vanne aurait permis de détourner le flot, mais elle était bloquée. Le canal commençait à déborder et menaçait d'inonder le village tout entier. Comme tous les efforts pour ouvrir cette vanne restaient vains, Hedley s'était jeté dans l'eau qui lui arrivait jusqu'à la poitrine et, armé d'une barre de fer, avait plongé plusieurs fois pour parvenir, enfin, à débloquer le mécanisme. Depuis ce jour, on ne l'avait plus jamais laissé payer son verre au pub.

Ainsi, bien qu'elle ait perdu beaucoup de sa saveur, la vie de lady Helen aurait pu être pire — jusqu'au jour où elle reçut un coup de téléphone dont les conséquences allaient s'avérer aussi catastrophiques que celui qui, deux ans plus tôt, lui avait appris la mort de son fils.

— C'est vous, Helen ?

L'homme s'exprimait d'une voix faible, à peine audible, mais qui lui parut vaguement familière.

— Oui. Qui est à l'appareil ?

— Tony Emsworth.

Elle se souvenait très bien de lui : un jeune officier placé sous les ordres de son mari, il y avait de cela bien des années, et devenu par la suite sous-secrétaire d'État au Foreign Office. Elle ne l'avait pas revu depuis longtemps. Quel âge pouvait-il avoir aujourd'hui ? Dans les soixante-dix ans. Elle se rappelait maintenant qu'il n'était pas venu aux obsèques de Roger, ni à celles de Peter, et qu'elle en avait été surprise à l'époque.

— Tony ! Où êtes-vous ?

— Dans ma maison de campagne. C'est là que je vis désormais, dans un petit village du Kent, Stukeley, à une soixantaine de kilomètres de Londres.

— Comment va Marcha ?

— Elle est morte il y a deux ans. Il faut que je vous voie, Helen. C'est, disons, une question de vie ou de mort.

Il fut pris d'une violente quinte de toux.

— Voilà pourquoi je parle de mort, reprit-il, une fois calmé. Cancer du poumon. Je n'en ai plus pour très longtemps.

— Tony... Je suis désolée.

— Moi aussi, dit-il, avec une gaieté forcée, avant de poursuivre d'un ton pressant : Helen, ma chère, il faut venir me voir. Et m'écouter. J'ai besoin de soulager ma conscience.

Il se remit à tousser et elle attendit que la quinte s'apaise.

— Entendu, Tony, entendu. Essayez de ne pas vous tourmenter. Je vais partir pour Londres dès cet après-midi, et j'y passerai la nuit pour être chez vous demain matin le plus tôt possible. Cela vous convient ?

— Merveilleux. À demain, donc.

Il raccrocha. Debout dans la bibliothèque, où elle avait pris la communication, elle fronçait les sourcils, en proie à une certaine agitation. Elle ouvrit d'une chiquenaude son étui en argent et y prit une cigarette qu'elle alluma avec le briquet en cuivre — provenant d'un obus allemand — qui lui avait été offert par Roger.

Tony Emsworth. Cette voix mourante, cette affreuse toux lui avaient donné un choc. Elle se rappelait un fringant capitaine de la Garde, cavalier émérite et incorrigible coureur de jupons. En être réduit à... ce qu'elle imaginait après l'avoir entendu, était rien moins que réjouissant. La mort, qu'elle n'avait que trop rencontrée au cours de son existence, semblait une fois encore lui faire signe.

Car elle avait une autre raison d'être inquiète, une raison secrète que même Hedley ignorait. Une douleur persistante au bras et à la poitrine l'avait amenée à réfléchir. Récemment, elle s'était rendue à Londres pour y consulter l'un des meilleurs spécialistes de Harley Street et subir un examen approfondi à l'hôpital.

Elle songeait, ce jour-là, à une phrase de Scott Fitzgerald disant en substance : *Je suis allé voir un homme très sérieux et j'en suis reparti très sérieusement malade.* Mais le diagnostic, pour elle, n'était pas réellement sérieux. Déficience cardiaque, bien sûr. Angine de poitrine. « Il n'y a pas lieu de vous inquiéter, chère amie, avait dit le professeur. Il vous suffit de prendre ces cachets et d'éviter les efforts. Renoncez à l'équitation. »

— Et à ça, aussi, dit-elle à mi-voix, en écrasant sa cigarette avec un sourire ironique, car c'était ce qu'elle se disait depuis des mois.

Puis elle appela Hedley.

Stukeley était un endroit assez agréable : une rue étroite bordée de cottages, un pub, un petit supermarché et, proche de l'église, Rose Cottage, la maison de Tony Emsworth. Lady

Helen l'avait appelé de Londres au moment de se mettre en route, et il l'attendait sur le seuil, grand et maigre, le cheveu rare et les traits émaciés.

— Tony, s'exclama-t-elle en l'embrassant sur la joue, vous avez très bonne mine !

— Je vous attends dans la Mercedes ? demanda Hedley.

— Je suis content de vous revoir, Hedley, dit Emsworth. Accepteriez-vous de me donner un coup de main à la cuisine ? Ma gouvernante est partie il y a une heure, mais elle nous a laissé un plateau de sandwiches et des gâteaux. Si vous pouviez nous faire du thé...

— Avec plaisir, répondit Hedley, en lui emboîtant le pas.

Un feu de bois brûlait dans la grande cheminée. L'impression de confort et d'intimité qui se dégageait du mobilier était accentuée par le plafond bas aux poutres apparentes et par les tapis indiens jetés sur le carrelage.

Emsworth s'assit dans un grand fauteuil à oreillettes et cala sa canne contre l'accoudoir. Une chemise en carton était posée devant lui sur une table basse.

— Il y a là-bas une photo de votre époux et de moi à l'époque où je servais sous ses ordres, dit-il.

Helen s'approcha du buffet pour examiner la photographie :

— Je vous trouve très beaux, tous les deux !

Elle revint s'asseoir face à lui.

— Je n'ai pas assisté aux obsèques de Roger, dit-il. Ni à celles de Peter.

— Je l'avais remarqué.

— J'avais trop honte pour m'y montrer, voyez-vous.

Elle tressaillit intérieurement à ces mots, pressentant un aveu terrible qu'il lui faudrait bientôt entendre.

Hedley revint avec un plateau chargé qu'il posa sur une autre petite table.

— Laissez donc cela, dit Helen. Je ne veux pas manger tout de suite.

— Soyez gentil, dit Emsworth. Il y a du whisky dans une carafe, sur ce buffet. Servez-nous un grand verre, à lady Helen et à moi.

— Je vais en avoir besoin ?

— Oui, je le crois.

Elle hocha la tête. Hedley emplit les verres, se redressa.

— Je suis dans la cuisine. Appelez-moi si vous désirez quelque chose.

— Merci. Ça se pourrait bien, dit Helen.

Le chauffeur lui lança un regard inquiet avant de s'éclipser. Une fois dans la cuisine, il réfléchit un instant, puis, avisant la porte à double battant du passe-plats, l'ouvrit en grand. Ce n'était pas très correct, certes, songea-t-il, mais il n'agissait que dans un seul but : la protéger. Il s'assit donc sur un tabouret, et tendit l'oreille.

— Pendant des années, j'ai vécu dans le mensonge pour mes amis et pour mes proches, commença Emsworth. Marcha elle-même n'a jamais rien su. Vous pensiez tous que je travaillais pour le Foreign Office. C'était faux. Je travaillais pour les Services Secrets. Oh, je n'étais pas sur le terrain ! Je faisais partie de ces gens qui, du fond de leurs bureaux, envoient des hommes courageux faire la sale besogne — des hommes qui, souvent, y laissent leur vie. C'est ce qui est arrivé au major Peter Lang.

Helen ressentit à nouveau ce tressaillement intérieur, la crainte d'entendre ce qui allait suivre.

— Je vois, dit-elle prudemment.

— Je vais tout vous expliquer. Le service auquel j'appartenais était chargé des opérations secrètes en Irlande. Nous n'avions pas seulement pour cibles des membres de l'IRA, mais aussi les groupes de paramilitaires loyalistes qui, par des menaces et des manœuvres d'intimidation exercées sur les témoins, échappaient à la justice.

— Quels étaient vos moyens d'action ?

— Nous faisions intervenir des agents secrets, recrutés parmi les SAS* pour la plupart, afin de les éliminer.

— Vous voulez dire de les assassiner ?

* Special Air Service (*N.d.T.*).

— Non, je ne peux pas accepter ce mot. Nous étions en guerre contre ces gens-là, et depuis très longtemps.

Elle fit un geste pour servir le thé, mais sa main changea de direction et elle prit le verre de whisky.

— Dois-je comprendre que mon fils exécutait des missions de ce genre ?

— Oui, et il était l'un de nos meilleurs agents sur le terrain. Son talent pour imiter les accents irlandais représentait pour nous un atout inestimable. Il pouvait sans peine se faire passer pour un ouvrier du bâtiment de Derry. Il faisait partie d'une équipe de cinq personnes. Quatre hommes et une femme.

— Et ?

— Ils sont tous morts en l'espace de quelques jours. Trois des hommes et la jeune femme ont été abattus...

— Et Peter a sauté sur une bombe.

Un long silence suivit. Emsworth vida son verre, se leva et s'approcha du buffet pour s'en verser un autre d'une main tremblante.

— Non. C'est seulement ce qu'on vous a dit.

Il but, trop précipitamment, et une partie du whisky coula sur son menton.

Elle vida son verre à son tour, prit une cigarette dans son étui, l'alluma.

— Continuez.

Emsworth se laissa choir dans son fauteuil, hocha la tête en regardant le dossier posé devant lui.

— Tout est là-dedans. Tout ce que vous voulez savoir. En faisant cela, je viole le secret auquel sont astreints les officiers des services spéciaux, mais peu m'importe. Je serai peut-être mort demain.

— Parlez ! dit-elle d'une voix dure. La vérité ! Je veux l'entendre de votre bouche !

Il prit une profonde inspiration.

— Puisque vous y tenez... Comme vous le savez, les activistes irlandais, catholiques comme protestants, sont divisés en une multitude de factions. L'une de celles-ci, parmi les plus redoutables, rassemble un groupe de nationalistes sous le nom de Club des Fils d'Érin. Il y a quelques années, ce groupe avait à sa tête un certain Frank Barry, de sinistre réputation. Un protestant républicain. Il a été tué, mais il avait un neveu, du nom de Jack Barry, né à New York de mère américaine. Jack Barry fut envoyé au Viêt-nam en 1970, à l'âge de dix-huit ans, après un premier passage devant la justice. Là-bas, il fut à l'origine d'un scandale — pour avoir, semble-t-il, exécuté un grand nombre de prisonniers viêt-cong — et on l'expulsa discrètement de l'armée.

— C'est alors qu'il rejoignit l'IRA ?

— Exactement. Il succéda à son oncle. Mais ce Jack Barry est un véritable tueur psychopathe, qui sévit depuis maintenant des années. Et il y a une autre bizarrerie dans cette histoire. Le grand-oncle de Jack n'était autre que lord Barry. Il possédait en Ulster, sur la côte, une propriété appelée Spanish Head. Elle appartient désormais à l'État et a été classée monument historique. Le père de Jack est mort quand il était petit, et Frank Barry a été tué juste avant la mort de son vieil oncle.

— Si bien que Jack a hérité du titre ?

— Oui, répondit Emsworth, en hochant la tête. Mais il n'a jamais tenté d'en faire usage. Il aurait couru le risque d'être déclaré traître à la Couronne.

— J'en doute. Il y a bien longtemps qu'on n'exécute plus personne à Tower Hill. Mais je vous en prie, Tony, continuez.

Il ferma les yeux, soupira, laissa passer quelques secondes avant de reprendre :

— Barry se faisait souvent conduire par un dénommé Doolin. Doolin s'est retrouvé un jour à la prison de Maze, et nous avons placé un homme à nous, un mouchard, dans sa cellule. Notre homme lui fournissait de la cocaïne et Doolin lui disait tout ce qu'il voulait savoir.

— Seigneur !

Elle était horrifiée.

— C'est ainsi, ma chère amie. Doolin n'était pas présent au moment des faits, mais Barry, rendu loquace par l'alcool et les médicaments qu'il prenait pour se droguer, lui en fit le récit un jour où il l'emmenait à Stramore. Il dit ce jour-là à Doolin qu'il venait de capturer un commando des Services Secrets au complet grâce à la branche new-yorkaise des Fils d'Érin et à un coup de pouce d'une personne qu'il appelait le Contact. Comme Doolin lui demandait qui était ce Contact, Barry répondit que personne ne le savait exactement, mais qu'il s'agissait d'un Américain, et, en faisant toutes sortes de mystères, se mit à parler des détectives qui opéraient jadis pour Mike Collins à partir du château de Dublin.

— Ce Contact était donc un personnage très haut placé ? Mais où ? Et pourquoi agissait-il ainsi ?

— Depuis des années, les Services Secrets britanniques étaient en liaison avec la Maison Blanche, afin de jeter les bases d'un processus de paix. Et comme on tenait de part et d'autre à maintenir ces relations, on échangeait du renseignement.

— Par exemple, sur le groupe dont mon fils faisait partie ?

— Oui. J'estimais, pour ma part, que c'était aller trop loin. Mais certains de mes supérieurs hiérarchiques, comme Simon Carter, le directeur adjoint des Services de sécurité, étaient d'un avis contraire. Et on a retrouvé, un jour, Doolin pendu dans sa cellule.

Elle se leva pour se servir un autre whisky, puis revint s'asseoir.

— De mieux en mieux. À vous entendre, on se croirait revenu au temps des Borgia. Et comme vous vous êtes abstenu de préciser comment était mort Peter, je vais vous le demander.

Elle but une gorgée de whisky.

— Allons, Tony. Je vous écoute.

— Je vous ai parlé des Fils d'Érin. Ils ont transmis le renseignement que leur avait donné le Contact. Ils avaient des gens à Londres et à Dublin.

Il avait de plus en plus de mal à parler.
— Tout est là, dans ce dossier. Les noms, les photographies, tout. J'ai tout copié et...
— Dites-moi ce qui est arrivé à Peter.
— Barry et ses hommes l'ont enlevé à la sortie d'un pub de South Armagh. Ils l'ont torturé et, comme il refusait de parler, ils l'ont battu à mort. À l'époque, on construisait une nouvelle autoroute vers la République d'Irlande. Il y avait sur le chantier l'une de ces énormes bétonnières qui fonctionnent nuit et jour. On a jeté son corps dedans.
Elle resta un instant immobile, le regard fixe, puis vida son verre jusqu'à la dernière goutte. Emsworth reprit le fil de son récit :
— Ensuite, ils ont pulvérisé sa voiture avec une forte charge d'explosifs pour faire croire à une mort par attentat. Ils tenaient à nous faire savoir qu'il était mort, voyez-vous, mais ils n'allaient pas nous envoyer une carte postale pour nous expliquer comment.
Il était maintenant un peu ivre. Elle laissa échapper un cri en se levant brusquement, une main devant la bouche, pour se précipiter vers la porte. Elle atteignit les toilettes de l'entrée et vomit dans la cuvette, longuement. Quand elle ressortit en s'essuyant le visage, Hedley était là.
— Vous avez entendu ?
— Hélas. Comment vous sentez-vous ?
— Ça pourrait aller mieux. Du thé, Hedley. Très chaud, très fort.
Elle revint dans le salon et s'assit.
— Que s'est-il passé ensuite ? Pourquoi n'a-t-on rien fait ?
— On a décidé d'étouffer toute l'affaire, et c'est pourquoi on vous a caché la vérité. Nous avons enquêté dans les milieux républicains de New York et de Washington. Nous avons découvert qu'il existait bel et bien à New York un Club des Fils d'Érin. Vous trouverez dans le dossier les noms et les photos de tous ses membres. Ce sont des hommes d'affaires importants, l'un d'eux est même sénateur. Vous compren-

drez. Ce n'était pas la première fois que des renseignements confidentiels transmis de Londres à Washington finissaient entre les mains de l'IRA.

— Mais *pourquoi* n'a-t-on rien fait ?

— La politique, dit Emsworth, en haussant les épaules. Le Président, le Premier ministre... personne n'a voulu faire de vagues. Vous seriez étonnée si vous saviez comment les choses se passent parfois dans le domaine du renseignement. Croyez-vous que la CIA et le FBI informent le Président de tout ce qu'ils savent ? Grands dieux, non !

— Et alors ?

— Et alors, c'est la même chose chez nous avec les différents Services Secrets. Non seulement ils se détestent entre eux, mais ils détestent également les unités antiterroristes de Scotland Yard et les militaires. Vous trouverez là-dessus deux chapitres très intéressants dans le dossier, l'un à propos des Américains, l'autre des Britanniques.

— De quoi s'agit-il ?

— Il y a à la Maison Blanche un certain Blake Johnson. Cinquante ans, ex-avocat, ancien combattant du Viêt-nam, ex-membre du FBI. Il dirige le Département des affaires générales. Comme son bureau se trouve tout en bas du bâtiment, on l'appelle le Sous-Sol. C'est l'un des secrets les mieux gardés de l'administration, que les présidents transmettent à leur successeur. Ce département n'a aucun lien avec le FBI, la CIA et les Services Secrets. Il n'est responsable que devant le Président. Nombreux sont ceux qui refusent même de croire à son existence, qu'ils attribuent à une rumeur.

— Mais il existe bel et bien ?

— Oh, oui ! Et le Premier ministre britannique a le sien aussi. C'est dans le dossier. L'homme qui le dirige est le général Charles Ferguson.

— Charles Ferguson ? Mais je le connais depuis longtemps !

— Ma foi, je ne sais pas ce que vous pensiez qu'il faisait, mais je peux vous dire que son service est connu comme la garde personnelle du Premier ministre. Il a donné, pendant des années, pas mal de fil à retordre à l'IRA. Ferguson dispose d'une solide équipe au ministère de la Défense, et ne répond de ses actes que devant le Premier ministre, ce qui explique la haine que lui vouent les autres services dits de renseignement. Il a pour bras droit un ancien activiste de l'IRA du nom de Sean Dillon, et pour bras gauche l'inspecteur principal Hannah Bernstein, petite-fille de rabbin — le croirez-vous ! Une sacrée équipe, n'est-ce pas ?

— Mais je ne vous suis plus très bien... où voulez-vous en venir ?

— Vous allez comprendre. L'Intelligence Service ne tenait pas à ce que Ferguson et sa bande se mêlent de cette affaire, car Ferguson risquait d'en parler au Premier ministre, et avait un contact personnel à la Maison Blanche en la personne de Blake Johnson, si bien que le Président aurait été mis au courant lui aussi, ce dont l'IS ne voulait à aucun prix.

— Et alors ? Que s'est-il passé ?

— L'IS a fait passer à la Maison Blanche des informations anodines, quand ce n'était pas carrément de la désinformation. Pas question de mouiller les membres du Club des Fils d'Érin. Puis le dossier s'est perdu. Mais je l'avais copié auparavant. Je ne sais pas très bien ce qui m'a poussé à agir ainsi, sur le moment. Le dégoût de moi-même, peut-être. Et j'estime qu'aujourd'hui c'est à vous qu'il revient.

Il se mit à tousser, et elle lui tendit une serviette. Elle vit qu'il crachait du sang.

— Voulez-vous que j'appelle votre médecin ?

— Il doit venir un peu plus tard. Ce qui ne changera rien à rien, d'ailleurs.

Il avait dit ces mots avec un sourire triste et, comme elle ne réagissait pas, il continua :

— Voilà. Vous savez. Il faut maintenant que je me repose.

Il se leva, prit sa canne, et se dirigea lentement vers la porte.

— Je suis désolé, Helen. Tellement désolé.

— Ce n'est pas de votre faute, Tony.

Elle le suivit des yeux tandis qu'il gravissait à grand-peine les marches de l'escalier, et disparaissait. Puis elle s'aperçut qu'Hedley se tenait derrière elle.

— J'ai pensé que vous voudriez ceci, dit-il, en lui tendant le dossier.

— Et comment ! Allons-nous-en, Hedley. C'est la mort qui rôde ici.

Dans la Mercedes, pendant le trajet de retour sur les petites routes, elle lut le dossier de bout en bout, s'attardant sur chaque détail, chaque photographie. Curieusement, ce fut Sean Dillon qui retint le plus son attention : ces cheveux blonds, cette superbe, cet arrogance particulière de l'homme qui se réjouit d'avoir joué un mauvais tour... Elle ferma les yeux et se laissa aller contre la banquette.

— Ça va, lady Helen ? demanda Hedley.

— Oh, ça va. Vous pourrez lire tout ça vous-même quand nous serons arrivés.

À nouveau ce pincement dans la poitrine. Elle ouvrit son sac, fit tomber deux cachets dans sa paume et les avala prestement.

— Whisky, s'il vous plaît, Hedley, dit-elle.

Il lui tendit le flacon en argent.

— Qu'y a-t-il ? Vous ne vous sentez pas bien ?

— Je prends simplement ces pilules que le docteur m'a prescrites, dit-elle, les yeux fermés. Ce n'est rien. Ramenez-moi à South Audley Street, et tout ira bien.

Mais Hedley n'en crut pas un mot. Comme il lui tournait le dos, elle ne vit pas l'inquiétude qui s'était peinte sur son visage.

2

De retour à South Audley Street, elle s'enferma dans son bureau et relut le dossier de la première à la dernière page, revenant sur certains passages, examinant attentivement les photographies.

La liste des membres du Club des Fils d'Érin était intéressante. Il y avait le sénateur Michael Cohan, cinquante ans, dont la famille avait fait fortune dans les supermarchés et les centres commerciaux ; Martin Brady, cinquante-deux ans, membre influent du Syndicat des transporteurs routiers. Patricke Kelly, quarante-huit ans, entrepreneur de travaux publics multimillionnaire, et Thomas Cassidy, quarante-cinq ans, propriétaire d'une chaîne de pubs irlandais. Tous Américains d'origine irlandaise. Mais le plus étonnant était la présence dans cette liste du nom de Tim Pat Ryan, truand de haute volée bien connu à Londres.

Helen passa le dossier à Hedley, qui était resté dans la cuisine, emporta une théière dans le bureau et s'assit devant son ordinateur. L'appareil était une acquisition récente mais elle était vite devenue experte en informatique grâce à une aide inattendue.

Elle avait demandé conseil au bureau qui gérait ses affaires à Londres et le chef du service informatique lui avait recommandé le matériel le plus performant disponible sur le marché. Elle avait rapidement assimilé les bases, mais, désireuse de se perfectionner, avait à nouveau fait appel à ses hommes d'affaires. Et c'était ainsi qu'on avait vu arriver à South Audley Street un étrange jeune homme dans un fauteuil roulant électrique ultraperfectionné. Elle l'avait aperçu par la fenêtre du salon, mais au moment où elle en sortait pour répondre à son coup de sonnette, Hedley ouvrait déjà la porte.

Le jeune homme avait des cheveux qui lui tombaient sur les épaules, les yeux bleus et les joues creuses. On était surpris au premier abord par la peau anormalement lisse de son visage, puis on comprenait que ce visage était entièrement fait de tissu cicatriciel comme celui des grands brûlés.

— Lady Helen ? dit-il gaiement en apparaissant derrière Hedley. Je m'appelle Roper. On m'a dit que vous vouliez apprendre quelques petits trucs à votre ordinateur ?

Sans lui laisser le temps de répondre, il s'adressa à Hedley avec un sourire en coin :

— Faites-moi tourner, mon brave, et tirez-moi en haut de ces deux marches. Ces petits joujoux ne peuvent pas tout faire.

— Le bureau, dit Hedley en le précédant dans l'entrée après s'être exécuté.

Sitôt entré, Roper se dirigea vers l'ordinateur.

— Un PK800. Excellente bécane, dit-il, avec un hochement de tête approbateur. Sergent-major, ajouta-t-il en se tournant vers Hedley, je n'ai pas droit au déjeuner, mais je prendrais bien une tasse de thé pour faire descendre mes cachets.

— Dois-je vous appeler « monsieur* » ? répliqua Hedley avec un imperceptible sourire.

— Eh bien, figurez-vous justement que j'étais capitaine dans les Royal Engineers. Spécialiste du déminage.

Il leva les deux mains devant lui. La peau, comme celle du visage, n'était qu'une cicatrice. Hedley ressortit.

---

* Allusion à la façon dont on appelle dans l'armée ou dans la police son supérieur hiérarchique (*N.d.T.*).

— L'IRA ? demanda Helen.

— J'avais un doigté sensationnel pour manipuler ces bombes, répondit Roper. Mais j'ai fini par me laisser avoir par une petite charge de rien du tout placée dans une voiture, à Belfast. Bêtement, par distraction... Et comme il n'était plus question de procréer, j'ai pu me lancer dans une nouvelle carrière. (Tout en parlant, il avait rapproché son fauteuil pour s'installer au clavier de l'ordinateur.) J'adore ces petites bêtes. Elles peuvent tout faire, pour peu qu'on sache leur parler. (Il se retourna, leva les yeux vers elle.) C'est bien ça, votre idée, lady Helen ? Apprendre à lui parler pour lui faire faire tout ce que vous voudrez ?

— Oui, sans doute.

— Parfait. Offrez-moi une cigarette, puis montrez-moi ce que vous savez déjà, et je vous apprendrai tout le reste.

Ce qu'il fit. Quand les leçons s'achevèrent, elle connaissait tous les trucs, tous les raccourcis, tout ce qu'on trouvait dans les manuels et bien au-delà. Elle était capable de s'introduire dans le réseau du ministère de la Défense. Et elle continua à se perfectionner jusqu'à ce coup de téléphone qui lui parvint un matin — le troisième du genre, ces choses-là semblaient toujours aller par trois — pour l'informer que Roper était hospitalisé, victime d'un blocage des reins. On était parvenu à le sauver, mais il fut très vitre transféré dans une clinique suisse et elle ne devait plus jamais avoir de ses nouvelles.

Elle connaissait désormais par cœur le dossier que lui avait légué Emsworth et n'avait plus besoin de le consulter pour lancer des recherches sur son ordinateur. Elle tapait des noms et trouvait, ou non, des informations. Pour certains, c'était facile. Pour d'autres comme Ferguson, Dillon, Hannah Bernstein et Blake Johnson, la machine restait muette. Mais le jour ou elle accéda au réseau de Scotland Yard, elle trouva le nom de Jack Barry, accompagné d'une fiche de renseignements et d'une photographie anthropométrique en noir et blanc marquée d'un numéro.

— On t'a eu une fois, salaud, dit-elle, à mi-voix. On pourra peut-être t'avoir à nouveau.

— Les nouveaux barbares, dit Hedley en sortant de la cuisine avec un dossier qu'il posa sur le bureau.

— Pas vraiment, répondit-elle. Ce sont des affaires anciennes — sauf qu'en ce temps-là, on ne laissait pas courir les coupables.

— Vous n'avez besoin de rien ?

— Non. Allez vous coucher, Hedley. Je vais très bien.

Il repartit, à regret. Elle se versa un autre whisky. Elle avait l'impression que l'alcool l'aidait à tenir le coup. En ouvrant le tiroir inférieur de son bureau pour prendre un calepin, elle trouva le colt .22 que Peter lui avait rapporté de Bosnie, avec un coffret de cinquante cartouches à pointe creuse et un silencieux. C'était complètement illégal comme cadeau, mais Peter savait qu'elle adorait tirer, au fusil comme à l'arme de poing, et qu'elle s'exerçait régulièrement dans la grange de Compton Place réaménagée en stand de tir. Elle tendit la main et, de façon presque machinale, prit l'arme, ouvrit le coffret de cartouches, chargea et fixa le silencieux au canon. Elle resta un instant immobile, le colt à la main, puis le remit dans le tiroir et se replongea dans sa recherche de fichiers.

Ferguson, surtout, la fascinait. Le fait de l'avoir connu et fréquenté pendant tant d'années sans rien savoir de lui la plongeait dans un abîme de perplexité. Et il y avait aussi cette Hannah Bernstein — qui aurait dit que cette fille à l'air si pondéré derrière ses lunettes à monture d'écaille avait déjà tué, à quatre reprises indiquait la fiche... et que parmi ses victimes figurait même une femme, une terroriste protestante qui avait bien mérité son sort ?

Et ce Sean Dillon... Né en Ulster, élevé à Londres par son père. Comédien de profession, élève du Conservatoire, la Royal Academy of Dramatic Arts. Sean Dillon avait dix-huit ans à la mort de son père, tué accidentellement au cours d'une fusillade avec des parachutistes britanniques alors qu'il se trouvait en visite à Belfast. Dillon, en rentrant chez lui, s'était engagé dans l'IRA.

— Le genre de chose qu'on fait lorsqu'on a dix-huit ans, dit-elle. Il est passé de la scène à la rue.

Dillon était devenu l'un des plus redoutables combattants de l'IRA. Un tueur. L'homme aux mille visages, comme l'appelaient les gens des Services Secrets. Mais il avait pour lui de s'être toujours refusé à perpétrer des attentats à la bombe pour massacrer des innocents. On n'était jamais parvenu à l'arrêter pendant ces années-là, mais il s'était finalement retrouvé dans une prison serbe pour avoir transporté par avion des médicaments destinés aux enfants (des médicaments et aussi, disait-on, quelques missiles Stinger). Après l'avoir soustrait au peloton d'exécution, Ferguson l'avait fait chanter pour l'obliger à travailler pour lui.

Reprenant la liste des Fils d'Érin, elle s'arrêta sur le nom de Tim Pat Ryan. La fiche était bien remplie. Trafiquant de drogue, proxénète, garde du corps. Soupçonné d'avoir fourni des armes et des explosifs aux groupes terroristes de l'IRA opérant à Londres — mais il n'y avait pas de preuves. Il était propriétaire à Wapping, sur le quai de China Warf, du pub The Sailor. Elle se leva pour prendre un plan de Londres sur une étagère, le feuilleta et trouva rapidement le quai en question.

Elle se rassit et alluma une cigarette. Ce Ryan n'était qu'une bête, comme Barry et les autres, coupables au moins par association, et la pensée de ce qu'on avait fait à son fils ne la quittait pas. Elle écrasa la cigarette et alla s'étendre sur le divan.

Carl Jung, le célèbre psychologue, pensait que la concomitance entre certains événements — il parlait de synchronisme — relève d'un phénomène si profond qu'il ne saurait être tenu pour une simple coïncidence mais revêt une signification particulière et trahit, peut-être, une sorte de calendrier masqué. C'était ce qui était en train de se passer à ce moment même dans l'appartement de Charles Ferguson à Cavendish Square. Le général de brigade était assis dans son salon près de la cheminée. L'inspecteur principal Hannah Bernstein se tenait face à lui, un dossier ouvert sur les genoux. Dillon, devant le buffet, se servait un grand verre de Bushmills. Il portait, sur un blouson d'aviateur en cuir noir, une écharpe blanche nouée autour du cou.

— Ne vous gênez pas avec mon whisky, dit Ferguson.

— Question d'habitude. Je m'en voudrais de vous décevoir, général, répondit Dillon avec un sourire narquois.

— C'est clair, monsieur, dit Hannah Bernstein en refermant la chemise. Il n'y a pas actuellement de groupes armés de l'IRA opérant à Londres.

— J'ai du mal à le croire, répondit Ferguson. Et nos grands chefs politiques, bien entendu, nous demandent de jouer profil bas quoi qu'il arrive. (Soupir.) Je regrette parfois le bon vieux temps, quand ce maudit processus de paix n'était pas là pour nous rendre les choses plus difficiles.

Voyant qu'Hannah fronçait les sourcils, il sourit avant de poursuivre :

— Oui, ma chère, je sais combien j'offusque la moraliste qui est en vous en disant cela. Mais j'accepte vos conclusions, et j'en ferai part au Premier ministre. Pas de groupes armés à Londres.

— Pour autant qu'on le sache, intervint Dillon, en se servant un autre whisky.

— Vous n'êtes pas d'accord ?

— Ce n'est pas parce que nous ne les voyons pas qu'ils ne sont pas là. Du côté des Loyalistes, il y a des paramilitaires comme les UVF, et les LVF, qui ont perpétré bon nombre d'attaques et d'assassinats. On le sait bien.

— Des meurtres, pas des assassinats, rectifia Hannah Bernstein.

— C'est un point de vue. Ils se voient eux-mêmes en valeureux combattants de la liberté, comme les membres du groupe Stern à Jérusalem à la fin des années quarante. Et du côté des républicains, il y a toujours l'INLA et Jack Barry, des Fils d'Érin.

— Ne me parlez plus de ce salopard, dit Ferguson. Je donnerais ma retraite pour mettre la main sur lui.

— Et des groupes dissidents d'un côté comme de l'autre. Dieu sait combien ! ajouta Dillon.

— Et nous ne pouvons pas tenter grand-chose pour le moment, dit Hannah. Comme le disait le général, le pouvoir nous demande de faire les morts.

Dillon s'approcha de la fenêtre donnant sur la terrasse et regarda au-dehors. Il pleuvait à torrents.

— Et avec tout ça, il y a quelques crapules qui n'attendent qu'une occasion de faire du grabuge. Tim Pat Ryan, par exemple.

— On l'a pourtant coincé un certain nombre de fois, celui-là, lui rappela Hannah. Mais il a les meilleurs avocats de Londres. Même si on le prenait avec un pain de Semtex à la main, on ne serait pas certains de le faire condamner.

— Eh oui, dit Dillon. N'empêche qu'il a fourni du matériel à des groupes armés, et qu'on le sait.

— Mais qu'on ne peut pas le prouver.

— Vous l'enverriez bien dans l'autre monde, celui-là, comme au bon vieux temps, n'est-ce pas ? dit Ferguson.

— Il n'y aurait personne pour le regretter, répondit Dillon avec un haussement d'épaules. Et les camarades de Scotland Yard sableraient le champagne...

— Inutile de rêver, coupa Ferguson en se levant. Il est encore tôt, mais je crois que je vais me coucher. Mon chauffeur vous attend avec la Daimler, inspecteur. Bonsoir.

Quand ils sortirent, la pluie tombait plus drue que jamais. Dillon prit un parapluie dans l'entrée et l'ouvrit pour accompagner Hannah jusqu'à la Daimler. Elle s'assit à l'arrière et abaissa la vitre de quelques centimètres.

— Je m'inquiète pour toi quand il ne se passe rien. C'est dans ces moments-là que tu es le plus dangereux.

— Tu t'inquiètes pour moi ? Arrête ce baratin, je serais capable de te croire, dit-il en souriant. On se voit demain matin au bureau.

Il garda le parapluie et s'éloigna rapidement. Il possédait une petite maison à Stable Mews. En franchissant le seuil, il se sentit gagné par une sorte d'impatience. L'endroit était petit, de style très victorien : tapis d'Orient, parquets cirés, cheminée surmontée d'une toile d'Atkinson Grimshaw, le grand artiste de l'époque. Car Dillon ne manquait pas d'argent, honteusement gagné pour l'essentiel, au fil des années.

Il se servit un Bushmills et se campa face au Grimshaw, son verre à la main, en pensant à Tim Pat Ryan. Il se sentait trop nerveux, trop vibrant d'un trop-plein d'énergie pour espérer dormir. Il jeta un coup d'œil à sa montre. Onze heures et demie. S'approchant du buffet, il retira le bouchon verseur du flacon de whisky et y vida son verre.

Il prit sur un rayonnage trois livres qui formaient un seul bloc, en réalité un coffret, dont il sortit un Walther PPK muni d'un silencieux. Puis il remit les livres factices à leur place, s'assura que l'arme était en état de fonctionner et la glissa dans la ceinture de son jean, contre ses reins.

Il prit un parapluie pour sortir, car la pluie n'avait pas cessé, et ouvrit la porte du garage dans lequel attendait une Mini Cooper verte. La voiture idéale pour la ville, petite mais capable d'atteindre le cent quatre-vingts pied au plancher. Il se mit au volant, démarra, et s'arrêta au bout de la ruelle pour allumer une cigarette.

— On va voir comment tu vas, mon salaud, dit-il entre ses dents en redémarrant.

Au même moment, Helen Lang se réveillait sur le divan où elle s'était assoupie en revoyant la tête du dernier Fils d'Érin dont elle avait regardé la photographie dans le dossier : Tim Pat Ryan. Elle se dressa sur son séant, le visage luisant de transpiration, en se rappelant que dans son rêve il lui avait fait du mal et qu'il riait très fort. Elle se leva, et regarda fixement le dossier ouvert sur le bureau. Tim Pat Ryan lui rendit son regard.

Elle prit le colt et le soupesa. Quelque chose d'irréversible venait de s'enclencher. Dans le hall d'entrée, elle enfila un trench-coat et se coiffa d'un chapeau de pluie, ouvrit le sac à bandoulière pendu à une patère et y trouva un peu d'argent, fourra le colt dans la poche du trench-coat, saisit son parapluie, et sortit.

Elle se hâta le long de South Audley Street, protégée par le parapluie, en direction de l'Hôtel Dorchester qui se dressait non loin de là. Elle était certaine d'y trouver un taxi. Mais elle n'eut pas à aller jusque-là car elle en vit un qui venait vers elle de l'autre côté de la rue. Elle lui fit signe de la main et traversa rapidement la chaussée.

— Wapping High Street, dit-elle en s'engouffrant dans le véhicule. Vous pourrez m'arrêter à la hauteur de l'Hôtel George.

Et elle se laissa aller sur la banquette, tendue et excitée tout à la fois.

Hedley s'était retiré sans intention de dormir et s'était simplement assis dans un fauteuil de son appartement du sous-sol, en proie à une vague inquiétude pour lady Helen. En entendant ses pas dans le hall d'entrée, il s'était relevé d'un bond. Quand la porte d'entrée s'ouvrit et se referma, il prit précipitamment sa veste, monta et ouvrit la porte. Il la vit qui s'éloignait d'un pas rapide sous son parapluie et arrêtait un taxi en maraude. Comme il avait laissé la Mercedes le long du trottoir devant la maison, quelques secondes lui suffirent pour s'y précipiter et mettre le moteur en marche. Il laissa passer le taxi, et démarra pour le suivre.

Dillon dépassa la Tour de Londres, St. Katherine's Way, et remonta Wapping High Street. Après l'Hôtel George, il s'enfonça dans un dédale de petites rues et se gara dans une impasse. Il sortit de la voiture, verrouilla les portières, et marcha un moment entre les grands entrepôts aux murs décrépis avant de déboucher sur le quai.

China Warf. De rares bateaux passaient à cette heure tardive, une péniche de temps à autre, et des grues de chargement désaffectées se dressaient sur le ciel.

Le Sailor se trouvait à l'extrémité de l'ancien quai. Dillon consulta sa montre. Minuit. Il se posta dans un coin sombre et attendit. Peu de temps. La porte de la cuisine s'ouvrit sur le côté du bâtiment, libérant un flot de lumière. Tim Pat Ryan, et une fille.

— À demain, Rosie.

Ryan embrassa la fille sur la joue et elle s'éloigna rapidement, en passant devant Dillon sans le voir. Il fit quelques pas jusqu'à la fenêtre la plus proche pour jeter un coup d'œil à l'intérieur. Ryan était assis au comptoir devant une bière, seul. Dillon poussa la porte de la cuisine et entra.

C'était une salle à l'ancienne, avec un comptoir en acajou et des anges dorés encadrant le grand miroir, car le Sailor datait de l'époque victorienne, quand les grands voiliers remontaient la Tamise par dizaines pour jeter l'ancre et décharger sur le quai. Il y avait des étagères en verre chargées de bouteilles, des robinets à bière aux poignées d'ivoire. Ryan en était très fier et veillait à ce que tout soit parfaitement entretenu. Il aimait rester là très tard, seul, pour lire tranquillement le *Standard*. Il entendit le léger grincement de la porte qui tournait sur ses gonds, et un courant d'air souleva son journal. Il se retourna pour voir entrer Dillon.

— Dieu soit loué, dit gaiement Dillon. Il y a encore de l'espoir en ce monde. Tu sais lire.

Les traits de Ryan se durcirent. Son visage était comme taillé dans de la pierre.

— Qu'est-ce que tu veux, Dillon ?

— Que Dieu te bénisse aussi, voilà ce qu'il fallait répondre. Toi, un Irlandais, tu ne sais pas ça ?

— Tu n'as rien à faire ici. Tu n'as rien contre moi.

— Sans blague.

Ryan se leva et écarta les pans de sa veste.

— Tu peux vérifier. Je ne suis pas armé.

— Je le sais. Tu es bien trop malin pour ça.

— Tu n'as rien à faire ici. Tu n'es même pas de la police.

— Sûr. Mais je suis autre chose. De bien mieux. Ton pire cauchemar.

— Sors d'ici.

— Avant que tu me vires ? Je ne crois pas une seconde que tu ferais ça.

Dillon souleva l'abattant du comptoir pour se glisser derrière, prit un verre et une bouteille de Bushmills et se servit.

— Je ne boirai jamais avec une ordure comme toi, dit-il, mais j'ai besoin d'un petit verre pour moi tout seul. Il fait froid, dehors.

— Je pourrais appeler les flics, dit Ryan, sans manifester l'ombre d'une émotion.

— Pourquoi ? Je ne suis pas armé moi non plus, mentit Dillon, avec un large sourire. Les choses ont changé, tu sais, vieux frère. Les ministres, le Sinn Fein et les loyalistes sont ensemble à Belfast en train de nous concocter un beau petit processus de paix. Alors, qui a encore besoin d'armes ?

— Qu'est-ce que tu veux ? demanda Ryan. Qu'est-ce c'est que cette histoire ? Ça fait des années que je t'ai sur le dos.

— Je fais ma tournée, c'est tout, expliqua Dillon. Je voulais simplement que tu saches que je suis toujours sur ton affaire. Ce Semtex que tu as refilé aux groupes armés de Londres et de Birmingham, il a servi à fabriquer combien de bombes ? Trois ? Quatre mères de famille tuées dans le centre commercial de Birmingham. Nous savons que c'était toi, même si nous ne pouvons pas le prouver. Pour le moment.

— Ça te va bien, de dire ça. Tu en as refroidi combien, toi, pour la cause ? Pendant vingt ans, ou presque, avant de retourner ta veste ?

— Mais je n'ai jamais vendu de drogue et jamais mis la moindre gamine sur le trottoir, rétorqua Dillon. C'est toute la différence.

Il siffla le reste du whisky et posa son verre avant de poursuivre :

— Il fait froid dehors, et sombre. Je serai toujours là, à te guetter dans le noir. Et, comme on disait dans le temps à l'IRA, mon heure viendra.

— Va te faire foutre, Dillon ! explosa soudain Ryan, tandis que Dillon tournait calmement les talons et se dirigeait vers la porte. Je ne suis pas n'importe qui, je suis Tim Pat Ryan ! On ne me traite pas comme ça, moi !

Mais la porte de la cuisine se refermait déjà doucement.

Ryan, hors de lui, souleva l'abattant du comptoir, ouvrit le tiroir de l'antique caisse enregistreuse, saisit le Smith & Wesson de calibre .9 qu'il y laissait toujours, chargé et prêt à tirer, et se précipita vers la cuisine.

Lady Helen avait quitté son taxi dans Wapping High Street, devant l'Hôtel George. Comme elle se rappelait parfaitement le plan qu'elle avait étudié avant de sortir, elle traversa la chaussée et s'engagea dans une petite rue. Hedley, coincé à un feu rouge entre deux voitures, la vit s'éloigner. Il jura entre ses dents, se déporta sur le bas-côté et bifurqua dans la même rue, mais il chercha vainement à l'apercevoir dans le faisceau de ses phares. Il était maintenant dans un labyrinthe d'entrepôts et de ruelles étroites. Bon sang, que venait-elle faire dans un endroit pareil ? Il continua à rouler lentement en la cherchant du regard, dévoré d'inquiétude.

Lady Helen, son parapluie tenu bien haut au-dessus de sa tête, ne fut pas longue à trouver China Warf. Il y avait de la lumière aux fenêtres du pub, et une vieille lanterne à gaz était fixée au mur à côté de l'enseigne : The Sailor.

Elle jetait une faible lueur vers le bord du quai et le fleuve au-delà duquel brillaient d'autres lumières. Lady Helen hésita. Une grosse Range Rover était garée devant l'entrée. La voiture de Ryan, sans doute.

Tandis qu'elle hésitait sous son parapluie, la porte de la cuisine s'ouvrit et Dillon sortit. Elle le reconnut aussitôt car elle avait longuement regardé sa photo dans le dossier, et, surprise, recula. Elle le suivit des yeux tandis qu'il traversait le quai en allumant une cigarette. Puis la porte s'ouvrit à nouveau et Tim Pat Ryan, parfaitement reconnaissable lui aussi, sortit en trombe.

— Dillon, fumier ! cria-t-il, et elle vit briller le Smith & Wesson à la lueur de la lanterne. Tu vas payer !

Dillon éclata de rire.

— Tu raterais une vache dans un tunnel ! Tu n'as jamais su tirer, mon pauvre ! Il t'a toujours fallu des gens pour le faire à ta place !

Sa main trouva la crosse du Walther et il le sortit en s'accroupissant au moment où Ryan faisait feu. Puis il avança un pied pour assurer sa position, mais il y avait une flaque d'huile à cet endroit-là. Il glissa et s'étala de tout son long, le Walther lui échappant des mains.

— Je te tiens maintenant ! cria Ryan, avec un rire triomphant.

Et il tira à nouveau.

Dillon roula sur lui-même en un effort désespéré pour échapper aux balles, et tomba dans l'eau noire qui clapotait un mètre plus bas. Saisi par le froid, il refit rapidement surface pour voir le visage de Ryan au-dessus de lui.

— Te voilà ! dit Ryan.

Comme il pointait le Smith & Wesson, Dillon entendit une voix appeler, quelque part derrière lui.

— Monsieur Ryan ?

Ryan se retourna. Dillon entendit un léger bruit, comme une toux qu'on étouffe, et comprit qu'il s'agissait d'une arme munie d'un silencieux. Ryan tomba du quai à la renverse, à côté de Dillon, et refit surface avec un trou entre les deux yeux. Dillon le repoussa pour agripper un anneau d'amarrage. Il y eut un bruit de pas sur le quai, mais personne ne s'approcha pour regarder. Puis à nouveau cette voix teintée d'un léger accent irlandais.

— Ça va, monsieur Dillon ?

— Aussi bien que possible, madame. Mais qui êtes-vous, par tous les dieux ?

— Votre ange gardien. Soyez prudent, mon ami.

Il l'entendit s'éloigner pendant qu'il rejoignait à la nage une échelle en bois et remontait sur la terre ferme. À la seconde où sa tête parvenait à la hauteur du quai, il aperçut brièvement sa silhouette qui s'évanouissait dans l'ombre — une forme sombre sous un parapluie.

Il prit pied sur le quai après un dernier rétablissement. L'eau ruisselait de ses vêtements. Son Walther était resté à l'endroit de sa chute, et l'arme de Ryan se trouvait un peu plus loin. Il récupéra le Walther et le glissa sous sa ceinture, puis ramassa le Smith & Wesson, s'approcha du bord et, après un coup d'œil au cadavre à demi immergé de Ryan, le lança le plus loin possible dans le fleuve.

— Bien fait pour toi, ordure, dit-il en se hâtant vers la Mini Cooper.

Il prit le téléphone portable dans la boîte à gants et composa le numéro de Cavendish Square. Ferguson n'eut pas l'air d'apprécier.

— Qui est à l'appareil ?

— Moi.

— Mais Bon Dieu, Dillon, vous avez vu l'heure qu'il est ? Je suis dans mon lit ! Ça ne pouvait pas attendre demain matin ?

— Pas vraiment. Un vieil ami nous a quitté.

— Définitivement ? demanda Ferguson en changeant de ton.

— J'en ai peur.

— Vous feriez bien de venir ici, dans ce cas.

— J'ai besoin de passer chez moi d'abord.

— Pourquoi ?

— Parce que je sors de la Tamise, voilà pourquoi.
Dillon coupa la communication et repartit.

Ferguson réfléchit un instant, puis appela Hannah Bernstein. Elle décrocha immédiatement.
— Vous étiez déjà couchée ?
— Oui, mais je lisais. Impossible de dormir.
— Faites-vous envoyer une voiture d'urgence et venez ici. Notre Sean, apparemment, a encore fait des siennes.
— Ah, misère ! C'est grave ?
— Fatal, dirai-je. Pour l'autre. À tout de suite.
Il reposa le téléphone, sortit de son lit et enfila une robe de chambre avant d'appeler Kim, son majordome indien, pour le réveiller et lui commander du thé.

Hedley était sur le point de renoncer quand il l'aperçut sur le trottoir, au bout de la rue. Pendant qu'il s'approchait, trois garçons en jean et blouson apparurent à l'angle. Trois petits voyous comme il en existe dans toutes les grandes villes du monde. Hedley entendit leurs rires mauvais au moment où ils se jetaient sur elle, l'un d'eux tirant sur son sac pour s'en emparer. Tremblant de fureur, il freina brutalement et jaillit hors de la voiture.
— Laissez-la !
L'un des garçons poussa Helen contre un mur et ils se retournèrent tous les trois en même temps.
— Eh, Bamboula, tire-toi de là, et mêle-toi de tes affaires ! lança celui qui tenait le sac.
Comme ils marchaient sur lui, tout lui revint en un éclair : le Viêt-nam, le delta du Mékong, et le redoutable savoir-faire qu'il avait acquis dans ces années-là. Saisissant le poignet de celui qui tenait le sac, il lui tordit le bras en même temps qu'il lui administrait un coup de poing qui fit craquer l'os. Son épaule droite heurta durement le visage de celui se tenait derrière lui, lui brisant le nez, et

son pied gauche percuta la jambe du troisième, lui déboîtant le genou.

Ils se retrouvèrent tous les trois sur le trottoir, hurlant de douleur. Hedley se baissa pour ramasser le sac et prit Helen par le bras.

— On y va, maintenant ?

— Mon Dieu, Hedley, vous n'êtes pas du genre à faire des prisonniers.

— Je n'ai jamais compris à quoi ça servait.

— Que faites-vous ici ?

— Je vous ai entendue sortir et je vous ai suivie. Puis je vous ai perdue quand vous avez laissé le taxi et que vous êtes partie à pied.

Il lui ouvrit la portière, elle se glissa à l'intérieur et il retourna s'asseoir au volant. Légèrement essoufflée, elle ouvrit son sac, en sortit une petite boîte et la secoua pour faire tomber deux pilules dans le creux de sa main.

— Le flacon, Hedley.

— Lady Helen ! Vous ne devriez pas.

— Le flacon.

Le ton était sans réplique. Il lui tendit le flacon à regret. Elle but pour faire descendre les comprimés, tandis qu'une bonne chaleur l'envahissait.

— Rentrons à South Audley Street. Demain matin à la première heure, nous partirons pour Compton Place.

— Vous vous sentez bien ? demanda-t-il d'une voix inquiète en redémarrant.

— Je ne me suis jamais sentie aussi bien. C'est que, voyez-vous, je viens d'exécuter Tim Pat Ryan.

La Mercedes fit une légère embardée, et il donna un coup de volant pour la ramener sur la gauche.

— Vous plaisantez ?

— Pas du tout. Je vais vous raconter ça.

Kim vint ouvrir à Dillon. En pénétrant dans le salon, l'Irlandais trouva Hannah Bernstein, en survêtement, en compagnie de Ferguson. Ce dernier portait une robe de chambre par-dessus son pyjama.

— Que Dieu bénisse tous ceux qui respirent sous ce toit ! lança Dillon.

— Cessez de nous jouer les Irlandais d'opérette, Dillon. Et dites-nous ce qui s'est passé en commençant par le pire.

Dillon raconta, en quelques phrases, avant de se servir un whisky.

— Bonté divine, mais que vais-je faire de vous ? s'exclama Ferguson. Vous savez quelle est la situation politique, et vous connaissez les consignes. Profil bas, surtout pas de vagues, et voilà que par je ne sais quelle perversité vous allez au-devant des ennuis !

— Je voulais seulement faire peur à cette ordure.

Ce fut Hannah Bernstein, pour une fois, qui vola à son secours :

— Ce n'est pas une grande perte, monsieur. Ce Ryan était une véritable vermine.

— Oui, je dois avouer que ça me fait un certain plaisir, lui dit le général. Mais comment gérer cette affaire, maintenant ?

— En évitant de nous en mêler, monsieur. On ne tardera pas à retrouver le cadavre de Ryan. Scotland Yard et la Brigade des homicides feront leur travail. Franchement, un individu comme Ryan ne comptait plus ses ennemis. Ce n'est pas notre problème, monsieur.

— Je suis d'accord, dit Ferguson.

— Seigneur, cette créature n'a pas de cœur ! s'exclama Dillon en secouant la tête. Où est passée la douce jeune fille juive dont j'étais tant épris ?

— C'est ce qui arrive quand on travaille avec toi, dit-elle. (Puis, se tournant vers Ferguson :) Au travail, monsieur. Cette femme à l'accent irlandais nous a rendu un fier service, mais j'aimerais savoir qui elle est. Avec votre permission, je vais interroger les ordinateurs du ministère de la Défense.

— Allez-y, inspecteur. Il faut peut-être chercher du côté des Loyalistes.

— Je ne le crois pas, objecta Dillon. La plupart des Loyalistes ont l'accent de l'Ulster. Le sien était différent.

— Peu importe, dit Ferguson. Vous pouvez dormir ici, inspecteur, ce ne sont pas les chambres qui manquent. Je ne vais pas vous renvoyer sous la pluie à une heure pareille.

— Merci, monsieur.

— Quant à vous, Dillon, vous pouvez rentrer à pied, bien sûr. On ne craint pas l'averse quand on est Irlandais, n'est-ce pas ?

— Dieu bénisse le grand homme que vous êtes ! Je vais ôter mes chaussures devant votre porte, les suspendre à mon cou et marcher pieds nus jusqu'à Stable Mews pour économiser les semelles.

Ferguson éclata de rire.

— Allez-vous-en, voyou, allez-vous-en !

Et Dillon s'en alla.

Dans son bureau de South Audley Street, lady Helen s'assit pour étudier le dossier, et Hedley la rejoignit avec du thé sur un plateau. Il posa le plateau et lui versa une tasse.

Elle ajouta un peu de lait, à l'anglaise, et but une gorgée.

— Délicieux, dit-elle, en se penchant sur le dossier. Comme c'est bizarre... Tim Pat Ryan était le dernier de la liste, mais il est parti le premier.

— Lady Helen, vous n'allez pas continuer ?

— Oh, ça se pourrait bien ! À quoi me sert tout mon argent, Hedley ? Je tiens ces salauds, tous autant qu'ils sont, pour responsables de la mort atroce de mon fils. Et c'est à cause d'eux, aussi, que mon mari est mort pour rien, et prématurément. Et laissez-moi vous dire encore ceci, cher vieil ami. Je ne dispose pas de beaucoup de temps. Vous avez vu les comprimés que je prends ? J'ai le cœur malade.

— Je ne m'en étais pas rendu compte, dit-il, bouleversé, en s'asseyant.

— Vous le savez, maintenant. Donc, êtes-vous avec moi ou contre moi ? Vous pourriez appeler le Dr Ingram et lui dire que je suis devenue folle. Ou prévenir Scotland Yard, et on m'arrêterait pour meurtre. À vous de choisir, n'est-ce pas ?

Il se leva.

— Vous avez été bonne avec moi, comme personne ne l'avait jamais été. Je n'aime pas ça du tout, mais je suis certain d'une chose, c'est que vous avez besoin de quelqu'un sur qui compter, et que je ne vous laisserai pas tomber, comme vous ne m'avez pas laissé tomber.

— Dieu vous bénisse, Hedley. Tâchez de dormir un peu. Demain matin, nous partons pour Compton Place.

Il sortit. Elle resta un long moment assise et immobile, à se demander si Dillon s'était tiré d'affaire. Puis elle s'étendit sur le divan, s'enveloppa dans une couverture et ferma les yeux.

Londres
Washington
Ulster
Londres

3

Les recherches d'Hannah Bernstein sur les ordinateurs du ministère de la Défense s'avérèrent vaines. Elle poussa même jusqu'à Dublin et au quartier général de l'armée à Lisburn, en Irlande du Nord, mais sans plus de résultat. On classa donc l'affaire. La mort inexpliquée de Ryan ne fut qu'un événement sans lendemain ; les journaux parlèrent de la guerre des gangs entre l'East End et le reste de Londres. À Scotland Yard, où personne ne pleura Ryan, les indicateurs habituels furent incapables de fournir la moindre information. Le dossier ne fut pas clos, bien sûr. Mais classé.

À Compton Place, Helen mangeait de bon appétit, faisait de longues promenades à pied et respirait à pleins poumons l'air pur de la campagne. Elle s'exerçait aussi au pistolet dans la vieille grange, toujours accompagnée du fidèle Hedley qui, à contrecœur, enregistrait ses performances. Elle ne s'était jamais rendu compte du talent au tir de son chauffeur jusqu'à cet après-midi où, après l'avoir regardée faire, il prit à son tour l'une des nombreuses armes de poing accumulées par le défunt Roger Lang au fil des années, et la chargea. Sept cibles de carton étaient disposées au fond de la grange, représentant chacune un soldat chinois — souvenir rapporté de la guerre de Corée par le vieux colonel.

— Regardez.

Il était à une dizaine de mètres. Son bras se détendit, il tira très vite et un trou apparut dans chacune des têtes. Elle le regarda, abasourdie, dans le silence revenu.

— Incroyable !

— J'ai suivi un entraînement à l'armée. Vous, vous êtes très forte, mais un pistolet n'est jamais fiable à cent pour cent, à moins de tirer de très près.

— De quelle distance ?

Il engagea un nouveau chargeur dans la crosse du Browning et le lui tendit.

— Venez avec moi, dit-il.

Il la conduisit jusqu'à la grande cible centrale.

— Ici, vous êtes à bout portant. Tirez dans le cœur.

Elle fit ce qu'il lui demandait.

— Vous voyez ? C'est comme ça qu'il faut faire.

— J'étais bien à quatre mètres de Ryan quand je l'ai abattu, hier soir.

— Oui, mais vous auriez pu le manquer, et c'est lui qui vous aurait eue.

— Très bien, mais j'aimerais tout de même retourner près de la table et essayer encore de cette distance.

— Allez-y.

Le téléphone qui se trouvait sur la table se mit à sonner. Il décrocha et le lui tendit.

— Helen Lang, dit-elle, et elle écouta un instant en hochant la tête avant d'ajouter : Je suis terriblement désolée.

Elle raccrocha et se tourna vers Hedley.

— Tony Emsworth est mort.

— Quelle tristesse. Quand auront lieu les obsèques ?

— Mercredi.

— Nous irons ?

— Bien sûr.

Elle était très calme, mais le chagrin se lisait dans son regard.

— J'en ai assez pour aujourd'hui, Hedley. Je rentre à la maison.

Il la regarda s'éloigner.

Il faisait très beau à Stukeley le matin des obsèques. Et comme le village se trouvait à moins d'une heure de voiture de Londres, l'église était pleine à craquer. Helen Lang, assise un peu à l'écart, fut presque amusée en voyant Ferguson, Dillon et Hannah Bernstein de l'autre côté de l'allée centrale. En repartant, elle s'arrêta pour serrer les mains du neveu de Tony Emsworth et de l'épouse de celui-ci, qui avait organisé la cérémonie.

— C'est vraiment gentil d'être venue, lady Helen, lui dirent-ils. Nous recevons les amis de Tony à l'Hôtel Country, qui se trouve à la sortie du village. Venez, surtout.

Ce qu'elle fit. À son arrivée il y avait déjà beaucoup de monde dans le salon de réception de l'hôtel. Elle accepta une coupe d'un champagne médiocre. Charles Ferguson, l'apercevant soudain, fendit la foule pour la rejoindre et l'embrasser sur les deux joues.

— Helen, ma chère, quel est votre secret ? Vous ne paraissez pas cinquante ans, même par un jour comme celui-ci !

— Vous avez toujours été un charmeur, Charles, et un redoutable beau parleur. Méfiez-vous de cet homme, ajouta-t-elle à l'intention d'Hannah Bernstein qui se tenait à ses côtés. Je me souviens d'un certain duel, à cause d'une certaine épouse d'ambassadeur...

— Helen, je vous en prie, vous m'embarrassez ! Cette somptueuse créature est l'inspecteur principal Hannah Bernstein, mon assistante, et ce voyou irlandais est un certain Sean Dillon, qui connaissait très bien Tony Emsworth. Lady Helen Lang.

Dillon portait un complet Armani bleu marine de coupe irréprochable. Ils échangèrent une poignée de main et Helen le trouva éminemment sympathique. Puis quelqu'un appela Ferguson, qui s'éloigna. Dillon et Hannah le suivirent.

Dillon attendit pendant que Ferguson échangeait quelques mots avec l'homme qui l'avait appelé. Puis il l'entraîna un peu à l'écart.

— Qui est cette lady Lang ?

— J'ai fait la guerre de Corée avec son mari. Son fils, le major Peter Lang, servait dans la Garde écossaise et travaillait pour nous. Il était l'un de nos meilleurs agents là où vous savez. Puis l'IRA l'a repéré, et il l'ont fait sauter dans une voiture piégée.

Hannah Bernstein bavardait de son côté, et fut à nouveau appelée par quelqu'un. Helen, soudain, se sentit oppressée au milieu de cette foule. Elle sortit sur la terrasse. C'était une journée de février froide et ensoleillée. Dillon l'avait vue sortir. Quelque chose l'attirait chez cette femme. Il la suivit.

Il la trouva adossée à la balustrade au moment où elle prenait deux comprimés au creux de la main.

— Puis-je vous apporter une coupe ?

— Franchement, je préférerais un whisky.

— Pas de problème. Irlandais, plutôt ?

— Pourquoi pas ?

Il revint un instant plus tard avec deux verres. Elle posa le sien, sortit son étui à cigarettes de son sac et le lui tendit.

— Vous fumez ?

— Seigneur, quelle femme !

Il brandit son Zippo pour lui donner du feu.

— J'ai remarqué que vous portiez la cravate de la Garde écossaise, monsieur Dillon.

— Ah. Il faut bien de temps en temps faire plaisir à ce vieux Ferguson.

— Je dois dire que je vous connais un peu, monsieur Dillon. Mon vieil ami Tony Emsworth m'a dit beaucoup de choses, pour une raison très particulière.

— Votre fils, lady Helen, répondit aussitôt Dillon en hochant la tête. Mais je ne m'attendais pas à ce que vous m'en parliez.

— Il me semble qu'on peut faire la guerre, même la guerre, en respectant certains principes, et que vous êtes quelqu'un d'honnête en dépit de vos actions violentes et parfois, si j'ose dire, inappropriées.

— Je reconnais mes erreurs.

Il s'inclina comme pour faire acte d'humilité, mais elle vit la lueur moqueuse dans son regard.

— Vous êtes un chenapan. Vous pouvez aller me chercher cette coupe, maintenant, mais assurez-vous qu'ils n'ouvrent pas n'importe quelle bouteille.

— À vos ordres, madame.

— Cette lady Helen, dit-il, en rejoignait Ferguson devant le buffet, m'a l'air d'une sacrée bonne femme.

— Je ne vous le fais pas dire.

Le serveur lui tendit les deux coupes.

— Il y a chez elle quelque chose... Je le sens, mais je n'arrive pas à savoir quoi.

— N'essayez pas, Dillon, lui dit le général. Vous ne lui arrivez pas à la cheville.

Une semaine après ces obsèques, ils s'envolaient pour New York dans un avion de la Gulfstream, la compagnie dont elle était propriétaire, et ils descendirent au Plaza. Elle connaissait désormais par cœur le dossier que lui avait remis Emsworth, gardait en mémoire jusque dans les moindres détails les informations concernant les individus qui y étaient décrits, et avait tiré le maximum de l'ordinateur fourni par son bureau de Londres. Elle avait son colt sur elle. Depuis des années qu'elle volait sur les lignes de la Gulfstream, elle n'avait jamais été fouillée par les agents de sécurité.

Elle savait tout. Par exemple, que Martin Brady, l'un des patrons du Syndicat des transporteurs routiers, se rendait trois fois par semaine dans un gymnase appartenant à son organisation et en repartait généralement vers dix heures du soir. Hedley la déposa à une rue de là, et elle continua à pied jusqu'à l'immeuble abritant le gymnase. Brady possédait une Mercedes rouge, facilement repérable. Elle attendit dans une ruelle, à quelques pas du véhicule, le vit sortir et lui logea une balle dans la nuque au moment où il se penchait pour ouvrir la portière.

C'était une idée de Hedley. Il avait entendu dire que les truands, pour ce genre d'exécutions, préféraient un pistolet de petit calibre — très souvent un .22 mais un .25 pouvait convenir aussi. Ainsi la police penserait-elle que le crime était la conséquence d'une guerre entre le milieu et le syndicat.

Pour Thomas Cassidy, qui avait bâti sa fortune sur une chaîne de pubs irlandais, ce fut facile. Il avait ouvert depuis peu un établissement dans le Bronx et se garait à l'arrière du bâtiment. Elle s'y rendit deux soirs de suite pour repérer les lieux et s'assurer de sa présence, et l'abattit le troisième, lui aussi au moment où il ouvrait sa voiture. À en croire le *New York Times*, un gang de proxénètes rackettait dans ce quartier, et la police lui attribua le meurtre de Cassidy. Grâce à ses recherches sur l'ordinateur, elle était au courant de cette situation et du fait que Cassidy avait à plusieurs reprises réclamé une protection policière.

Patrick Kelly, patron d'une entreprise de bâtiment, posa encore moins de problèmes. Il possédait une maison à Ossining, en pleine campagne, et avait l'habitude de se lever chaque matin à six heures pour courir quelques kilomètres. Elle repéra son itinéraire — c'était toujours le même — et l'abattit à l'aube du troisième jour alors qu'il courait sous la pluie, la tête protégée par le capuchon de son survêtement. Elle l'attendait sous un arbre et, quand il fut assez près, tira deux fois en visant le cœur. Puis elle prit la Rolex en or qu'il portait au poignet, ainsi que la chaîne qui ornait son cou, cette fois encore sur les conseils de Hedley. On parla d'un crime crapuleux.

Tout marchait donc comme sur des roulettes. Elle n'avait guère eu besoin de ses comprimés, et Hedley, malgré ses réticences, s'était montré d'un calme et d'une assurance à toute épreuve. Suis-je réellement mauvaise ? se demandait-elle. Habitée par le Mal ? Mais elle se rappelait que dans la religion judaïque, Jéhovah n'était pas personnellement responsable d'un certain nombre de choses. Il faisait appel à des anges, l'Ange de la Mort, par exemple.

Serait-ce moi ? se demanda-t-elle. Mais son désir de justice ne laissait guère de place à d'autres sentiments. Elle continua donc, jusqu'à cette soirée pluvieuse à Manhattan où, alors qu'elle attendait le sénateur Cohan, elle dut renoncer à son objectif.

Tandis qu'Helen rentrait au Plaza en se disant pour se consoler qu'elle aurait Cohan à Londres, il se produisit une série d'événements qui allaient se révéler lourds de conséquences pour elle et pour un certain nombre de personnes qu'elle connaissait déjà.

Quelques heures après que lady Helen se fut mise au lit, Hannah Bernstein entra dans le bureau de Ferguson au ministère de la Défense, Dillon sur ses talons.

— Pardon si je vous dérange, monsieur, mais nous sommes sur un coup sérieux.

— Vraiment ? (Il sourit.) Expliquez-moi ça.

— Eh bien, commença Dillon, sur un signe de tête d'Hannah, j'ai un vieil ami du nom de Tommy McGuire, un Irlandais d'Amérique, trafiquant d'armes depuis pas mal d'années. Il s'est fait arrêter hier soir sur la route de Kilburn pour défaut d'éclairage, et une jeune auxiliaire plutôt futée a tenu à inspecter la malle arrière de sa voiture...

— Surprise, surprise, enchaîna Hannah. Trois kilos de Semtex et deux AK47 !

— Charmant, dit Ferguson. Avec ça, et les antécédents qu'il a certainement, il devrait en prendre pour dix ans.

— Oui, reprit Hannah. Mais il propose un marché.

— Ah, bon ?

— Il dit qu'il peut nous donner Jack Barry, expliqua Dillon.

Ferguson se figea, les sourcils froncés.

— Où est-il, votre McGuire ?

— À Wandsworth, répondit Hannah.

Une prison de Londres, de sinistre réputation.

— Allons-y et voyons ce qu'il a à nous proposer, dit le général en se levant.

Wandsworth était l'une des prisons les plus dures du pays. Ferguson demanda à voir le directeur et, après avoir lu le papier qu'il lui apportait, le brave homme se leva brusquement de son siège. Nul n'était autorisé à rencontrer McGuire à l'exception des personnes désignées par Ferguson — pas même les hommes de la brigade antiterroriste de Scotland Yard, et moins encore ceux des services de renseignement de l'armée en Irlande du Nord. Toute infraction à cette règle se traduirait par l'incarcération du directeur lui-même, pour violation du secret-défense.

Ferguson, Hannah Bernstein et Dillon furent conduits dans un parloir où un gardien fit entrer McGuire avant de se retirer sur un signe de tête du général. Une expression d'intense stupéfaction se peignit sur les traits de McGuire lorsqu'il vit Dillon.

— Seigneur, Sean, toi ici !

— Eh oui, c'est bien moi, répondit Dillon en lui offrant une cigarette.

Puis il se tourna vers les autres :

— Ça fait une paye qu'on se connaît, Tommy et moi. Beyrouth, la Sicile, Paris...

— Et l'IRA, bien sûr, ajouta Ferguson.

— Pas vraiment. Tommy n'a jamais été très chaud pour l'action directe. Mais moyennant quelques livres, il pouvait vous avoir n'importe quoi. Des armes, du Semtex, des lance-roquettes. Il avait ses entrées partout grâce à son passeport yankee, et parce qu'il avait toujours travaillé pour des fabricants d'armes étrangers. Des Allemands, des Français.

Il tendit son briquet allumé à McGuire avant de continuer :

— Il sert toujours de façade à ce bon Jobert en dehors de Marseille, et il a le gang des Corses pour le protéger. Ceux-là, Hannah, ils sont pire que la Mafia.

— Je les connais, Dillon, dit-elle en regardant McGuire avec le plus profond mépris. On a trouvé deux AK47 et trois kilos de Semtex dans votre voiture, hier soir. Des échantillons, je suppose ? Qui deviez-vous rencontrer ?

— Non, vous vous trompez, lui dit McGuire. Je... je ne savais pas qu'il y avait tout ça dans mon coffre. On m'avait dit qu'une voiture m'attendrait à l'aéroport d'Heathrow à mon arrivée. La clé de contact était sous le tapis de sol. C'est forcément un coup monté.

— Allons-nous-en, laissa calmement tomber Ferguson.

— C'est bon, c'est bon, dit McGuire. Vous avez raison, c'étaient bien des échantillons. Envoyés par Jobert à Tim Pat Ryan. En descendant de l'avion, j'ai téléphoné pour prendre rendez-vous et j'ai appris qu'il était mort.

— En effet, dit Ferguson. Mais il était question de Jack Barry ?

McGuire hésita une seconde avant de répondre :

— À Londres, Tim Pat Ryan servait d'intermédiaire à Jack Barry. C'est Ryan qui avait tout organisé. Je peux vous donner Barry. Je le jure. Écoutez.

— Parlez !

— Donc, vous connaissez Jack Barry ? demanda Hannah.

— Non, je ne l'ai jamais rencontré.

— Pourquoi nous faire perdre notre temps, alors ?

— Laissez-moi faire, intervint Dillon.

Il offrit une autre cigarette à McGuire avant de continuer :

— Tu n'as jamais rencontré Jack Barry ? Il valait mieux pour toi, parce que moi je le connais, et je peux te dire qu'il t'aurait tranché les couilles, histoire de rigoler, si tu avais croisé son chemin. Réfléchissons : ce cher Frank Barry nous ayant, hélas, quittés, Jack hérite des Fils d'Érin. Ces gars-là tueraient le pape en personne, ce qui n'a rien d'étonnant vu que Jack est l'un des rares protestants de l'IRA. Mais ses affaires périclitent à cause de ce fichu processus de paix et il n'est plus en très bons termes avec Dublin et les gens du Sinn Fein. Il doit maintenant les considérer comme une bande de poules mouillées.

— C'est ce qu'on m'a dit.

— Donc, continuons. Ses approvisionnements d'armes à Dublin se sont taris. Mais il y a là-derrière l'argent de sa famille, il a ses fonds propres, alors il traite directement avec Jobert. Semtex, fusils, tout ce qu'on voudra, et toi tu fais l'intermédiaire. Sauf que, hélas, Ryan n'est plus à Londres et que te voilà le bec dans l'eau.

— C'est bien ça, dit McGuire, soudain plein de bonne volonté. J'étais censé rencontrer Barry à Belfast dans trois jours.

— Vraiment ? demanda Ferguson. Où, exactement ?

— Je devais prendre une chambre à l'Hôtel Europa et attendre qu'il m'appelle et me fixe un rendez-vous.

— Où ? demanda Hannah Bernstein.

— Comment voulez-vous que je le sache ? Je vous ai déjà dit que je n'ai jamais rencontré ce type.

— C'est bien vrai, tout ça ? reprit Ferguson, dans le silence qui s'épaississait.

— Bien sûr que c'est vrai !

— Délivrez le mandat d'élargissement au directeur de la prison, inspecteur, dit Ferguson en se levant. Et qu'on conduise le détenu à la maison de Holland Park.

Elle pressa le bouton de la sonnerie et le gardien entra.

— Reconduisez-le à sa cellule et préparez sa sortie, dit-elle.

— Alors, vous acceptez le marché ? demanda McGuire.

Mais le gardien le poussait déjà dehors.

— Vous pensez ce que je pense, vieux filou ? demanda Dillon en regardant Ferguson.

— Avouez que ce serait un joli coup, dit le général. Je serais vraiment heureux de mettre la main sur ce Barry, si McGuire peut nous conduire jusqu'à lui.

— Il y a un petit problème à régler, monsieur, observa Hannah Bernstein. McGuire est américain, et on repère trop facilement un faux accent américain. À qui allons-nous demander de jouer le faux McGuire ? Il nous faut quelqu'un de sûr.

— Voilà qui est bien vu, répondit Ferguson. Et je me rends compte qu'il y a une dimension américaine dans toute cette histoire. Le président des États-Unis ne serait pas très content s'il apprenait qu'en plein processus de paix un citoyen américain essaie de vendre des armes aux pires des terroristes qu'on puisse trouver sur le marché.

Dillon, rusé comme toujours, avait déjà une longueur d'avance.

— Vous voulez que j'en parle à Blake Johnson ?

— Ma foi, c'est bien à ça que sert le Sous-Sol, monsieur, dit Hannah, prompte à réagir.

— Qui sait ? reprit Dillon. Blake serait peut-être content de s'offrir un petit week-end en Irlande. Et qui pourrait mieux jouer les Américains qu'un authentique Américain ? — sachant, surtout, que celui-là est capable d'abattre une mouche à dix pas ?

— Vous êtes vraiment bon, par moments, Dillon, dit Ferguson en souriant. Et maintenant, sortons de cet endroit épouvantable.

À cinquante ans, Blake Johnson restait un homme très séduisant, et d'ailleurs il ne faisait pas son âge. Engagé dans les Marines à dix-neuf ans, il était reparti du Viêt-nam avec une Silver Cross, une Vietnamese Cross of Valor, et deux Purple Hearts. Puis il avait suivi à l'université de Georgie des études de droit qui l'avaient conduit au FBI.

Le président Jake Cazalet, à cette époque, n'était que sénateur, et faisait l'objet de menaces de la part de groupes d'extrême droite. Un jour où ses gardes du corps avaient perdu sa trace, Blake était parvenu à le retrouver à temps pour abattre les deux hommes qui tentaient de l'assassiner. Lui-même avait reçu une balle au cours de la fusillade.

Cet événement avait rapproché les deux hommes et, après l'élection de Cazalet à la présidence des États-Unis, Blake s'était vu offrir le poste de directeur du Département des affaires générales. De son bureau dans les sous-sols de la Maison Blanche, il dirigeait une équipe d'enquêteurs et d'agents spéciaux qui constituaient la garde rapprochée et ultraprivée du Président. Il avait ainsi eu l'occasion de mener de nombreuses opérations secrètes, avec pour certaines d'entre elles la collaboration de Dillon et de Ferguson.

Il faisait chaud cet après-midi-là, quand Blake pénétra dans le Bureau ovale où le Président était occuper à signer des papiers avec son directeur de cabinet, Henry Thornton. Blake aimait bien Thornton, et c'était mieux ainsi car Thornton était véritablement la cheville ouvrière du système présidentiel. Il veillait à la bonne marche de la Maison Blanche, suivait au jour le jour l'avancement des projets du Président au Congrès, veillait sur l'image du Président et de son équipe. Le salaire n'avait rien de mirobolant, mais le poste était l'un des plus prestigieux. Thornton, d'ailleurs, qui dirigeait à la suite de son père un important cabinet d'avocats avant de rejoindre le Président à Washington, disposait d'une jolie fortune personnelle.

Il faisait partie des quelques hommes qui connaissaient la fonction réelle du Sous-Sol. Il leva la tête à l'entrée de Blake, et sourit.

— Eh bien, Blake, tu as l'air soucieux ?

— J'ai de quoi l'être, répondit Blake.

— C'est grave ? demanda Cazalet, en se renversant contre de dossier de son fauteuil.

— Disons que ça ne sent pas très bon. Je sors d'une intéressante conversation avec Charles Ferguson.

— Bon, dit Cazalet en se redressant. Voyons l'affaire.

Quand Blake eut terminé, le Président fronçait les sourcils, tout comme Thornton.

— Vous songez sérieusement à aller à Belfast vous faire passer pour McGuire et prendre ce Barry en flagrant délit ? demanda Cazalet.

— Voilà un certain temps que je n'ai pas pris de vacances, monsieur le Président, dit Blake en souriant. Et je serais content de revoir ce vieux Dillon.

— Mon Dieu, Blake, vous savez quelle admiration j'ai pour Dillon. Je ne suis pas près d'oublier ce que vous avez fait pour moi, tous les deux, en arrachant ma fille aux mains de ces terroristes. Mais là... C'est un véritable acte de guerre que vous proposez.

— Réfléchis bien, Blake, intervint Thornton. Il risque d'y avoir mort d'homme. Est-ce vraiment nécessaire ?

— Messieurs, répondit Blake, nous nous sommes donné beaucoup de mal pour amorcer ce processus de paix en Irlande du Nord. Le Sinn Fein a fait des efforts de son côté, et les Loyalistes aussi. Mais il y a toujours ces groupes dissidents, d'un côté comme de l'autre, qui restent en activité et risquent à chaque instant de tout faire capoter. Ce type, Jack Barry, est vraiment quelqu'un de malfaisant. Je vous rappellerai, monsieur le Président, qu'il est aussi un citoyen américain, et qu'il a combattu au Viêt-nam avant qu'on l'en expulse pour des faits qu'il faut bien qualifier d'assassinats. Voilà des années qu'il se conduit comme une brute sanguinaire, et c'est notre affaire autant que la leur. Il faut s'en débarrasser.

Jake Cazalet souriait. Il se tourna vers Thornton, qui souriait lui aussi.

— Vous m'avez l'air bien décidé, Blake.

— Pour ça oui, monsieur le Président.

— Eh bien, allez-y donc, et tâchez de nous revenir

intact. Je serais très ennuyé de vous perdre.

— Je n'y tiens pas non plus, monsieur le Président.

À Londres, dans son bureau du ministère de la Défense, Ferguson raccrocha le téléphone rouge du réseau interministériel et enfonça le bouton de l'interphone.

— Entrez !

Dillon et Hannah Bernstein apparurent sur le seuil.

— J'ai eu Blake Johnson. Il sera après-demain à l'Hôtel Europa. Sa chambre est réservée au nom de Tommy McGuire. Vous l'y rejoindrez.

— Comment sera assurée notre protection, monsieur ? demanda Hannah Bernstein.

— Par vous-mêmes, inspecteur. Je ne veux pas que la gendarmerie, la police en uniforme ou les gens des renseignements militaires viennent mettre leur nez dans cette affaire. Même les femmes de ménage sont des nationalistes, là-bas. Nous ne serez donc que tous les trois, vous Dillon et Blake Johnson, et il faudra vous débrouiller comme ça. Il vous suffit d'avoir une paire de menottes, pour Barry.

— C'est comme si c'était fait, général, dit Dillon.

— Vous pouvez me le garantir ?

— Juré-craché, général.

4

COMME souvent à Belfast, le vent froid venu du nord amenait la pluie sur la ville, soulevant des vagues dans la baie et secouant les volets de la chambre de Dillon à l'Hôtel Europa, connu comme l'un des endroits au monde le plus souvent frappé par des attentats à la bombe. Les fenêtres donnaient sur la gare, et Dillon songeait en la contemplant à tout ce que cette ville avait signifié pour lui pendant une longue période de son existence. La mort de son père, les bombes, la violence... Les politiques, désormais, s'efforçaient de mettre fin à cette longue suite de malheurs.

Il décrocha le téléphone pour appeler la chambre d'Hannah Bernstein :

— C'est moi. Tu es visible ?

— Non. Je sors de la douche.

— Alors, j'arrive !

— Ne fais pas l'imbécile, Dillon. Que veux-tu ?

— Je viens d'appeler l'aéroport. Le vol de Londres a une heure de retard. Je crois que je vais descendre au bar. Tu ne veux pas déjeuner ?

— Je me contenterai de sandwiches.

— On s'y retrouve.

Le Bar-Bibliothèque était calme en ce tout début d'après-midi. Dillon commanda du Barry's, le thé préféré des Irlandais, puis s'assit dans un angle et s'absorba dans la lecture du *Daily Telegraph.* Hannah le rejoignit vingt minutes plus tard, élégante et stricte dans son tailleur-pantalon marron, ses cheveux roux tirés en arrière.

— Superbe, dit-il, avec un hochement de tête approbateur. Tu as l'air d'une journaliste de mode en pleine saison des défilés.

— Du thé ? s'étonna-t-elle. Sean Dillon qui boit du thé, alors que le bar est ouvert ? On aura tout vu !

— Je prendrai des sandwiches au jambon, puisque nous sommes en Irlande, dit-il avec un sourire, en faisant signe au barman. Et pour toi, ce sera... ?

— Une salade composée, et du thé.

La commande passée, il replia son journal.

— Nous voici sur la brèche une fois de plus, à essayer de régler ce problème irlandais.

— Tu ne crois pas qu'on y arrivera ?

— Sept cents ans, Hannah. Quelle que soit la solution, elle aura mis un sacré bout de temps à se pointer.

— Le moral est plutôt bas, à ce que je vois.

— Oh, c'est sans doute Belfast qui me rend comme ça, dit-il en allumant une cigarette. À la seconde où j'y pose le pied, les odeurs, les sensations me submergent. Pour moi, ce sera toujours un champ de bataille. Plein de mauvais souvenirs. Je devrais aller sur la tombe de mon père, mais je ne le fais jamais.

— Il y a une raison à ça ?

— Dieu seul le sait. Ma voie était toute tracée. Le Conservatoire, le Théâtre national, on te l'a déjà raconté. Et j'avais tout juste dix-huit ans.

— Oui, je sais. Un Laurence Olivier en herbe.

— Et voilà que mon brave papa se fait descendre par les paramilitaires britanniques.

— Accidentellement.

— Bien sûr. Mais à dix-huit ans, on ne voit pas les choses de la même façon.

— Donc, tu rejoins l'IRA et tu te bats pour la noble cause.

— C'était il y a bien longtemps. Il en est mort plus d'un, depuis.

Le plateau arriva. Une jeune femme les servit et s'éclipsa.

— Et quand tu regardes en arrière, tu ne vois que des regrets, n'est-ce pas ?

— Qui pourrait le dire ? J'aurais pu devenir une vedette de la Royal Shakespeare Company. Tourner une quinzaine de films.

Il se tut un instant et engloutit un petit sandwich au jambon avant de continuer :

— J'aurais pu devenir quelqu'un de connu. Ce n'est pas Marlon Brando qui disait ça, à une époque ?

— Tu es connu pour tes turpitudes. Il faut te contenter de ça.

— Et il n'y a pas de femme dans ma vie. Tu m'as encore éconduit, il y a peu.

— Le pauvre homme !

— Ni copains ni cousins. Enfin, des cousins, j'en ai une quantité, mais ils partent en courant du plus loin qu'ils m'aperçoivent.

— On peut les comprendre. Mais cesse de te plaindre et parle-moi plutôt de Barry. C'est sur lui que j'aimerais en savoir plus.

— Je connaissais surtout son oncle, Frank Barry. Il m'a appris beaucoup de choses quand j'étais jeune, jusqu'à ce qu'on se brouille. Jack a toujours été un salopard. C'est au Viêt-nam qu'il a commencé à se distinguer, et il a été chassé de l'armée pour avoir assassiné des Vietnamiens à la chaîne. Et pendant les années troublées qui ont suivi, il a fait pire. Il faut savoir aussi, mais tu l'as certainement lu dans son dossier, qu'il a plus d'une fois travaillé comme tueur à gages pour diverses organisations à travers le monde.

— Je croyais que c'était toi, Dillon.

— *Touché,* dit-il, en souriant. Tu es vraiment dure avec moi, Hannah.

Blake Johnson entra dans le bar à ce moment. Il portait des lunettes noires, un chemise et un pantalon bleu marine et une veste en tweed. Ses cheveux bruns striés de gris étaient ébouriffés. Il ne réagit pas à leur présence et s'approcha du comptoir.

— Le malheureux. On voit qu'il arrive de loin.

— Je t'ai déjà dit et je te le répète, tu es une fripouille, Dillon.

Elle se leva :

— Allons l'attendre.

La pluie tintait contre les vitres. Dillon prit une demi-bouteille de champagne dans le réfrigérateur et fit sauter le bouchon.

— Ça me fait toujours plaisir de te voir, Blake.

— C'est pareil pour moi, cher vieux copain irlandais.

Blake leva son verre et se tourna vers Hannah.

— Inspecteur, je vous trouve plus éclatante que jamais.

— Eh, c'est moi qui suis censé lui dire ce genre de choses ! s'exclama Dillon. Parlons plutôt de notre affaire.

Ils s'assirent.

— J'ai lu le dossier sur Jack Barry, dit Blake. C'est un sale type. Mais j'aimerais entendre ta version, Sean.

— Avant lui je connaissais son oncle, Frank Barry. C'est lui qui a fondé le Club des Fils d'Érin, un groupe dissident qui s'est tout de suite montré violent. Il s'est fait descendre il y a quelques années, mais c'est une autre histoire. Et depuis c'est Jack qui tient la boutique.

— Tu le connais personnellement ?

— On a souvent eu des mots et on a même échangé quelques coups de feu au fil des ans. Disons qu'il ne me porte pas dans son cœur.

— Et on est certains qu'il n'a jamais rencontré McGuire ?

— C'est ce que dit McGuire, expliqua Hannah. Pourquoi mentirait-il là-dessus ? Il veut sa liberté.

— Parfait. J'ai appris par cœur tout ce que vous m'avez envoyé sur l'ordinateur. Les antécédents de McGuire, l'entreprise française pour laquelle il travaille, Jobert et Compagnie, et ce Tim Pat Ryan qui a failli t'expédier de Londres dans l'autre monde, Sean. Bizarre, ça... une femme qui joue les justiciers. En ce qui concerne Barry, j'aimerais que vous me disiez tout ce qu'il y a à savoir, même si ce sont des choses qui figurent déjà dans le dossier.

Dillon s'exécuta et parla longuement Puis Blake l'interrompit en hochant la tête :

— Je vois. Je sens que je vais devoir jouer fin avec ce lascar.

— Il y a autre chose à savoir au sujet de Barry. Il est issu d'une vieille famille protestante.

— Protestante ? répéta Blake, incrédule.

— Ce n'est pas si rare, expliqua Dillon. On trouve beaucoup de nationalistes protestants dans l'histoire de l'Irlande. Wolfe Tone, par exemple. En outre, son grand-oncle était lord Barry, qui avait fait de Frank Barry son héritier — et qui est mort, comme tu le sais.

— Tu veux dire que Jack Barry est aujourd'hui le tenant du titre ? demanda Blake.

— Son père était frère cadet de Frank, mais il est mort il y a des années, et il ne reste plus que Jack.

— *Lord* Barry ?

— Frank n'a jamais porté le titre, et Jack encore moins. La chose aurait posé quelques problèmes à la reine et au Conseil privé de la Couronne, fit observer Hannah.

— Je le crois sans peine, dit Blake.

— Mais Jack prend ces choses-là très au sérieux, continua Dillon. C'est une très vielle famille, ces Barry. On les retrouve à travers l'histoire. Il y a une propriété familiale et un château, Spanish Head, au bord de la mer, à une vingtaine de kilomètres au nord de Belfast. Il est maintenant classé monument historique et propriété de l'État. Jack en faisait tout un plat, il y a quelques années. On l'aura compris, notre Jack n'est pas quelqu'un de simple. Mais revenons à nos moutons. McGuire attendra au bar, entre six et sept heures, un appel lui annonçant que son taxi est avancé.

— Destination inconnue ?

— Bien entendu. Je suppose que Barry l'attendra lui-même quelque part en ville, dans un endroit offrant toutes sortes de possibilités de fuite en cas de problème. Le quartier des quais, par exemple.

— Et vous allez le suivre ?

— C'est l'idée. Dans une Land Rover grise, dont voici le numéro d'immatriculation.

En parlant, Dillon lui avait tendu un papier.

— Et si vous me perdez ?

— C'est impossible, nous sommes bien équipés, dit Hannah en posant une serviette noire sur la table pour l'ouvrir.

Il s'agissait d'une boîte noire pourvue d'un écran.

— Regardez, dit Hannah, en pressant un bouton.

Le plan d'un quartier apparut sur l'écran.

— Il y a toute l'Irlande du Nord, là-dedans, expliqua-t-elle.

— Impressionnant, dit Blake.

— Attendez, vous n'avez pas tout vu.

Elle ouvrit la boîte et en sortit une chevalière en or.

— J'espère qu'elle vous va. Sinon, j'ai un autre micro qu'on peut fixer où on veut.

Blake essaya la chevalière à sa main gauche et hocha la tête.

— Elle est faite pour moi.

— Pas d'arme, prévint Dillon. Barry a ses gardes du corps. Ils ne l'accepteraient pas.

— Dans ce cas, j'ai intérêt à vous avoir derrière moi, observa Blake.

— Nous y serons. Armés jusqu'aux dents.

— Donc, je vous conduis jusqu'à Barry, et vous lui sautez dessus ? Il n'y aura pas de policiers, personne pour nous prêter main-forte ?

— Ceci est une opération secrète, Blake. On chope ce salopard, on lui fait un piqûre, et on l'emmène à l'aéroport, direction Farley Field.

— Et ensuite ?

— En lieu sûr dans nos locaux de Londres pour un petit entretien avec le général, dit Hannah.

— On dispose d'excellents produits de nos jours, expliqua Dillon. Il dira tout ce qu'il sait en un rien de temps — même si l'inspecteur réprouve ces méthodes.

— La ferme, dit Hannah.

— Ne vous disputez pas, vous deux. Je suis content d'être ici, et le Président l'est aussi. Pas de problème. Je m'en remets entièrement à vous, et j'ai confiance.

Le Bar-Bibliothèque était un lieu de rencontre pour les hommes d'affaires qui venaient y boire un verre ou deux avant de rentrer chez eux après leur journée de travail, et Blake le trouva très animé lorsqu'il y pénétra peu avant six heures. Il s'assit au comptoir, commanda un whisky et alluma une cigarette. Tendu, mais parfaitement calme d'apparence. Une demi-heure passa. Il commanda un autre whisky, un petit cette fois et, à l'instant où le barman posait le verre devant lui un portier de l'hôtel apparut avec un tableau noir portant le nom de McGuire écrit à la craie blanche.

— C'est moi, lui dit Blake.

Quand il sortit pour monter dans le taxi rouge qui l'attendait au bas des marches de l'entrée, la pluie tombait drue. Il s'assit à l'arrière et constata avec surprise que le chauffeur était une femme aux cheveux blancs.

— Bonsoir, monsieur, dit-elle avec un accent de Belfast très prononcé. Je vous dirai où vous devez aller le moment venu.

Elle démarra et Dillon, au volant de la Land Rover grise, démarra derrière elle. Hannah Bernstein était assise à côté de lui.

La femme ne dit pas un mot de plus. Elle prit la direction des quais à travers un quartier désolé d'entrepôts plus ou moins en ruine. Elle s'arrêta le long d'une vieille fourgonnette Ford Transit.

— Nous y voici, monsieur. Descendez.

Blake s'exécuta. Elle repartit. Comme il restait debout sous la pluie, attendant qu'il se passe quelque chose, la porte arrière de la fourgonnette s'ouvrit et deux hommes sautèrent sur la chaussée. L'un d'eux portait un blouson de cuir et l'autre, un barbu, était vêtu d'une sorte de grande houppelande dont l'ourlet lui battait les chevilles. Ils avaient chacun un revolver au poing.

— Monsieur McGuire ? demanda le barbu. Moi, c'est Daley, et lui, c'est Bell. Daley et Bell. Ça fait un peu duettistes de cabaret, mais c'est pas du tout ce qu'on est. Un seul geste, comme on dit à la télé, et vous êtes un homme mort. Tâchez de bien vous tenir.

Blake s'appuya des deux mains à la carrosserie de la fourgonnette en écartant les jambes et eut droit à une fouille minutieuse.

— Montez à l'arrière, on y va, dit Daley, satisfait.

Les banquettes étaient relativement confortables. Daley s'assit face à lui et Bell verrouilla la porte avant de s'installer au volant. Ils se mirent en route.

— Qu'est-ce que ça veut dire ? demanda Blake d'un air inquiet. Je suis ici pour rencontrer Mr. Barry et je n'ai pas de mauvaises intentions.

— Il vous attend avec impatience, lui répondit Daley. Mais on n'est pas encore arrivés. Prenez une cigarette et détendez-vous.

Dillon, voyant le taxi s'immobiliser, s'était arrêté et était descendu de voiture pour s'approcher à pied. Il repartit en courant vers la Land Rover et se mit au volant.

— Ils l'ont fait changer de véhicule. Ford Transit blanche, dit-il à Hannah, et ils s'élancèrent sur les traces de la fourgonnette dans la circulation assez dense de ce début de soirée.

La pluie tombait sans discontinuer, la nuit venait et ils comprirent qu'ils allaient quitter la ville.

— Donc, ce n'est pas à Belfast, observa Hannah.

— C'est ce qu'il semble.

Ils arrivèrent à un endroit où des feux clignotants signalaient des travaux sur la route. Il n'y avait plus qu'une voie pour la circulation.

— Bon sang ! s'exclama Hannah.

— Ouvre vite cette boîte, ma poule, et tout se passera bien.

Elle souleva le couvercle de la mallette qu'elle avait gardée sur ses genoux et se mit au travail. On voyait très clairement le plan sur l'écran, en raison de l'obscurité. La Ford Transit avait disparu, mais peu importait. Le temps passait et ils filaient toujours vers le nord.

— Mais où diable allons-nous ? demanda Hannah.

— Dieu seul le sait, répondit Dillon. Mais j'ai moi aussi une petite idée.

— Laquelle ?

— On va vers le nord et Antrim n'est pas loin. Si c'était Spanish Head ?

— Ce serait de la folie. Tu m'as dit que c'était devenu une propriété de l'État.

— Oui, mais ces endroits-là ne sont pas ouverts au public avant Pâques.

— Je ne peux pas croire ça.

— Surveille bien cet écran, et on verra.

La Ford Transit avait deux fenêtres. Leur route longeait la côte et, la pluie ayant momentanément cessé, on apercevait le ciel chargé de nuages entre lesquels apparaissait de temps à autre un croissant de lune. Puis ils s'engagèrent sur une petite route, et s'arrêtèrent devant un portail. On lisait au fronton : SPANISH HEAD — ADMINISTRATION DES MONUMENTS HISTORIQUES.

Il y avait une petite maison au-delà du portail et de la lumière brillait à l'une de ses fenêtres. Bell donna un coup de klaxon, la porte s'ouvrit, une silhouette voûtée se détacha sur le rectangle de lumière. L'homme parut hésiter.

— Appuie sur ce putain de bouton et laisse-nous entrer, Harker ! cria Bell.

Le portail était visiblement équipé d'un système d'ouverture électronique. Le vieil homme ouvrit un boîtier fixé au mur, fourragea quelques secondes à l'intérieur, les portes s'ouvrirent et Bell redémarra pour entrer. Blake aperçut un château perché sur des rochers abrupts, des tours, des remparts — l'ensemble offrait une vision spectaculaire. Mais comme ils approchaient, il comprit qu'il s'agissait seulement d'une demeure de style gothique datant du dix-neuvième siècle. La Ford Transit s'arrêta, Bell en descendit pour leur ouvrir la porte. Blake sortit à son tour, derrière Daley.

— Par ici, monsieur McGuire, dit Daley.

Bell, qui ouvrait la marche, poussa une porte en chêne massif. Ils se retrouvèrent dans un immense hall d'entrée au sol dallé. Il y avait une cheminée et, de part et d'autre, des drapeaux sur leurs hampes : la bannière tricolore de la République irlandaise, celle de l'Union Jack et, curieusement, un vieil oriflamme des États confédérés d'Amérique.

— Par ici.

Daley s'engagea dans le grand escalier et Blake suivit, Bell sur ses talons. Ils longèrent un long corridor aux murs ornés de portraits, et Daley ouvrit une lourde porte d'acajou. Ils entrèrent dans une bibliothèque. Blake vit d'autres portraits, un feu de bois dans une grande cheminée, des murs tapissés de livres, et des portes-fenêtres ouvertes. Un homme attendait, debout, un verre de vin à la main. Grand, brun, les épaules larges, vêtu d'un jean et d'un sweater noir. Il se retourna. Le visage était assez beau, l'expression à la fois pensive et cruelle.

— Monsieur McGuire ? Jack Barry.

Il avait gardé l'accent américain.

— Enchanté, répondit Blake en s'efforçant de paraître un peu craintif et impressionné. Je commençais à m'inquiéter...

— Ah, cessez cette comédie, monsieur Johnson ! Je sais parfaitement qui vous êtes. Blake Johnson, collaborateur direct du président Cazalet. Vous dirigez le Sous-Sol — c'est bien ainsi que vous l'appelez, n'est-ce pas ? Tenez, prenez donc un verre de sancerre !

Saisissant la bouteille dans un seau à glace, il emplit un verre qu'il lui tendit.

— Voilà qui est mieux. Je crois savoir que le vrai McGuire est entre les mains du général Charles Ferguson et de Sean Dillon. Et que mon autre intermédiaire à Londres, Tim Pat Ryan, n'est plus de ce monde.

— Quatre-vingt-six, quatre-vingt-huit, peut-être, dit Blake en savourant le vin.

— Quatre-vingt-sept, rectifia Barry. Ainsi, vous connaissez mon vieil ami Dillon ?

— Ami ?

— C'est une légère exagération. Mais venons-en aux faits. J'ai de très bons informateurs, mais vous pouvez tout de même m'apprendre un certain nombre de choses, sur les opérations de cette vieille crapule de Charles Ferguson, par exemple.

— Eh bien, vous pouvez toujours vous brosser, dit Blake.

Barry se servit un autre verre de sancerre.

— Votre attitude ne me surprend pas, dit-il, puis il fit un signe de tête à Daley. Je crois qu'il va falloir en passer par le Trou de la Mer, Bobby. Il fait froid, dehors, et il recommence à pleuvoir. Laissez-l'y une petite heure, et nous verrons ce que ça donne.

La pluie tombait à verse. Bell et Daley emmenèrent Blake sur le sentier qui descendait vers la falaise. Les éclairs jetaient des lueurs intermittentes sur les vagues couronnées d'écume qui se fracassaient en contrebas. Bell marchait devant en s'éclairant d'une torche électrique. Parvenu à mi-hauteur, il s'arrêta.

— Nous y voilà.

Une gerbe d'écume monta du gouffre. Daley poussa Blake en avant.

— Descendez. Il y a une corniche trois mètres plus bas. Vous ne risquez rien. Comme il fait froid ce soir, on vous laisse vos vêtements.

Blake hésita, puis recommença à descendre. L'écume lui fouettait le visage, l'eau ruisselait sur lui et tout autour de lui, et il retint sa respiration. Dieu, que c'était froid.

— Je rentre, dit Daley à Bell. Toi, tu restes ici pour le surveiller.

Et il repartit vers le château.

— C'était bien ça, dit Dillon. Spanish Head.

Il s'arrêta devant le portail en laissant tourner le moteur. Hannah sortit de la Land Rover et tenta vainement d'ouvrir.

— Il y a de l'électronique là-dessous, dit-elle. Attendez une seconde.

Il y avait sur le côté une petite entrée à tourniquet, destinée aux piétons. Au moment où elle l'enjambait, la porte de la maisonnette s'ouvrit et un vieil homme apparut sur le seuil.

— Eh ! Vous pouvez pas faire ça ! C'est une propriété privée, ici !

— Ça *l'était*, rétorqua-t-elle en dégainant prestement le Walther qu'elle portait à l'épaule pour lui en appliquer le canon sous le menton.

— Ouvrez ce portail, et vite !

Il était terrifié et ne cherchait pas à le cacher. S'approchant du boîtier électronique, il pressa un bouton et le portail s'ouvrit. Dillon entra, s'arrêta un peu plus loin sur un parking et coupa le contact. Il sortit de la Land Rover et poussa le vieux sous le porche.

— Voyons maintenant si je ne me suis pas trompé. C'est toi le gardien. Il n'y a personne d'autre dans cette maison ?

— Je suis veuf.

— Comment t'appelles-tu ?

— Harker, John Harker.

— Eh bien, tu es un vilain garçon, John. C'est fermé jusqu'à Pâques, et tu laisses entrer des gens sans autorisation, comme mon vieux camarade Jack Barry ?

— Je sais pas de quoi vous voulez parler.

Le vieux tremblait de tous ses membres. Dillon parlait d'un ton badin, mais il avait sorti son Walther.

— Peut-être que tu retrouveras la mémoire si j'applique ce joujou derrière ton genou droit et que j'appuie sur la détente ?

— Monsieur le baron est chez lui, je peux vous le dire, et qu'est-ce que vous voulez que j'y fasse, un vieil homme comme moi ?

— Monsieur le baron ? répéta Dillon en riant. Il vient souvent ici ?

— De temps en temps, pendant les mois d'hiver. On est plusieurs, du village, à travailler sur la propriété.

— Et tout le monde est au courant mais personne ne l'ouvre, j'en mettrais ma main au feu, dit Hannah.

— Qu'est-ce que vous voulez qu'on y fasse ? répéta le vieux. Les temps sont durs, et on ne contrarie pas monsieur le baron.

— Sinon... on a droit à une balle dans la tête, c'est ça ? demanda Dillon.

— Pas la peine, monsieur. On vous envoie au Trou de la Mer, et ça suffit pour vous remettre dans le droit chemin. Tim Leary y est mort, l'an passé.

— C'est quoi, ce Trou de la Mer ?

— Une espèce de cheminée dans la falaise, juste au-dessus de l'eau. La mer s'y engouffre. Tout le monde le connaît, ici, et en a peur. Ça fait des siècles que les seigneurs de

Spanish Head y envoient les fortes têtes quand ils veulent leur donner une leçon, et monsieur le baron fait comme ses ancêtres.

— Seigneur ! s'exclama Hannah.

— C'est le contraire qui m'aurait étonné, observa Dillon.

Puis il se retourna vers Harker.

— Venons-en à ce qui nous intéresse. Une fourgonnette blanche, une Ford Transit. Elle est arrivée ici un peu avant nous, n'est-ce pas ?

— Ils sont partis à Belfast cet après-midi, répondit Harker en hochant la tête. Et ils sont revenus il y a trois quarts d'heure, à peu près.

— Qui, « ils » ?

— Bobby Daley et Sean Bell, deux des hommes de monsieur le baron. Ils sont partis tous les deux, mais au retour il y avait plus que Bell tout seul au volant.

— Et comme ça t'intriguait, tu es monté jusqu'au château pour voir ce qui se passait.

— Comment vous le savez ? demanda Harker, interloqué.

— Mon petit doigt. Alors, que se passait-il ?

— J'étais un peu trop loin, mais j'ai vu Bell qui ouvrait à l'arrière et Daley qui sortait avec un autre homme, et ils sont entrés tous les trois dans le château.

— Et toi, vilain curieux, tu t'es planqué sous un arbre ou ailleurs, et tu as attendu pour connaître la suite.

— Qu'est-ce qui vous fait dire ça ? demanda Harker avec un étonnement grandissant.

— Je suis irlandais moi aussi, vieille fripouille, je suis de County Down ! Et on n'a pas besoin d'un sixième sens pour voir que tu es trempé jusqu'aux os comme quelqu'un qui est resté trop longtemps sous la pluie ! Alors, il est avec qui, Barry, dans son château ?

— Avec Bell et Daley, c'est tout.

— Voilà qui est bien. Et maintenant, on va y aller tous les trois, gentiment, et c'est toi qui marcheras devant. Si on peut y arriver par-derrière, c'est mieux.

— À vos ordres, monsieur.

Des lumières disposées çà et là autour du château éclairaient vaguement l'étroit sentier qui serpentait entre les arbres et les bosquets luxuriants. Les tours et les murs crénelés se dressaient sur le ciel presque noir. Harker s'arrêta soudain.

— Je crois que quelqu'un approche.

Ils quittèrent le sentier pour se mettre sous le couvert des arbres et ne tardèrent pas à voir Daley qui débouchait d'un autre sentier pour remonter vers le château.

— C'est lui, dit Harker à voix basse. C'est Bobby.

Daley passa sans se douter de rien.

— Je voudrais bien savoir d'où il vient ? s'interrogea Dillon.

— Il n'y a que la falaise et le Trou de la Mer, par là.

Dillon se retourna vers Hannah.

— Pourquoi Barry n'est-il pas resté à Belfast pour attendre McGuire ? Pourquoi s'être donné tout ce mal pour l'amener jusqu'ici ? Ça n'a pas de sens.

— À moins qu'il ait flairé l'embrouille, dit Hannah.

— Évidemment. Direction le Trou de la Mer, donc. Et en silence.

Sean Bell s'était mis à l'abri sous un arbre, la torche électrique posée à ses pieds. Il était déjà trempé, et d'une humeur massacrante car, en plus, il ne pouvait pas fumer : la cigarette se désintégrait entre ses doigts en quelques secondes. Un grondement de dinosaure à l'agonie s'élevait chaque fois que l'eau s'engouffrait dans le Trou de la Mer pour jaillir comme un geyser au flanc de la falaise. Il se demandait ce que devenait cet Américain. Il ne tiendrait pas le coup très longtemps par un temps pareil.

Le déclic discret d'un silencieux fit sursauter Bell à la seconde où le canon du Walther lui touchait l'oreille, et la voix de Dillon s'éleva dans l'obscurité.

— Le plus simple, monsieur Bell, serait encore de te faire sauter la cervelle. Alors, tiens-toi tranquille.

— Qui c'est, merde ? demanda Bell dans un souffle, tandis que Dillon le tâtait rapidement de la tête aux pieds et récupérait son arme.

— Webley .38. Très au-delà de la date limite de vente. Faut-t-il que vous soyez fauchés, les mecs, pour avoir encore de pareils tromblons, dit-il en fourrant l'objet dans la poche de son blouson.

Puis il ajouta :

— Je m'appelle Dillon.

— Bon Dieu !

— C'est pas ton jour de chance, mon vieux. Je crois bien que tu as oublié un copain à moi, un Américain, pas très loin d'ici.

Il enfonça durement le canon dans l'oreille de Bell, qui poussa un cri de douleur.

— Aïe ! Il est au Trou de la Mer. L'entrée, c'est par là, au bout du chemin !

— Tu peux me dire pourquoi il est là ?

— Barry savait qu'il se faisait passer pour un autre. On l'attendait.

— Vraiment ? Eh bien, montre-moi le chemin.

Bell ramassa sa torche et ils descendirent, en reculant chaque fois qu'un grondement dans la falaise annonçait une nouvelle éruption.

— Surveille-le, dit Dillon à Hannah en s'engageant sur les dernières marches. Tu es toujours là, Blake ? C'est Dillon !

— Qu'est-ce qui vous a mis aussi en retard ? répondit Blake, cramponné à la rambarde rongée par la rouille, et glacé jusqu'aux os.

— Dépêche-toi de remonter ! cria Dillon.

Blake apparut au bout d'une minute, gravissant lentement les marches.

— Par Dieu, Dillon, quelle vacherie ! Je ne me sens pas bien du tout. Ça m'a rappelé les marais dans lesquels j'avais mariné pendant une demi-journée, au Viêt-nam.

— Que s'est-il passé ?

— Barry était au courant. Mon nom, le Président, le Sous-Sol... il savait tout. Il m'a dit qu'il avait d'excellents informateurs mais qu'il comptait sur moi pour lui en dire un peu plus sur toi et sur Ferguson.

— Montons au château, il va être servi.

— Je ne demande pas mieux, approuva Blake. Laissez-moi seulement une seconde.

Se retournant vers Bell qui se tenait en haut des marches, il lui administra un magistral coup de poing.

— Attrape ça, mon salaud.

L'autre bascula et tomba dans le vide la tête la première, sans un cri. Un instant plus tard, une trombe d'eau et d'écume jaillissait du Trou de la Mer.

— On y va ? demanda Dillon.

— Avec plaisir.

Blake, qui marchait en tête, s'arrêta devant la porte massive.

— Retourne à ton portail, papy, ordonna Dillon à Harker. Assieds-toi à l'intérieur et tiens ta langue. Si tu fais ça, je ne te tuerai pas. On est bien d'accord ?

Le vieux tourna les talons et s'éloigna.

— Quelqu'un aurait une arme à me passer ? demanda Hannah.

— C'est une vraie pièce de musée, mais ça devrait marcher, répondit Dillon en lui tendant le Webley.

— Allons-y, donc, dit Blake en poussant la porte.

Dans la bibliothèque, Daley jeta une bûche sur le feu. Barry, devant la porte-fenêtre, regardait la pluie tomber.

— Quel sale temps, Bobby. Je me demande comment va Mr. Johnson.

— Mieux que vous ne le pensez, lança Blake en franchissant le seuil.

Ils restèrent une fraction de seconde figés comme dans un tableau, puis Barry rejeta la tête en arrière et se mit à rire.

— Bonté divine, c'est toi, Sean !

— Une fois de plus à tes trousses, mon vieux Jack. Charles Ferguson voudra certainement avoir une petite conversation avec toi, surtout après la façon dont tu as traité mon ami ici présent. Aurais-tu une taupe ? Ça ne peut être qu'au niveau de la Maison Blanche. Tu es décidément un vilain garçon, Barry.

— Ce n'est pas d'hier, Sean, ce n'est pas d'hier... Je suppose que Bell nous a déjà quittés pour un monde meilleur ?

— Tu supposes bien.

— Eh bien, entrez tous, mettez-vous à l'aise. Servez donc un cognac à Mr. Johnson, Bobby. Dans un grand verre. Je pense qu'il en a besoin.

Et de lever son verre en direction de Blake.

— À notre cher vieux Viêt-nam, chers collègues !

— Mon Viêt-nam n'a jamais été le vôtre, rétorqua Blake. (Il qui prit le verre que lui tendait Daley en parcourant du regard les tableaux accrochés aux murs.). J'y ai eu, certes, l'occasion de tuer, mais pas comme vous. Est-ce bien un uniforme de confédéré que je reconnais là ?

— Oui, dit Barry, après un coup d'œil au portait. Le gentleman râblé que vous voyez à droite était Francis, premier du nom. Il fit fortune à La Barbade au dix-huitième siècle. Dans le sucre et la traite des Noirs. À son retour, il acheta un titre. Dans la famille, à l'époque, les hommes s'appelaient tous Francis. Une tradition qui s'est perpétrée jusqu'à nos jours.

— Jusqu'à vous.

— Oui. Mon prénom c'est John, mais on m'appelle Jack. Celui qui s'est battu pour la Confédération a été tué à Shilon. Dans ses lettres au pays, il écrivait qu'il avait choisi ce camp parce que l'uniforme gris allait bien avec la couleur de ses yeux.

— On peut le comprendre, si vous lui ressemblez, observa Blake. Mais revenons à l'essentiel. Vous saviez que j'allais venir à la place de McGuire.

— Qu'est-il devenu ?

— Comme vous ne l'ignorez pas, il est à Londres, en lieu sûr, et probablement en train de vider son sac à l'heure où nous parlons, intervint Hannah Bernstein.

— Le chien !

— Oui, lui dit Dillon. C'est ce que sont généralement ces gens-là. Donc, tu savais tout, apparemment.

— Je sais toujours tout, je ne te l'apprends pas. Toujours une longueur d'avance. C'est ce qui me permet de continuer.

— Et vous vouliez en savoir plus sur le général Ferguson, à ce qu'on nous dit ? enchaîna Hannah.

— C'est normal, non ? Il est toujours le même, ce vieux renard ?

— Tu ne tarderas pas à le voir, reprit Dillon. Je suis certain que vous aurez une conversation intéressante tous les deux.

— Je le suis aussi, dit Barry, penché sur le seau à glace pour se verser un verre de vin.

Puis il fit quelques pas en direction de la cheminée.

— Offrez un autre cognac à Mr. Johnson, Bobby, dit-il. Je suis sûr qu'il n'y verra pas d'inconvénient.

S'approchant du buffet, Daley prit la bouteille de cognac, puis ouvrit un tiroir et se retourna, un pistolet à la main.

— Eh bien, c'est ce qui s'appelle un retournement de situation, dit Barry.

Dillon avait déjà glissé la main dans son dos, sous le blouson ; son bras se détendit et il y eut un bruit sourd ; la balle atteignit Daley en plein cœur, et il fut projeté contre le buffet avant de s'écrouler par terre, sans lâcher la bouteille.

Au cri poussé par Hannah, Dillon fit volte-face juste à temps pour voir un panneau de la boiserie s'ouvrir à côté de la cheminée et Barry reculer d'un pas. Le panneau se referma hermétiquement avec un déclic avant que Dillon ne l'atteigne.

— Ah, la vache ! cria Blake.

— J'aurais dû m'en douter, dit Dillon. Il ne vient jamais dans un endroit qui ne dispose pas d'une ou deux échappatoires. Ce château est un vrai terrier. Nous ne pourrons jamais l'y retrouver.

Hannah regarda le corps de Daley.

— Et lui, qu'est-ce qu'on en fait ? Vous croyez qu'on devrait prévenir la gendarmerie ?

— Ce serait la dernière chose à faire, répondit Dillon. Il s'empara d'un tapis d'Orient étalé devant la cheminée et le roula autour du corps.

— Aidez-moi à le charger sur mes épaules, dit-il en se redressant.

Blake l'aida.

— Et maitenant ?

— Sortons d'ici. J'effacerai les traces. Il va rejoindre Bell dans le Trou de la Mer.

Il les précéda dans le grand hall d'entrée et Blake lui ouvrit la porte.

Dehors, la pluie avait redoublé de violence.

— Un temps idéal pour les basses œuvres, lança Dillon en s'éloignant. Je vous rejoins au portail.

Blake et Hannah trouvèrent la maison du gardien éclairée, mais nulle trace de celui-ci. Ils montèrent dans la Land Rover pour s'abriter de la pluie, et Dillon reparut après quelques minutes.

— Voilà qui est fait, et bien fait. Celui qui s'égare sur les chemins du Mal finit toujours par se perdre, dit-il, sentencieux.

Puis il se dirigea vers la maison et ouvrit la porte de la cuisine d'un coup de pied. La tête de Harker apparut dans l'embrasure.

— Nous les avons perdus, lui annonça Dillon. Monsieur le baron et Daley se sont enfuis par un passage secret.

— Il y en a quelques-uns comme ça, ici.

— De toute façon, Barry n'a pas besoin de savoir ce que vous avez fait. Vous n'avez qu'à la fermer. Il ne s'est rien passé.

— Pour ce qui est de la fermer, vous pouvez compter sur moi, dit le vieux. Attendez, je vous ouvre.

Dillon se mit au volant et ils repartirent sur la route qui longeait la côte.

— Et maintenant ? demanda Hannah.

— On peut demander le jet pour demain matin, on partira à la première heure. Ferguson est toujours friand de mauvaises nouvelles, comme tu le sais.

Il se tourna vers Blake :

— Et toi ? Tu rentres à Washington ?

— Non, je crois que je vais suivre cette affaire. Je vous accompagne à Londres, et je serai à vos côtés pour affronter la colère de Ferguson.

— Parfait. Prochain arrêt, donc, l'Hôtel Europa. Le service des chambres nous préparera un plateau.

5

Le jet Lear arriva à minuit et le lendemain à sept heures les lieutenants Lacey et Parry les attendaient sur le tarmac, prêts pour le décollage. Tout cela avait un air très officiel. L'avion portait la cocarde de la RAF et Lacey et Parry arboraient leurs galons sur leurs combinaisons de vol.

— Ça fait plaisir de vous revoir, monsieur Johnson, dit Lacey.

Puis il se tourna vers Dillon, dernier à gravir la passerelle :

— On va encore avoir de l'action, Sean ?

— Ma foi, c'est une façon de voir. Il faudra attendre encore un peu pour les vacances à Marbella, répondit Dillon en posant le pied sur la dernière marche.

L'appareil décolla, monta à dix mille mètres et vira au-dessus de la mer d'Irlande. Hannah trouva les thermos de thé et de café, et Dillon trois tasses.

— Tu disais que Ferguson nous attend au ministère de la Défense ?

— C'est ce qu'il a dit.

— Il t'a paru comment ?

— Calme.

— Seigneur, grommela Dillon en versant le thé. Préparons-nous au pire.

Une surprise de taille les attendait à l'aéroport de Farley Field : Ferguson. Lacey leur fit traverser la piste jusqu'à la limousine en les abritant tant bien que mal sous un grand parapluie de golf.

— Montez, bon sang, et voyons cette affaire, dit le général. Content de vous voir, Blake. Asseyez-vous à côté de moi.

Hannah et Dillon s'installèrent sur les strapontins et elle pressa le bouton qui permettait de relever la glace de séparation.

— Allons, commençons par le pire, reprit Ferguson. Racontez, Dillon. C'est à ça que les Irlandais sont les meilleurs.

— Vous ne croiriez jamais que sa mère, cette sainte femme, était originaire de Kerry, dit Dillon à Blake Johnson. Mais allons-y.

Il fit le récit des événements qui s'étaient déroulés à Belfast et à Spanish Head, sans rien omettre. Ferguson écouta sans l'interrompre, l'air de plus en plus préoccupé.

— Quel merdier ! dit-il, enfin. Il savait que vous n'étiez pas McGuire, alors que le coup avait été monté ces tout derniers jours.

— Il y a pire, général. Il connaissait l'existence du Sous-Sol, et il s'est vanté d'avoir un informateur à l'intérieur.

— Qui ça pourrait être ?

— Quelqu'un de la Maison Blanche, forcément. Et il y passe beaucoup de monde...

— Mais le Sous-Sol, en principe, est protégé par le secret, dit Ferguson.

— Tout comme votre bureau, général. Mais ils sont combien à en connaître l'existence ? lui fit observer Blake. Sans compter le piratage informatique. Même des gamins y arrivent.

— Tout comme nous, admit Ferguson.

— Nous ne nous en privons pas quand nous le pouvons, monsieur, souligna Hannah. Paris, Moscou...

— Et même Washington, renchérit Dillon.

— Vous aviez pris toutes les précautions ? demanda Ferguson à Blake.

— Peut-être pas. J'ai dû faire appel à l'agence de voyages — c'est le nom que nous donnons au Service des faux papiers. Je voulais un passeport au nom de Tommy McGuire, pour le cas où Barry me l'aurait demandé. Il a fallu organiser mon déplacement. Les billets d'avion, la chambre à l'Hôtel Europa, toujours au nom de McGuire.

— Et tout est passé par des ordinateurs, dit Hannah.

— En tous les cas, les faits sont là : il savait qui vous étiez, reprit Ferguson en laissant percer son irritation. Je n'aime pas ça du tout. Et je vous prie de croire que votre président ne l'aimera pas non plus.

— Ça, vous pouvez le dire, opina Dillon, d'un ton pénétré.

— Alors, qu'est-ce qu'on fait ? demanda Ferguson.

Dillon avait déjà une idée :

— J'ai repensé à ce McGuire. Il se pourrait qu'il ne nous ait pas tout dit.

— Qu'est-ce qui te fait croire ça ? demanda Hannah.

— C'est toujours ce qui se passe avec ce genre de types. Tu es flic depuis assez longtemps pour le savoir.

Il se tourna vers Ferguson :

— Laissez-le-moi.

— Tu as l'intention de le tabasser pour le faire parler ? demanda Hannah.

— Mais non ! Je veux seulement lui donner la trouille de sa vie.

— D'accord, il est à vous, dit Ferguson en hochant la tête.

— Parfait. Voici ce qu'on va faire...

La « maison » de Holland Park était un hôtel particulier du dix-neuvième siècle abrité derrière de hauts murs. Sous son apparence banale, le bâtiment était truffé de systèmes d'alarme et de surveillance qui en faisaient une véritable forteresse. McGuire avait été stupéfait d'y trouver un tel confort. Il disposait d'une chambre avec télévision et salle de bains attenante, et on lui servait d'excellents repas. Il ignorait, par contre, qu'il était filmé en permanence, même lorsqu'il se rendait aux toilettes, par une batterie de caméras de surveillance.

On l'invita à descendre dans un salon élégamment meublé où crépitait un feu de cheminée et à s'attabler devant un repas encore plus soigné que d'habitude. Il y avait même une bouteille de chablis. Son gardien était un certain Mr. Fox, d'allure tout à fait convenable, qui ne portait pas l'uniforme mais un strict complet bleu marine. McGuire, bien sûr, ne pouvait pas voir que Mr. Fox avait un Smith & Wesson de calibre .38 dissimulé sous son aisselle gauche ; et il ne se doutait pas non plus que le grand miroir à cadre doré placé au-dessus de la cheminée permettait à ceux qui se trouvaient derrière — en l'occurrence Ferguson, Blake et Hannah Bernstein — d'observer le moindre de ses gestes.

Ils regardèrent donc McGuire achever son repas, tandis que Fox se tenait près de la cloison. On frappa à la porte, Fox ouvrit, et Dillon entra.

— Eh bien, tu as l'air en très grande forme, Tommy, dit-il.

— Toi ! Qu'est ce que tu me veux ? demanda McGuire en le fixant d'un regard étonné.

— Simplement te mettre au courant de ce qui s'est passé en Ulster.

Il alluma une cigarette, prit la demi-bouteille de vin dans le seau à glace et emplit le verre de McGuire. Puis goûta.

— Pas mauvais. Pas mauvais du tout. Oui, nous avons raté Jack Barry. Il nous a joué les filles de l'air. Nous nous sommes débarrassés de ses deux gardes du corps, Bell et Daley. Ces noms te disent quelque chose ?

— C'est la première fois que je les entends.

— Ce qui est bizarre, c'est que Barry était prévenu. Il s'attendait à voir arriver mon ami américain Blake, celui qui devait se faire passer pour toi. Il savait tout de lui, et surtout qu'il travaillait pour le Président, et il s'est vanté d'avoir des informateurs bien placés dans les Services Secrets.

— Écoute, je n'ai rien à voir avec tout ça, protesta McGuire. Je vous ai dit tout ce que je savais au sujet de Barry. Si vous l'avez laissé filer, c'est votre problème et pas le mien.

— C'est vrai qu'il y a un problème, mon vieux. Mais pour toi, pas pour nous. Ce que je pense, vois-tu, c'est que tu es un sale menteur, et que tu sais beaucoup plus de choses que tu ne le prétends.

— Quelle connerie ! Je vous ai tout dit.

— Vraiment ? Dans ce cas, il ne nous reste plus qu'à te relâcher.

— Me relâcher ? répéta McGuire, interloqué.

— Tu nous as conduits jusqu'à Barry. La chance a joué contre nous et il nous a filé entre les doigts, mais ce n'est pas de ta faute. Et, pour tout dire, ce n'est pas le genre d'affaire qu'on a envie de voir étalée devant un tribunal.

Il se retourna vers le gardien.

— Monsieur Fox, faites entrer l'inspecteur principal.

Hannah fit son entrée, tenant à la main une feuille dactylographiée qui avait tout l'air d'un document officiel.

— Allez chercher les effets personnels du détenu et conduisez-le à l'aéroport d'Heathrow, dit-elle à Fox.

Puis elle se tourna vers McGuire :

— Thomas McGuire, j'ai ici un arrêté d'expulsion vous concernant au titre d'étranger indésirable. Il est établi que vous êtes entré illégalement dans ce pays sur un vol en provenance de Paris, et c'est donc vers Paris que vous êtes expulsé aujourd'hui même. Je n'ai aucune idée du traitement que vous réservent les autorités françaises.

— Attendez..., commença McGuire.

— Je te souhaite bonne chance, Tommy. Tu vas en avoir besoin, l'interrompit Dillon.

— Pourquoi ?

— Jack Barry ne compte plus ses amis à travers l'Europe et le Moyen-Orient. Les Palestiniens de l'OLP, les Libyens, etc. On sait également qu'il a pas mal fricoté avec la Mafia, ces dernières années.

— Qu'est-ce que ça peut me faire ?

— À partir du moment où il sait que mon ami Blake n'était pas toi, il voudra aussi savoir, j'en mettrais ma main au feu, quel jeu tu as joué toi-même dans cette histoire. Crois-moi, Tommy, il n'est pas près de te lâcher. C'est pourquoi je te dis bonne chance !

Et de tourner les talons pour se diriger vers la porte.

— Mais, Bon Dieu, s'écria McGuire dans son dos, vous savez bien que ce type est un vrai sadique ! Il a déjà tué un Brit, en Irlande, en le balançant dans une bétonnière !

— C'est un fait, ça, monsieur McGuire ? demanda Hannah dans le silence qui suivit.

Il la regarda, puis regarda Dillon et se rassit.

— Je sais encore de quoi je parle, dit-il.

— Alors, explique-nous tout ça, répondit Dillon en revenant sur ses pas.

La porte s'ouvrit, livrant passage à Blake et Ferguson.

— Allons, mon vieux, c'est le moment de se mettre à table, dit le général.

— Donnez-moi une cigarette, pour l'amour du ciel !

— Vide ton sac, Tommy, tu te sentiras mieux après, l'encouragea Dillon en tirant une cigarette de son vieil étui en argent et en lui offrant du feu.

— Comme je vous l'ai dit, je n'ai jamais eu de contact direct avec Barry, mais il traitait avec Jobert à Marseille, et comme je travaillais pour Jobert j'avais l'habitude de voir les types que Barry envoyait d'Irlande pour les achats d'armes. Il y en avait un, Doolin, avec qui j'avais monté des coups à Paris. Patrick Doolin...

— J'ai déjà entendu ce nom, coupa Dillon. Ça ne serait pas le type qu'on a retrouvé pendu dans sa cellule à la prison de Maze ?

— C'est lui. On a passé une soirée ensemble à Paris, une fois, et on s'est offert un repas sur un ces bateaux-mouches qui vous baladent sur la Seine. Un vrai gueuleton, et bien arrosé. Doolin était très remonté contre Barry et il m'a dit que ce mec était une vraie ordure.

Ils écoutaient tous en silence, impatients d'entendre la suite.

— Il m'a dit qu'il avait fait le chauffeur pour Barry. L'histoire qu'il m'a racontée devait remonter à deux ou trois ans. Un soir, Barry était saoul et il s'était drogué en plus, il savait pas à quoi. Il a dit à Doolin qu'il venait de coincer un commando infiltré par l'armée britannique, cinq hommes et une fille. Et qu'il en avait balancé un dans une bétonnière sur un chantier d'autoroute. Les quatre autres, je crois qu'ils avaient été abattus. Je m'en rappelle plus très bien.

— Mon Dieu, souffla Hannah.

— Quoi encore ? demanda Dillon, impitoyable.

— Vous savez que c'est lui le patron du Club des Fils d'Érin ? Il a dit qu'il avait réussi ce coup-là grâce à l'aide de la branche américaine, et de quelqu'un qu'il appelait le Contact.

— Le Contact ? répéta Ferguson.

— Oui, quelqu'un de très haut placé. D'après ce qu'il avait dit à Doolin, ça se passait comme au bon vieux temps, quand Mike Collins avait des flics du château de Dublin qui travaillaient pour lui.

— Il lui en a dit, des choses, à ce Doolin, observa Hannah.

— Veillez bien sur lui, monsieur Fox, dit Ferguson en hochant la tête. Nous reprendrons contact.

— À vos ordres, général.

Une heure plus tard, alors qu'il était dans son bureau avec Blake, Ferguson fut surpris de voir arriver Hannah, suivie de Dillon.

— J'ai trouvé quelque chose, monsieur, lui dit-elle. Il y a trois ans, les membres d'un commando secret opérant en Ulster ont été enlevés. Quatre hommes et une femme.

Le chef du commando, Peter Lang, a sauté sur une voiture piégée, et la charge était si puissante qu'on n'a rien retrouvé de lui. Voici tous les détails sur les quatre autres. Il s'agit certainement de l'épisode dont parlait Barry.

— Mon Dieu, Peter Lang... le fils de mon vieil ami Roger Lang, dit Ferguson. Vous avez rencontré sa mère, Helen Lang, aux obsèques de Tony Emsworth.

— Oui, cette adorable lady avec qui j'ai discuté sur la terrasse ! se souvint Dillon. J'ai l'impression que cette fois, nous tenons une piste sérieuse. Quelle sera la prochaine étape ?

— Il faut que j'en parle au Président, dit Blake.

— Pas encore, Blake, objecta Ferguson en secouant la tête. Je connais votre liberté d'action, mais je vous demande d'attendre, pour le moment. Il y a certaines choses que je voudrais faire d'abord.

Il se tourna vers Hannah.

— Vous avez trouvé d'autres informations ? Quelque chose qui permette d'établir un lien avec Barry ?

— Non, monsieur. Pourtant, je dois vous le dire, je me suis introduite dans les fichiers MI5 et MI6.

— Appelez immédiatement Simon Carter, dit le général, après quelques secondes de réflexion. Demandez-lui ce qu'il sait au sujet de Barry et des Fils d'Érin, et s'il a la moindre idée sur des fuites éventuelles en provenance de la Maison Blanche.

— Entendu, monsieur.

Elle sortit.

— La cantine n'est pas mauvaise, ici, Blake. Allons manger quelques sandwiches en attendant la suite.

Ils étaient installés à une table d'angle, une demi-heure plus tard, quand Hannah les rejoignit.

— Alors, vous avez eu Carter ? demanda Ferguson.

— Il a toujours le même caractère impossible. Enfin, presque.

— Que voulez-vous dire ?

— Il m'a paru profondément choqué. J'ai eu l'impression qu'il était déjà au courant, mais ce n'est pas possible.

— Cette fripouille serait capable de mentir à Dieu et à tous ses saints, grommela Dillon.

— Je dois dire qu'il a repris assez vite ses esprits. Il m'a parlé du passé de Jack Barry, et c'est tout — rien que nous ne sachions déjà.

— Et rien sur Washington et les Fils d'Érin ? demanda Blake, avant d'ajouter à l'adresse de Dillon : Simon Carter est-il toujours directeur adjoint des Services de sécurité ?

— Absolument.

— Alors, s'il sait réellement quelque chose...

— Appelez-le-moi sur votre portable, dit Ferguson à Hannah.

Elle s'exécuta.

— Simon, dit aussitôt Ferguson, il faut que je vous voie. À La Terrasse, dans une demi-heure.

— Mais enfin, Ferguson...

— Je suis en train de mettre la dernière main à mon rapport pour le Premier ministre. J'aimerais avoir votre opinion.

Ferguson raccrocha et réfléchit un instant.

— Je vous emmène avec moi, Blake, dit-il enfin. En tant que représentant de votre président. Il en sera impressionné. Et vous venez aussi, Dillon, parce que vous avez l'art de le mettre en boule.

— Si quelqu'un m'a jamais détesté, c'est bien ce cher vieux Carter.

— Oui, et justement, j'aimerais qu'il s'énerve un peu, dit Ferguson. Hannah, mon petit, vous qui êtes un génie en matière d'informatique, cherchez tout ce qui pourrait nous intéresser. Allons-y, messieurs.

La Chambre des communes jouit d'une situation remarquable sur les bords de la Tamise et n'abrite pas moins de vingt-six bars et restaurants proposant une cuisine qui est non seulement excellente mais aussi parmi les moins chères de Londres.

Ferguson lui-même, en dépit de son entregent, dut prendre sa place dans la file d'attente, comme tout le monde, pour passer devant l'œil vigilant des policiers de service. Le groupe atteignit enfin le hall central et, après avoir traversé un véritable labyrinthe de corridors, trouva l'entrée de la fameuse Terrasse, où l'on pouvait se restaurer en admirant la vue sur la Tamise.

Il faisait encore frais en cette fin d'hiver, mais on avait relevé les vélums pour que les nombreux clients déjà attablés profitent pleinement du soleil. Il y avait d'un côté les membres de la Chambre des lords, de l'autre des membres de la Chambre des communes, et une foule de visiteurs étrangers.

— Dieu merci, vous portez une veste, Dillon. Voilà qui nous change. Pour un peu, vous auriez l'air convenable.

— Vous accompagnez la délégation japonaise, monsieur ? s'enquit un serveur auquel Dillon venait de faire signe.

Dillon fit passer un verre à Blake, un autre à Ferguson qui l'accepta avec quelque réticence, et en prit un pour lui-même.

Ils s'approchèrent du parapet pour regarder la Tamise en contrebas.

— Comment est la sécurité, ici ? demanda Blake.

— Ils ne laissent rien passer, affirma Dillon. Même un amiral en grand uniforme aurait des problèmes.

— Mais pas ce petit voyou, dit Ferguson à Blake. Il est parvenu à s'introduire jusqu'ici l'an passé, en même temps que votre président et notre Premier ministre, pour montrer à Carter que son service d'ordre n'était pas infaillible. Il s'était déguisé en serveur et il leur a offert des amuse-gueules !

Blake éclata de rire.

— Carter n'était pas très content, s'esclaffa à son tour Dillon.

— Eh bien, il y avait de quoi, n'est-ce pas ?

Au moment où Blake prononçait ces mots, Simon Carter apparut. Il se dirigea vers leur table.

Il ne put réprimer une grimace en apercevant Dillon.

— Bon Dieu, Ferguson, on avait vraiment besoin de ce petit merdeux avec nous ?

— Dieu vous ait en Sa Sainte Garde, monsieur Carter, psalmodia Dillon. Vous êtes trop aimable de m'accepter en votre compagnie... un grand homme comme vous !

— Dillon est ici parce que j'ai besoin de lui, intervint Ferguson. Je vous présente Blake Johnson, qui est chargé de la sécurité personnelle du président Cazalet.

— Oui, je connais Mr. Johnson, répondit Carter, en tendant la main d'un air maussade.

— Au travail, reprit Ferguson. L'inspecteur Bernstein vous a présenté une demande d'information concernant Frank Barry et les Fils d'Érin.

— Je lui ai dit tout ce que je savais. Elle l'aura certainement vérifié sur les ordinateurs. Je sais que vous le faites toujours.

— Comme vous. Donc, vous n'avez pas la moindre idée sur un éventuel informateur de Barry à la Maison Blanche ?

— Si j'en avais une, je vous l'aurais dit.

— À vous l'honneur, dit Ferguson en se tournant vers Blake. Racontez-lui tout.

Quand Blake acheva son récit, Carter donnait l'impression d'avoir retrouvé tout son calme.

— Toute cette histoire, dit-il, pourrait être un tissu de mensonges. Pourquoi croire ce McGuire ? Pourquoi ajouter foi à ce qu'aurait dit ce pauvre minable de Doolin ?

— Il n'empêche que lorsque Blake était entre les mains de Barry, celui-ci lui a dit qu'il avait un bon informateur, fit observer Dillon.

— Et tout indique que c'est vrai, puisqu'il m'attendait et savait qui j'étais, ajouta Blake.

Carter s'abstint de répondre, et Ferguson fit signe au serveur qui passait avec du champagne.

— Encore une coupe, messieurs ? Même vous, Carter, vous ne pouvez pas en rester là.

— Si c'est vous qui le dites.

— Une dernière chose. Les membres de ce commando enlevés et assassinés par Jack Barry il y a trois ans — le major Lang et les quatre autres —, vous n'en avez rien dit à l'inspecteur Bernstein.

— Parce qu'elle ne m'a rien demandé. Les faits, n'importe qui peut en prendre connaissance sur l'ordinateur. Mais il n'y a jamais eu le moindre indice permettant d'établir un lien entre cette affaire et des gens comme Barry et les Fils d'Érin. Vous pouvez toujours chercher, Ferguson, il n'y a rien là-dessus dans nos fichiers. Autre chose ? Je suis très occupé en ce moment.

— Non... pas vraiment. Je ne manquerai pas de dire au Premier ministre que vous vous montrez toujours aussi coopératif.

Carter le regarda en fronçant ses gros sourcils.

— Vous voulez mêler le Premier ministre à tout ça ?

— Si quelqu'un sait quelle position j'occupe auprès de lui, c'est vous, Carter. La garde privée, c'est bien ainsi, n'est-ce pas, que vous appelez mon service ?

— Allez vous faire pendre ! explosa Carter en tournant les talons.

— Très bien, sourit Dillon. Et après ?

— J'ai déjà pris rendez-vous avec le Premier ministre, pour cet après-midi, expliqua Ferguson. Vous viendrez avec moi, Blake, pour qu'il ait aussi votre avis. Et vous, Dillon, vous attendrez dans la voiture, comme d'habitude.

— Rien ne change, et je sais me tenir à ma place, commenta Dillon avec un grand sourire à l'adresse de Blake.

En rentrant au ministère de la Défense, ils trouvèrent Hannah Bernstein toujours scotchée à son écran d'ordinateur.

— Rien à signaler ? demanda Ferguson.

— Si, je suis tombée sur quelque chose d'intéressant, monsieur, répondit Hannah. D'après différentes sources, les services de sécurité ont tout fait depuis deux ans pour retenir les informations les plus sensibles concernant les opérations conduites par les Irlandais chaque fois qu'elles semblaient impliquer certains de nos amis américains. Sous prétexte que de telles informations arrivaient inévitablement à l'oreille du Sinn Fein.

— Que s'est-il donc passé ?

— Oh, le contact n'a pas été rompu, mais la qualité des informations qui étaient transmises semble avoir sérieusement baissé — c'était du niveau de ce qu'on peut apprendre dans les journaux pour peu qu'on lise attentivement les pages politiques. Quelques bribes de temps en temps...

— Mais plus rien sur les opérations secrètes, coupa Dillon.

— Pourtant, s'il s'agissait d'une politique délibérée des Services Secrets, observa Blake, nous l'aurions su, n'est-ce pas ?

— Je serais le dernier prévenu, dit Ferguson. Ils m'ont toujours détesté à cause de la position que j'occupe auprès du Premier ministre. Ils n'ont jamais cessé de me mettre des bâtons dans les roues, et offert le minimum de coopération possible.

— Je vois très bien ce que vous voulez dire, opina Blake. J'ai les mêmes problèmes avec la CIA et le FBI.

— Pour résumer, conclut Dillon, nous avons tous compris que Carter et son équipe étaient au courant de ce qui s'est passé il y a trois ans. Ils ne l'ont peut-être pas su tout de suite, mais ils l'ont appris à un moment ou à un autre.

— C'est bien mon avis, dit Ferguson en hochant la tête. Il se tourna vers Hannah :

— Inspecteur, c'est dans cette direction qu'il faut chercher maintenant. C'est le moment de montrer tout ce qu'on vous a appris à Cambridge.

— Deux faits me paraissent certains, monsieur. Premièrement, quelque chose les a amenés à traiter nos amis américains avec méfiance en ne leur transmettant plus que des renseignements anodins, sinon à pratiquer carrément de la désinformation. Je dirai qu'ils ont appris très tôt ce qui s'était passé mais ont décidé de le garder sous silence, en l'absence de preuves.

— Et deuxièmement ?

— Il n'y a pas le moindre dossier. Si le directeur adjoint le dit, je le crois.

— Vous aussi ? demanda Blake à Ferguson.

— Oh oui ! ça cadre. Ils jouent leur propre jeu, vous savez ? Dans la mesure où c'est le processus de paix qui prime, ils se sont sans doute dit qu'ils ne voulaient pas poser un problème à notre Premier ministre, parce que cela aurait touché votre président et *lui* aurait posé un problème. Sans compter que nous aurions été, vous et moi, amenés à nous en mêler aussi.

— Les salauds ! dit Blake.

— Oui, et ils savaient qu'ils ne risquaient rien en vous balançant des informations inutiles, poursuivit Ferguson. C'est ce que nous avons fait, nous-mêmes, pendant la Seconde Guerre mondiale pour embrouiller les services de l'Abwehr.

— Et au bout du compte, on finit par se demander qui dirige le pays, observa Dillon.

— Qu'allez-vous faire, maintenant ? interrogea Hannah.

— Avant tout, en parler au Premier ministre. Je n'ai pas le choix, tout comme Blake vis-à-vis de son président. Cazalet attend un rapport sur l'affaire Barry, et je ne vois pas comment Blake pourrait éviter de lui dire toute la vérité.

— Bien sûr, approuva Blake.

— Y compris en ce qui concerne l'implication des Services Secrets, monsieur ?

— Mais vous n'en trouverez pas la moindre trace ! Ils n'ont pas de dossier, ils vous diront qu'ils ne savaient rien jusqu'à aujourd'hui. Ils sont prêts à jouer les étonnés et à laisser discrètement entendre que les déclarations de McGuire sont un pur délire. Vous avez vu Carter...

— On en restera donc là ? insista Hannah, incrédule.

— Pas du tout ! Je vais de ce pas trouver le Premier ministre pour le mettre au courant de toute l'affaire, et à partir de là c'est moi qui prendrai les choses en main.

— Bonne chance, Simon Carter ! chantonna Dillon.

Sous l'œil des policiers du service de sécurité, la Daimler franchit les grilles du 10, Downing Street.

— Nous ne serons pas longs, je pense, dit Ferguson.

— Bien sûr, et j'ai l'habitude d'attendre dans cette cour, rétorqua Dillon, avec un sourire narquois à l'adresse de Blake. C'est toujours Dillon qu'on sonne quand on a besoin d'un second couteau, mais quand on va voir le grand patron, on évite de le montrer !

— Prenez donc le *Times*, plutôt que de râler. C'est une lecture très instructive, dit Ferguson en lui jetant son journal.

Le policier les salua, la porte s'ouvrit et un collaborateur du Premier ministre s'avança vers eux en souriant.

— Général, monsieur Johnson. Le Premier ministre vous reçoit tout de suite.

Il les conduisit au premier étage, en passant devant les portraits des précédents chefs de gouvernement, puis le long d'un corridor, frappa un coup discret à une porte et ouvrit. Le Premier ministre était assis à son bureau. Il se leva et vint vers eux pour serrer la main de Ferguson.

— Général.

— Monsieur le Premier ministre. Quand vous avez pris vos fonctions, nous avons discuté des modalités de ma collaboration. Je vous ai dit alors, comme vous vous en souvenez certainement, que le président des États-Unis avait auprès de lui une structure du même type ?

— Le Sous-Sol ?

— Oui, monsieur. Je vous présente Blake Johnson, qui en est le responsable.

Le Premier ministre échangea une poignée de main avec Blake.

— Asseyez-vous, messieurs. Vous m'avez fait dire, Ferguson, qu'il s'agissait d'une affaire grave.

— En effet.

— Je vous écoute, donc.

Le récit terminé, le Premier ministre resta un instant sans rien dire, la mine soucieuse.

— Cette histoire semble incroyable. Que va-t-il se passer maintenant ?

— Mr. Johnson va devoir en avertir son président. Je propose qu'il le fasse dès son retour à mon bureau.

— Je suis d'accord. Il se trouve que je dois appeler moi-même le président Cazalet en fin d'après-midi, pour des questions concernant le processus de paix en Irlande. Je lui parlerai de cette affaire en précisant bien que je vous fais entièrement confiance ainsi qu'à Mr. Johnson.

— Et où se situe, là-dedans, le directeur adjoint des Services de sécurité ?

— Où il se situe ? répéta, calmement, le Premier ministre. Nulle part. Ses services ne savent rien, n'est-ce pas ? Simon Carter a été catégorique là-dessus. « Pas de dossier », a-t-il dit. Très bien. Ceci me paraît exactement le genre d'affaires que mes prédécesseurs vous auraient demandé de prendre en main. Donc, vous la prenez en main.

— Vous pouvez compter sur moi, monsieur le Premier ministre.

Les deux hommes se levèrent, la porte s'ouvrit comme par magie, et il les accompagna jusqu'à la sortie.

Blake, finalement, ne parvint pas à joindre le Président aussi vite qu'il l'aurait voulu. On lui passa le chef du secrétariat et il apprit que Jake Cazalet se trouvait ce soir-là à

Boston, où il devait prononcer un discours. Il rejoindrait ensuite sa maison de Nantucket pour une pause de trois jours. Puis Blake demanda qu'on lui passe sa secrétaire particulière, Alice Quarmby, et comme il avait appelé sur le réseau Codex Quatre, il put lui parler librement.

— Je m'inquiétais pour vous, lui dit Alice.

— Vous n'aviez pas tort. Ce salopard de Barry nous a filé entre les doigts, mais il a bien failli m'avoir. Vous connaissez ce Club des Fils d'Érin ? Essayez de vous renseigner là-dessus.

— Tout de suite.

— Il faut que je rentre rapidement, voyez si vous me trouvez un avion militaire en fin de soirée.

— Je vous rappelle.

Ils eurent une dernière discussion dans le bureau de Ferguson, et Hannah formula la conclusion qui s'imposait comme une évidence :

— Nous ne pouvons rien faire de plus ici.

— La balle est dans ton camp, vieux frère, renchérit Dillon. Très précisément, sur la branche new-yorkaise des Fils d'Érin. On reste dans l'ambiance des pubs irlandais, ajouta-t-il en riant.

— Tu ne crois pas si bien dire, opina Blake en fronçant les sourcils.

— Et le mystère de la Maison Blanche reste entier, souligna Hannah. On se croirait dans un roman d'Agatha Christie.

— Oui, mais dans ces romans-là, ma chère, les choses sont toujours très simples, dit Ferguson.

— Le coupable était le maître d'hôtel, dit Dillon.

— Non, mais il n'y a jamais plus d'une dizaine de personnes réunies dans la maison de campagne pour le weekend, et il se trouvait forcément parmi elles.

Le téléphone sonna. Il écouta un instant, hocha la tête.

— Une seconde, dit-il en se tournant vers Blake. Votre secrétaire vous fait dire qu'elle vous a trouvé un vol sur un Gulfstream de la RAF qui part ce soir pour les États-Unis. Le pilote se posera à Farley Field pour vous embarquer.

— Parfait, dit Blake.

— Confirmé, dit Ferguson, avant de raccrocher.

— Et voilà, sourit Dillon. À toi de jouer maintenant, vieux frère. On va attendre ici, en croisant les doigts.

Washington
Nantucket
New York

6

DANS son bureau de la Maison Blanche, Blake retrouva Alice avec une joyeuse émotion. Il avait réussi à dormir pendant le vol et le petit déjeuner qu'il avait pris lui restait sur l'estomac à cause du décalage horaire, mais il put satisfaire sans plus attendre son désir de prendre une douche et de se changer — il lui arrivait si souvent de dormir là qu'il avait toujours une tenue en réserve.

Comme il s'asseyait enfin à sa table, rasé, shampouiné et resplendissant dans un complet de flanelle gris-bleu, Alice lui tendit une tasse de café.

— Vous semblez rajeuni de dix ans.

— Il faut que je voie le courrier.

— J'ai fait de mon mieux. Dites-moi maintenant ce qui s'est passé.

Blake avait une façon bien à lui de diriger le Sous-Sol. Son équipe permanente se composait d'une seule personne — Alice. Chaque fois qu'il en avait besoin, il trouvait des collaborateurs occasionnels dans une liste secrète : des amis de l'époque où il travaillait pour le FBI, retraités ou reconvertis pour la plupart ; des experts de toutes sortes, depuis les professeurs d'université jusqu'aux anciens camarades du Viêt-nam. Il faisait fonctionner tout cela à la manière d'une cellule marxiste, aucun des membres ne sachant ce que faisaient les autres, ou qui ils étaient et si seulement ils existaient. Sauf Alice. Cette dernière, après avoir écouté son récit, était maintenant au comble de l'indignation.

— Une taupe à la Maison Blanche ? Voilà qui dépasse l'entendement !

— Pourquoi pas ? On en a déjà trouvé partout. Au Pentagone, au FBI, à la CIA...

— D'accord, je vois ce que vous voulez dire. (Elle lui versa un autre café.) Il y a trop de choses dans les ordinateurs de nos jours, voilà le problème. Malgré toutes les précautions, ils ne sont jamais complètement inviolables.

— Eh oui, la vie est dure, dit Blake. À propos, vous avez trouvé quelque chose sur ces Fils d'Érin ?

— Des miettes. Jack Barry est fiché au FBI et à la CIA, mais ce sont les seuls endroits où l'on fasse mention des Fils d'Érin.

— Il en a parlé, pourtant, dit Blake, la mine soucieuse, avant d'ajouter avec un rire soudain : voilà qui me fait penser à ce que disait Dillon. Qu'on était dans une histoire de pubs irlandais.

— C'est peut-être une idée à creuser, dit-elle en riant à son tour.

— Allez-y. Cherchez du côté des pubs, des clubs, des restaurants. On verra bien ce qu'il en sort.

— Il sera fait selon votre volonté, maître.

Elle sortit et Blake se plongea dans la paperasse.

Elle reparut moins d'une heure plus tard.

— Mon Dieu, comme c'était facile ! Il suffisait de chercher au bon endroit, dit-elle en brandissant un papier. Les Fils d'Érin. C'était dans l'annuaire, à « Clubs irlandais ». Ils se réunissent dans un bar-restaurant du Bronx, le Murphy's.

Blake lut l'adresse, jeta un coup d'œil à sa montre.

— J'ai juste le temps de filer à l'aéroport si je veux attraper la navette pour New York. S'il vous plaît, sautez sur votre téléphone et réservez-moi une place, et aussi une chambre d'hôtel. Une suite plutôt, quelque chose qui soit digne de moi.

Elle ressortit du bureau en riant aux éclats.

Le Murphy's se trouvait dans Haley Street. Il était un peu plus de trois heures quand la voiture de Blake s'arrêta devant l'établissement. De l'extérieur, il offrait l'apparence d'un pub irlandais comme on en voit beaucoup, avec sa devanture verte et les inévitables harpes dorées pour emblème. Celui-ci avait toutefois un côté ancien, bien établi.

— Attendez ici, George, dit Blake à son chauffeur.

Il sortit de la voiture et se dirigea vers l'entrée.

L'intérieur était sombre et décoré à l'ancienne, avec des stalles pour les dîneurs et une débauche de boiseries. Deux personnes achevaient leur repas dans l'une des stalles, mais le coup de feu était largement passé. Le barman était vieux, soixante-quinze ans au moins. Manches retroussées et lunettes en équilibre au bout du nez, il lisait les pages sportives du *New York Times.*

— S'il vous plaît, appela Blake. Je voudrais un Bushmills, et de l'eau.

— Voilà un homme de goût, au moins, dit le vieux en tendant la main vers la bouteille.

— Normal, dit Blake, quand on s'appelle Dooley. C'est un ami qui m'a conseillé de passer ici. Un certain Barry.

— Connais pas, marmonna le vieux en poussant le verre sur le comptoir.

— Il m'a parlé d'un club qui se réunissait ici dans le temps... Les Fils d'Érin, poursuivit Blake.

— Ah, oui. Ils étaient une bande de quatre ou cinq. Je me rappelle pas beaucoup d'eux, sauf qu'il y avait le sénateur.

— Le sénateur ?

— Eh oui, le sénateur Michael Cohan. Un type vraiment sympathique.

— C'est intéressant, ça. Qui étaient les autres ?

— Attendez... Patrick Kelly, un entrepreneur, il a beaucoup construit dans le quartier... Tom Cassidy, qui avait une chaîne de pubs irlandais... Qui, encore ?

Il fronçait les sourcils.

— Vous prendrez bien un verre ?

— Euh, merci. Ça se refuse pas.

Il versa le whisky, en but la moitié. Blake attendait.

— Brady, dit-il enfin. Martin Brady. Celui-là, il fait partie du Syndicat des camionneurs. Ou plutôt il faisait, vu qu'il paraît qu'il s'est fait dessouder la semaine dernière.

— Comment ça ?

— Comme je vous le dis. Il sortait de la salle de gym du syndicat, un soir, et paf, on lui a tiré dessus ! On m'a dit qu'il avait fait des blagues, ajouta-t-il en baissant la voix, penché au-dessus du comptoir.

— Ah ! Je vois... Mais dites-moi, ces Fils d'Érin, vous savez quand ils se réunissent ? Quel jour, je veux dire ?

— Oh, c'est pas régulier. De temps en temps. Ça fait des mois qu'on les a pas vus ici.

— Vraiment ? dit Blake en posant un billet de vingt dollars sur le comptoir. Je n'ai pas de chance, alors. Merci pour l'accueil, en tout cas. Gardez la monnaie.

— Merci à vous !

Dans sa voiture, il appela Alice sur son portable.

— Notez.

Il lui donna les noms des membres du Club des Fils d'Érin.

— Voyez ce que vous pourrez trouver concernant le meurtre de Brady en interrogeant l'ordinateur de la police de New York. Je file à l'Hôtel Pierre. Je vous rappellerai dans une heure.

— Pourquoi c'est toujours vous qui allez dans les endroits chics, et jamais moi ?

— Parce que je suis quelqu'un de très important, Alice.

— Vous savez que c'est cet ego hypertrophié qui plaît le plus, chez vous ?

Elle raccrocha.

Il prenait un café et des sandwiches dans sa chambre quand elle le rappela.

— Vous êtes assis ?

— C'est si grave ?

— On pourrait le dire comme ça. Vous vouliez en savoir plus sur le meurtre de Brady ?

— C'est bien ce que vous ai demandé.

— Alors, voilà. J'ai interrogé l'ordinateur de la police de New York sur ces trois noms, en me disant qu'il y avait peut-être un lien avec les Fils d'Érin.

— Et alors ?

— Et alors, il semble bien que oui. Le nom du club n'est mentionné nulle part, mais Brady, Kelly et Cassidy y sont tous les trois.

— Continuez.

— Ils ont tous été abattus, Blake. Brady le premier, devant une salle de gymnastique. Cassidy trois jours plus tard, et on a parlé d'une affaire de racket. Kelly trois jours après Cassidy, à Ossining, alors qu'il faisait du jogging dans sa propriété, et on a mis ça sur le compte d'un crime crapuleux.

— Seigneur, dit Blake, stupéfait. Et nous n'avons pas été alertés !

— Les journaux en ont parlé, mais sans faire le rapprochement entre les trois affaires.

— Parce qu'ils ignoraient l'existence des Fils d'Érin, évidemment.

— Vous allez prévenir la police ? demanda Alice.

— Je n'en sais trop rien. Et le sénateur Cohan ?

— Il n'y a rien sur lui dans les fichiers de la police, mais il est toujours vivant, lui. Je l'ai vu à la télé, hier soir, dans l'émission *Larry King Live !*

— Qu'est-ce qu'il y faisait ?

— Oh, un prêche pour la paix en Irlande, comme d'habitude. Tout le monde s'y met en ce moment. Il s'apprête à aller à Londres pour offrir sa petite contribution, histoire de se ménager les faveurs de son électorat irlando-américain. Que voulez-vous que je fasse ?

— Prenez l'un de ces pouvoirs signés en blanc par le Président — vous savez, ceux que nous avons toujours en réserve — complétez-le au nom du capitaine Harry Parker, et faxez-le moi ici.

Il lui donna son numéro de chambre.

— Qui est ce type ?

— Un produit de la tolérance zéro dans les rues du bon vieux New York. Il commande une unité spéciale antihomicide — les meilleurs détectives, les plus gros ordinateurs. On s'est connus au FBI.

— Donc, il vous doit un service ?

— Peu importe. Quand je lui aurai présenté ce pouvoir, il ne discutera pas. Je vous rappelle dès que possible.

Il téléphona ensuite à Ferguson dans son bureau du ministère de la Défense. Comme il était huit heures du soir à Londres, l'appel atterrit dans l'appartement de Cavendish Square.

— Ce que j'ai à vous apprendre ne va pas vous faire plaisir, dit-il.

Et il lui donna les mauvaises nouvelles, sans oublier de mentionner la présence des Fils d'Érin dans le tableau.

— Nous avons du pain sur la planche, observa Ferguson.

— Je ne vous le fais pas dire. Je réfléchissais à la mort de Ryan à Londres. Après tout, il était lui aussi en contact avec Barry. Vous pourriez m'obtenir de Scotland Yard des informations là-dessus ? Dillon pense que le tueur était une femme, mais je suis curieux de savoir quelle arme a été utilisée.

— Entendu. Je vous rappelle dans la demi-heure.

Après avoir téléphoné à la police britannique les données dont il disposait, Ferguson appela Dillon.

— Vous feriez bien de venir rapidement.

Dix minutes plus tard, Dillon arrivait. Il fut reçu par Kim et monta jusqu'au bureau de Ferguson, qu'il trouva devant son photocopieur.

— Que se passe-t-il ?

Ferguson lisait les deux feuilles qu'il était en train de reproduire. Il leva la tête et les tendit à Dillon.

— Le rapport des policiers qui ont retiré le cadavre de Ryan du fleuve. L'arme utilisée n'était pas de celle qu'on rencontre tous les jours dans ce genre d'affaires. Lisez vous-même.

— Un colt .22 ! s'exclama Dillon en hochant la tête. C'est une arme de femme, mais mortelle quand on l'utilise avec des balles à pointe creuse. Alors ?

— Je viens d'avoir Blake à New York. Il a trouvé les Fils d'Érin, Dillon. Et ils sont presque tous morts. Trois d'entre eux ont été abattus en l'espace d'une semaine, et tous au cours des quinze jours écoulés.

Dillon émit un sifflement.

— L'unique survivant, à notre connaissance, est Michael Cohan, le sénateur de New York... Bon Dieu ! Il est attendu ici dans quelques jours pour un truc en faveur de la paix en Irlande qui doit se tenir au Dorchester. Il ne nous manquait plus que ça, un sénateur américain qui vient se faire descendre à Londres ! Et vous pouvez être certain que c'est à nous que le Premier ministre va demander d'assurer sa sécurité.

— Et alors ?

— Et alors... J'appelle Blake pour le mettre au courant.

Dans sa chambre de l'Hôtel Pierre, Blake hocha plusieurs fois la tête après avoir écouté avec beaucoup d'attention.

— Je dois partir pour rencontrer un super-spécialiste de la lutte anticriminelle, dit-il. Envoyez-moi les documents dont vous disposez, et je verrai ce que je peux trouver. Dillon est avec vous ?

— Je vous le passe.

— Alors, qu'en dis-tu, cette fois, cher ami irlandais ?

— Ma foi, tu connais comme moi le vieux dicton. Un ça va, deux c'est une coïncidence, trois c'est un coup de l'ennemi. Et nous voici à quatre.

— Tu crois réellement qu'il s'est agi chaque fois de la même personne ? Une *femme* ?

— Je sais une chose. Une personne ou un groupe de personnes ont décidé de refroidir les Fils d'Érin, et de quatre à cinq, il n'y a pas loin. Si j'étais ce sénateur Cohan, je me ferais sérieusement du souci.

— Moi aussi. On reste en contact.

— On attend, donc, dit Dillon à Ferguson en raccrochant. Vous allez en parler au Premier ministre ?

— Pas tout de suite.

— Et Carter, dans tout ça ?

— Qu'il aille se faire pendre.

— Prenons un dernier verre, et je partirai avec vous.

Harry Parker, dans son bureau du One Police Plaza*, songeait à rentrer chez lui. Il avait eu une rude journée. Trois rixes dans les milieux de la drogue, six interrogatoires épuisants, et un monceau de paperasses. Il projetait un arrêt-détente dans l'un de ses bars préférés quand le téléphone se mit à sonner.

— Harry ?

— Qui est à l'appareil ?

— Blake Johnson.

— C'est toi, vieille branche ! Je ne t'ai plus vu depuis l'enquête sur l'affaire de Delaney Street — ça remonte à quand, ça, deux ans ? Trois ans ? Il paraît que tu as quitté le FBI ?

---

* Nom donné au siège de la police à New York (*N.d.T.*).

— J'ai fait mon chemin. Je te raconterai tout quand on se verra.

— Quand ?

— Oh, d'ici dix minutes ou un quart d'heure.

— Mais je partais !

— Si je te disais, Harry, que j'ai besoin de te voir pour une affaire concernant directement le Président ?

— Je te répondrais que tu n'es qu'un tas de merde.

Blake resta silencieux.

— C'est bien ce que tu es, n'est-ce pas ? Avoue.. ?

Puis l'instinct qu'il avait acquis en vingt-cinq ans dans les rue de New York alerta Parker.

— Bon Dieu, dans quoi tu vas encore m'entraîner ?

— Dans quelque chose de très intéressant, je t'assure. Mets de l'eau à chauffer pour le café.

Harry Parker, cent dix kilos, resta un moment sans bouger, à réfléchir. Grand, noir, né à Harlem, il avait obtenu son diplôme de l'université de Columbia grâce à une bourse et, sitôt après, s'était engagé dans la police. Il avait toujours rêvé d'être policier, ne refusant jamais les services de nuit et les semaines de soixante-dix heures — à l'inverse de sa femme.

Elle l'avait quitté une dizaine d'années plus tôt pour convoler à nouveau avec un pasteur de Georgie. Mais Harry avait toujours son fils, un médecin, et sa fille, mère célibataire et journaliste à la station locale de CBS, qui avait fait de lui un grand-père en donnant naissance à sa première fille deux ans auparavant.

Il reprit le téléphone pour appeler le *delicatessen* situé juste en face de son immeuble.

— Salut, Myra, c'est le capitaine Parker. J'ai du travail pour la soirée. Faites-moi porter des sandwiches pour deux, des frites et du café.

Il ouvrit le tiroir, y prit un paquet de cigarettes et en alluma une après une brève hésitation. Il avait, en principe, cessé de fumer. Mais tant pis. La soirée promettait d'être longue. Comme il se tenait près de la fenêtre pour regarder la pluie qui tombait au dehors, la sonnerie de l'interphone retentit.

— Capitaine Parker ? C'est un certain Mr. Blake qui demande à vous voir.

Un instant plus tard on frappait à sa porte et il se précipita pour ouvrir. C'était le gamin qui livrait la commande de nourriture.

— Pose tout sur la table, là-bas, dit Parker.

Blake Johnson apparut à son tour sur le seuil.

— Ça sent bon, dis-donc ! Je n'ai pratiquement rien mangé de la journée.

— Et tu comptes sur moi pour te nourrir ? Assieds-toi, alors !

Ils s'assirent face à face dans un angle de la pièce, de part et d'autre du grand bureau.

— Excellent, dit Blake, après avoir mordu dans un sandwich.

— Fais comme chez toi, répondit Parker en soulevant le couvercle des gobelets de café. Tu peux m'affamer si tu veux. Tu as si bonne mine que c'en est dégoûtant. Dis-moi ce qui t'amène.

Blake tira une enveloppe de sa poche.

— Lis ça.

Pendant qu'il prenait un autre sandwich, Parker ouvrit l'enveloppe et en sortit le fax.

— Seigneur, dit-il. Un pouvoir signé du Président !

— Ce n'est que la copie. L'original te parviendra par le courrier présidentiel.

Parker semblait abasourdi.

— Blake, dit-il enfin, je n'avais jamais vu l'un ces papelards, j'en avais seulement entendu parler. Je sais que tu n'es plus agent du FBI, mais qu'est-ce que tu es ? Tu bosses pour la CIA ? Pour les Services Secrets ?

— Rien de tout ça, Harry. Je travaille pour le grand homme. Directement et personnellement.

— C'est-à-dire... ?

— Je suis à la tête d'un service très spécial et très secret. Je ne rends compte de mes actes qu'au Président, ce qui explique ce pouvoir. Dans cette affaire, tu ne seras pas sous l'autorité de ta hiérarchie de la police de New York, ni sous celle du maire. Tu ne seras responsable, comme moi, que devant une seule personne, le président des États-Unis. Tu acceptes ?

— J'ai vraiment le choix ?

— Non. L'affaire dont je m'occupe concerne la sécurité nationale. Et j'ai absolument besoin de ton expérience professionnelle.

Soudain, Harry Parker se sentit très bien. Il tendit la main pour prendre un sandwich et sourit.

— Je suis ton homme, Blake, tu peux compter sur moi. Vas-y, raconte-moi tout, maintenant.

Plus tard dans la soirée, il s'assit devant son ordinateur et retroussa ses manches. Dehors, la pluie tombait et tambourinait contre les vitres.

— Je vais d'abord entrer tout ce que Londres a transmis au sujet de Ryan, dit-il, en tapotant sur le clavier. Bon. Commençons par les membres de ce Club des Fils d'Érin. Martin Brady, du Syndicat des transports routiers, pour commencer. Il a reçu une balle dans la nuque alors qu'il se penchait pour ouvrir sa voiture devant la salle de gym du syndicat. Voilà qui ressemble beaucoup à un règlement de comptes du milieu, ce qui n'aurait rien d'étonnant, compte tenu des antécédents de la victime.

— C'est vrai, dit Blake. Mais tu ne crois pas que pour ce genre d'exécution la Mafia procède plutôt comme la CIA, avec un petit calibre ?

— Tu as raison, dit Parker sans cesser de taper sur le clavier, or là, on a tiré avec un colt .22 chargé de balles à tête creuse... Mais... ! Attends, revenons à la mort de Ryan. Lui aussi s'est fait descendre avec un colt .22 !

— Une coïncidence ? demanda Blake.

— Certainement pas. C'est le bout de mon nez qui me le dit !

— Voyons les autres.

— Trois jours plus tard, reprit Parker, Cassidy sort de son nouveau pub du Bronx à une heure du matin et se fait descendre. La police, informée du racket qui sévissait dans le quartier, a conclu qu'il en avait été victime.

Il se remit à taper, secoua la tête.

— Incroyable ! Là aussi, l'arme était un colt .22 !

— Un de plus, dit Blake.

— Je continue. Patrick Kelly, entrepreneur, millionnaire, avait pour habitude de se lever à six heures pour aller courir deux ou trois kilomètres sur ses terres de Ossining. Il ne se séparait jamais de sa montre de plongée à quinze mille dollars et de la chaîne en or massif qu'il portait autour du cou. Les deux ont disparu.

— Voyons l'arme utilisée, maintenant.

Parker interrogea l'ordinateur, attendit la réponse, hocha la tête.

— Magnifique ! Toujours la même arme, de Londres à New York. Qu'en penses-tu ?

— J'en pense que l'assassin s'est montré très malin, à ce détail près. Tu remarqueras, Parker, que chaque meurtre semble avoir une explication évidente. Pour Brady, la Mafia ; pour Cassidy, le racket ; pour Kelly, une agression crapuleuse.

— Malin, en effet. Et comme les meurtres n'ont aucun lien apparent, il se pouvait que personne ne remarque jamais qu'ils avaient été commis avec la même arme. Nous voici devant les pièces d'un puzzle. Par où commencer ?

— Par le fait que mon collaborateur, à Londres, a dit que le meurtrier de Ryan était une femme ?

— Mais non. Prenons plutôt le fait qu'on retrouve le même colt à Londres et à New York. Voilà quelque chose qui me sidère. Comment son propriétaire a-t-il pu esquiver les contrôles de sécurité, quand on sait ce qu'ils sont devenus de nos jours dans les aéroports ?

Blake hocha lentement la tête, puis sourit.

— Il suffit de voyager en avion privé, dit-il. D'être quelqu'un de riche, d'important, qui passe partout sans qu'on l'importune.

— Bon Dieu, mais qu'est-ce qu'il y a derrière tout ça ? s'exclama Parker.

— Je ne peux rien te dire pour le moment, mais je te promets que tu seras le premier à le savoir dès que ce sera possible, répondit Blake.

— Eh bien, merci beaucoup.

Blake se leva.

— Je fais ce que je peux, Harry. Il faut maintenant que je file chez le Président.

Il se leva et sortit.

Bien qu'il fût près de minuit à Londres, il appela Ferguson, qu'il trouva au lit.

— De plus en plus bizarre, général.

— Expliquez-moi ça, répondit Ferguson, tout à fait réveillé.

Blake expliqua.

— Qu'en pensez-vous, demanda-t-il, son récit achevé. Un groupe de Loyalistes qui se serait donné pour objectif d'éliminer tous les Fils d'Érin ?

— Blake, mon cher, je suis un vieux chien dans ce métier, et je fonctionne au flair. Un même flingue à Londres et à New York, pour moi, ça signifie un seul et même tueur. J'en mettrais ma main au feu.

— Mais une femme ? C'est incroyable !

— Je suis assez vieux pour savoir que *rien* n'est incroyable en ce bas monde. Vous allez voir le Président ?

— Oui.

— Le sénateur Michael Cohan est attendu à Londres dans quelques jours. N'oubliez pas d'en faire part au Président. Ce cher Cohan aurait peut-être intérêt à rester chez lui.

— New York, Londres, dit Blake avec un haussement d'épaules. Deux endroits qui paraissent aussi dangereux l'un que l'autre par les temps qui courent.

À la même heure, dans son nid d'aigle au-dessus des falaises de County Down, Jack Barry sirotait un café à la table de la cuisine. Son téléphone portable se mit à sonner. C'était le Contact.

— Où étiez-vous, bon sang ? demanda Barry.

— Je suis très occupé, mon ami. Blake Johnson est de retour à Washington. J'en conclus que vous devez être en cavale.

— Gagné. Sean Dillon et une fille sont venus ici avec lui. J'ai perdu deux hommes, mais j'ai réussi à leur échapper.

— Bien. Il n'a pas été question de nos accords, j'espère ?

— Bien sûr que non, mentit Barry.

— Parfait. Je vous tiendrai au courant, dit le Contact avant de raccrocher.

Barry lâcha un juron. Il était furieux de ne pas savoir à qui il avait affaire, mais aucun des fils d'Érin ne le savait non plus. Chacun ne connaissait que les autres membres du Club. Il réfléchit quelques minutes, puis appela le portable du sénateur Cohan. Ils s'étaient plusieurs fois rencontrés aux États-Unis et s'entendaient bien. Cohan adorait tout ça : les histoires à vous faire dresser les cheveux sur la tête, les commandos nocturnes, le romantisme.

— Qui appelle ? demanda le sénateur.

— Barry. Je vous dérange ?

— Un peu. Il y a une réception ici en ce moment. Je me suis réfugié dans mon bureau. Mais je rentre de Mexico et j'ai trouvé de mauvaises nouvelles. Martin Brady tué d'une balle dans la nuque. On parle d'une histoire de règlement de comptes...

— Pure coïncidence. Tim Pat Ryan y est passé lui aussi, et de la même façon.

— Ah, bon ? Il faut reconnaître qu'il était un vrai truand, lui.

— Et Kelly ? Et Cassidy ?

— Ça fait un mois ou deux que je ne les ai pas vus. Je devrais peut-être...

Il y eut un bruit de porte en arrière-fond, puis un éclat de rire aviné.

— Mon Dieu, les voici qui arrivent ! Je vous rappelle.

Et il raccrocha.

Blake avait demandé un appareil de l'Air Force pour le matin suivant. Le vol fut bref et sans incident. Le vent soufflait assez fort — on était en mars — mais le jeune commandant pilotait avec redoutable efficacité.

— Le directeur de cabinet est à Nantucket avec le Président, monsieur. Il a donné des instructions pour qu'on vous y conduise en hélicoptère.

— Avec atterrissage sur la plage ? demanda Blake.

— C'est cela, monsieur.

— Bigre. J'en ai eu mon compte, au Viêt-nam.

— Je n'étais pas encore dans l'armée, monsieur. Si vous voulez bien venir par ici, j'ai des sandwiches et du café. Nous décollerons dans trente minutes.

Il brandit bien haut son parapluie et Blake le suivit sur le tarmac.

L'antique maison à bardeaux de Nantucket appartenait depuis longtemps à la famille Cazalet. Elle était chargée de souvenirs pour le Président. Il y avait passé son enfance, l'avait retrouvée plus tard aux vacances scolaires, et plus tard encore il y était revenu à deux reprises pour se rétablir des blessures reçues au Viêt-nam et reprendre des forces avant de repartir au combat. Et il y avait d'autres souvenirs, plus douloureux : la mort lente de son épouse atteinte de leucémie, et la menace terroriste qui avait suivi la découverte tardive et émerveillée d'une fille — la comtesse Marie de Brissac, désormais installée à Paris où elle enseignait les arts plastiques.

Cazalet adorait cette plage — depuis toujours, à toute heure et par tous les temps. Il s'y trouvait maintenant en compagnie d'Henry Thornton, suivi à distance respectueuse par un agent des Services Secrets, Clancy Smith, tandis que Murchinson, le chien d'arrêt, ne cessait de se jeter à l'eau pour en ressortir et y replonger aussitôt. Ils portaient tous des manteaux pour se protéger du vent qui soufflait très fort. Les vagues s'écrasaient avec fracas, Washington était très loin, et on se sentait plus vivant ici que partout ailleurs.

Le Président s'arrêta et agita deux fois la main, et Clancy, qui savait ce que signifiait ce geste, prit une Marlboro dans son paquet, l'alluma et la lui fit passer.

— J'ai déjà eu l'occasion de vous le dire, observa Thornton. Faites ça à la télé et vous perdrez des voix.

— Nous sommes un pays de liberté, Henry. Ce n'est peut-être pas bon pour ma santé, mais ça ne fait pas de moi un méchant homme.

Il se pencha pour frictionner les oreilles de Murchinson.

— Si je battais ce merveilleux animal, on pourrait le dire.

On entendit le grondement lointain d'un moteur. Clancy écouta dans son casque :

— L'hélicoptère arrive, monsieur le Président. C'est Blake Johnson.

— Très bien. Nous allons savoir ce qui s'est passé en Irlande, dit Cazalet.

Et le petit groupe rebroussa chemin vers la maison qu'on apercevait à l'autre bout de la plage.

Ils se retrouvèrent dans le living-room. Blake s'assit en face du Président tandis que Thornton restait adossé à la cheminée.

— J'ai discuté de cette affaire avec le Premier ministre, comme vous le savez. Mais ce qu'on nous dit paraît tellement insensé... Ce Jack Barry, par exemple ?

— Ce n'est que trop vrai, monsieur le Président. Il s'est bel et bien vanté d'avoir un informateur qui ne peut se trouver qu'à la Maison Blanche. Barry savait qui j'étais et que je travaillais pour vous.

— Il savait tout, autrement dit. Mais des fuites dans mon entourage à la Maison Banche ? Je n'arrive pas à y croire.

— Ce ne serait pas la première fois, monsieur le Président. Demandez à n'importe quel journaliste d'où viennent ses informations, dit le directeur de cabinet. Nous ne pouvons pas espérer y échapper.

— Et il est tellement facile, au fond, d'accéder aux informations, renchérit Blake. Tout est dans les ordinateurs, de nos jours. Nous avons toutes sortes de sauvegardes, mais je peux m'introduire dans les ordinateurs de la CIA à Langley quand je le veux, et je suis certain que si on s'en donne la peine on peut tout aussi bien accéder aux fichiers du Sous-Sol. En ce moment même ce que nous disons est enregistré.

— Mon Dieu, c'est pourtant vrai — vous faites allusion à ce système de sécurité qu'on vous a fait installer, n'est-ce pas ? dit le Président.

— En effet, monsieur le Président. Il est directement relié à Washington.

— Mais les transmissions sont protégées par un code, bien entendu, ajouta le directeur de cabinet, non sans ironie.

— Pour être récupérées par le Service des enregistrements, qui les archive à la Maison Blanche.

— Dans un ordinateur, dit Thornton. Et le problème, c'est qu'il existe un tas de gens capables de pirater n'importe quel système informatique.

— Et il y a un tas de gens qui travaillent à la Maison Blanche, dit Cazalet. Mais ce Contact, s'il existe comme l'a dit Barry, doit forcément avoir un rapport avec l'Irlande et des sympathies pour l'IRA.

— Ce qui nous laisse un vaste champ de recherche, monsieur le Président, lui fit observer Thornton. Même ma mère était irlandaise de naissance, et c'était encore une petite fille quand elle a quitté County Clare. Les Thornton, du côté de mon père, étaient anglais.

— Ma grand-mère maternelle était de Dublin, dit Cazalet en souriant.

Il se tourna vers Blake :

— Et chez vous ?

— Monsieur le Président, Johnson est bien un nom anglais, mais je suis d'accord avec le directeur de cabinet. On dit toujours que ce pays compte environ quarante millions de citoyens d'origine irlandaise. Et si on y ajoute des gens comme vous ou Thornton, Dieu sait à combien on arrive.

— En tout cas, on peut y inclure une bonne partie du personnel de la Maison Blanche, dit Thornton.

— Sans aucun doute, approuva Blake. Inutile de dire que je ferai tout pour tirer cette affaire au clair. Mais je ne vous ai pas encore annoncé le pire.

— Allez-y, Blake. Autant en finir.

Ils l'écoutèrent, horrifiés, énumérer les noms des Fils d'Érin assassinés et les circonstances de leur mort.

Quand le récit fut achevé, Cazalet dit :

— Tout ceci dépasse l'entendement. Le Premier ministre est au courant ?

— Pas complètement, monsieur le Président. Le général Ferguson a jugé préférable d'attendre que mon enquête soit achevée.

Cazalet réfléchit un instant, l'air soucieux, avant de se tourner vers Thornton :

— Une chose me paraît certaine après ce que je viens d'entendre, c'est que nous avons besoin d'un verre. Pour moi, ce sera un scotch. Servez-vous, messieurs.

S'approchant de la porte-fenêtre, il poussa les volets et respira à pleins poumons l'air froid qui soufflait de la mer. Thornton lui tendit son verre de scotch.

— Vous me permettrez une remarque, monsieur le Président ?

— Je vous en prie.

— Je crois que nous avons esquivé le problème du sénateur Cohan.

— Expliquez-vous.

— Il semble qu'un mystérieux Contact ait transmis aux Fils d'Érin des informations sensibles sur la situation en Irlande, et on soupçonne fortement Tim Pat Ryan d'avoir été leur correspondant à Londres.

— Et alors ?

— Ces gens sont morts, mais c'étaient tous des fripouilles, monsieur le Président. Tout indique qu'ils étaient en relation avec Jack Barry. Ce qui signifie que le sénateur Cohan est une fripouille.

— J'y avais déjà pensé, dit le Président. Et si c'était lui, ce mystérieux Contact ?

— J'en doute, dit Blake. Il n'aurait pas pris le risque de s'afficher comme membre du club.

— Voilà qui paraît logique.

Cazalet se taisait et fronçait les sourcils.

— Qu'allons-nous faire ? demanda Thornton.

— Officiellement, rien, répondit le Président. Cohan nierait toute implication avec cette bande et nous serions bien en peine de prouver quoi que ce soit.

— Pouvez-vous lui interdire de se rendre à Londres ?

— À quoi bon ? S'il est visé, ce sera aussi bien à Londres qu'à New York. En outre, et contrairement à ce qu'il raconte dans les journaux, il n'y va pas à ma demande. Il veut seulement se faire valoir aux yeux de ses électeurs.

— Que va-t-il se passer, alors ? demanda Thornton. Que pouvons-nous faire ?

Le Président se tourna vers Blake.

— Avant toute chose, demandez à Ferguson d'informer son Premier ministre. J'en parlerai moi-même avec lui à la première occasion.

— Et le sénateur Cohan ?

— Quelle est cette expression pittoresque qu'emploie souvent Dillon ? Il faut lui mettre la pression. Faites-lui peur, jetez-le dans la panique, et observez chacun de ses mouvements. Si nous avons de la chance, il en sortira peut-être quelque chose.

— C'est entendu, monsieur le Président. Il faut maintenant que je reparte. J'ai demandé à l'hélicoptère de m'attendre.

— Il attendra. Restaurez-vous d'abord, messieurs, c'est l'heure du déjeuner. Vous pourrez ensuite retourner dans ce monde de folie, Blake.

Trois heures plus tard, le téléphone sonna à New York dans le bureau du sénateur Cohan.

— C'est moi, dit le Contact. Mauvaises nouvelles, sénateur. Rien ne va plus pour les Fils d'Érin. Ils sont tous morts. Brady, Cassidy, Kelly, Ryan. Tous morts. Et — détail intéressant — tous sont tombés sous les balles d'une seule et même arme.

Cohan fut atterré :

— C'est épouvantable ! Je n'arrive pas à le croire. J'étais au courant pour Brady et Ryan, mais Kelly et Cassidy aussi ? Que se passe-t-il, pour l'amour du ciel ?

— Vous avez déjà entendu parler du Dernier des Mohicans ? demanda le Contact en riant. Eh bien, vous êtes le dernier des Fils d'Érin ! Je me demande quand le couperet va tomber ? À propos, le Président sait que vous étiez en relation avec eux.

— Je nierai ! Je nierai tout en bloc ! Et vous, comment savez-vous tout ça ?

— Je vous l'ai déjà dit, rien ne m'échappe de ce qui se passe à la Maison Blanche.

— Mais *qui* êtes-vous ? Mon Dieu, je n'aurais jamais dû m'embarquer dans cette histoire !

— Ma foi, vous l'êtes bel et bien. Quant à savoir qui je suis, n'y comptez pas. Cela restera l'un des grands mystères de votre existence. J'utilise peut-être un philtre pour déformer ma voix. Je suis peut-être votre meilleur ami. Ou une femme... À propos, on pense que c'est une femme qui a tué Ryan à Londres.

— Allez vous faire foutre !

— Comptez là-dessus. Et maintenant, écoutez attentivement ce que j'ai à vous dire. Le Président a autorisé Blake Johnson à vous parler pour vous donner quelques informations sur ce qui se passe et vous conseiller de vous planquer.

— Que voulez-vous que je fasse ? Je dois être à Londres dans trois jours.

— Oui, je le sais. À mon avis, vous devriez y aller. Je ne pense pas que vous y serez plus en danger qu'ici, et pendant votre absence je trouverai un moyen de régler votre problème.

— Vous en êtes certain ?

— Mais oui. Quand vous verrez Johnson, faites l'idiot. Vous preniez un repas de temps à autres avec ces gens-là, mais vous n'aviez pas la moindre idée de ce qu'ils faisaient.

— Mais qui est derrière tout ça ? Encore ces foutus protestants ?

— Plus probablement les Services Secrets britanniques. Ce qui signifie que vous serez en sécurité à Londres.

— Qu'en savez-vous ?

— Vous êtes un sénateur américain, et on ne voudrait surtout pas qu'il vous arrive quelque chose sur le sol britannique.

— Il ne me reste plus qu'à vous croire.

— Parfait. Nous restons en contact. Je m'occupe de tout.

Henry Thornton raccrocha.

Le sénateur était paniqué, et un homme paniqué pouvait faire n'importe quoi. Ce Cohan, désormais, représentait un danger. Avec un peu de chance, l'inconnue au colt allait lui régler son compte. Et sinon... il lui faudrait s'en occuper lui-même. Quant à Barry, on verrait plus tard. Cohan d'abord.

Il s'approcha du buffet pour se servir un whisky — irlandais, bien sûr. Il avait dit la vérité au Président. Sa sainte mère était bien née à County Clare. Il n'avait pas parlé, par contre, du frère illégitime que lui avait donné son père et qui avait rejoint Michael Collins en 1916, à Dublin, lors du Soulèvement de Pâques. Thornton avait grandi dans le culte de cet oncle exécuté par les Britanniques.

Mais il y avait pire. Alors qu'il achevait ses études à Harvard, en 1970, Thornton avait fait la connaissance d'une adorable jeune fille, catholique irlandaise et étudiante à l'université de Queens, à Belfast. Rosaleen Fitzgerald. L'unique amour de sa vie. Ils avaient connu une année de bonheur. Puis elle était partie en vacances et le destin avait voulu qu'elle se trouve dans une rue de Belfast au moment où éclatait une fusillade entre soldats de l'IRA et paramilitaires britanniques.

À dater de ce jour, sa haine pour tout ce qui était anglais était devenue totale. Les années, la réussite et l'argent n'y avaient rien changé. Et quand l'occasion de se venger s'était présentée à lui, il l'avait saisie.

Il but une gorgée de whisky.

— Allez vous faire foutre, dit-il, à mi-voix. Je vous aurai tous.

Le lendemain, dans son bureau de Manhattan, Cohan accueillit Blake avec enthousiasme, l'écouta avec ce qu'il fallait d'exclamations horrifiées et incrédules, et le raccompagna jusqu'à la porte avec force hochements de tête consternés. Il promit d'être prudent pendant son séjour à

Londres, mais non, vraiment, il se devait d'y aller. La Cause l'exigeait, et il avait donné sa parole.

— S'il vous plaît, tenez-moi au courant, dit-il à Blake, les yeux dans les yeux en lui serrant la main.

Blake l'assura qu'il n'y manquerait pas.

Ensuite, Blake eut une brève conversation avec le Président, puis appela Ferguson à Londres.

— Qu'allez-vous faire ? demanda-t-il.

— Je vais aller voir le Premier ministre. Lui exposer les faits et les derniers développements de l'affaire, et attendre le résultat de son entretien avec votre président.

— Et pour Cohan ?

— Vous me dites que le Président ne s'opposera pas à sa venue ici, donc il viendra. Et c'est moi qui serai chargé de sa protection.

— Et que se passera-t-il, d'après vous ?

— Comme je vous l'ai déjà dit, je suis un vieux chien dans ce métier. Je marche à l'instinct, et cet instinct me dit que cet homme mourra à Londres.

Et Ferguson raccrocha.

Londres

7

À Compton Place, il pleuvait. Lady Helen Lang était partie à cheval, bien protégée sous sa grande cape et son chapeau de pluie. Le vent venu de Hollande soufflait sur la mer du Nord, soulevant de hautes vagues qui se brisaient avec fracas sur les plages de galets. Après avoir traversé d'un trot rapide le bois de pins et les dunes de l'estuaire, elle tira sur les rênes pour arrêter sa jument et resta un moment face à la mer, immobile sous la pluie qui lui fouettait le visage.

— Allons, Dolly, dit-elle en donnant une petite tape sur l'encolure de la bête. Rentrons à la maison.

Elle n'eut pas à enfoncer ses talons dans les flancs de la jument. Celle-ci partit comme une fusée pour galoper entre les arbres et, sur une légère traction des rênes, bifurquer dans la grande allée menant à la demeure et franchir d'un bond la double barre de l'entrée. Helen la conduisit au trot jusqu'à l'écurie où Wood les attendait. Premier palefrenier dans une propriété voisine, il venait régulièrement donner un coup de main, moins pour ce que cela lui rapportait que parce qu'il voulait, comme tout le monde, veiller sur lady Helen.

— Bonne promenade, *milady* ? demanda-t-il, en l'aidant à descendre de selle

— Excellente.

— Je vais la bouchonner et lui donner un peu d'avoine.

— C'est vraiment gentil.

Hedley l'attendait à la porte de la cuisine.

— Vous avez encore galopé, dit-il d'un ton plein de reproche.

— Que voudriez-vous que je fasse ? Que je me couche pour mourir ? rétorqua Helen en souriant. Cessez de jouer les vieux schnoques ! Je vais prendre une douche et ensuite vous m'emmènerez au village. Nous déjeunerons au pub.

Helen partie, Hedley se prépara du café. Il entendit la voiture de Wood démarrer, ouvrit la porte de la cuisine et resta sur le seuil à regarder tomber la pluie. Tout, depuis cette nuit où elle avait tué Ryan à Wapping, se déroulait comme dans un rêve... ou un cauchemar. Après Londres il y avait eu New York, et d'autres hommes étaient tombés. Brady, Kelly, Cassidy.

Il haussa les épaules. Que pouvait-il faire ? Prévenir Scotland Yard, comme elle l'avait dit ? Et pour dire quoi ? Ma patronne a assassiné cinq individus plus ou moins responsables du massacre de son fils et de celui de quatre autres personnes en Ulster ? Sans compter les deux malfrats qu'elle avait abattus alors qu'ils s'apprêtaient à violer une jeune femme à Manhattan ? Non, il ne se voyait pas en train de dire ça. Ce n'était même pas la peine d'y penser.

Il ne ferait jamais rien qui puisse la blesser de quelque façon que ce fût. Il tenait trop à elle. Et il y avait autre chose. Il avait maintes fois tué lui-même, au Viêt-nam, et pas toujours pour de bonnes raisons. Mais il avait une certitude : s'il devait se trouver un jour en présence de ce mystérieux individu qu'on appelait le Contact, il l'abattrait sans l'ombre d'une hésitation.

Après s'être douchée et avoir changé de vêtements, Helen Lang entra dans son bureau et s'assit devant l'ordinateur. Habile, désormais, à manier l'informatique, elle trouva rapidement toutes les informations concernant le voyage du sénateur Cohan, y compris sa date d'arrivée et même, la chance aidant, le numéro de sa suite à l'Hôtel Dorchester. C'était, apparemment, celle qu'il réservait à chacun de ses séjours.

Puis elle alla rejoindre Hedley dans la cuisine.

— Le repas est servi, Hedley, dit-elle en prenant sa canadienne à une patère derrière la porte. En route !

Déjà, elle poussait la porte donnant sur la cour arrière pour se diriger vers la Mercedes.

Comme toujours à cette époque de l'année, le plus grand calme régnait dans le pub. Le bar saloon faisait très vieille Angleterre, avec son sol dallé et son plafond bas à poutres apparentes. Un feu brûlait dans la cheminée et derrière le comptoir de chêne les bouteilles étaient bien rangées à côté des pompes à bière en cuivre étincelant. Il n'y avait que quatre vieux habitués pour toute clientèle. On l'accueillit chaleureusement. L'un des hommes retira même sa casquette.

La barmaid était une matrone du nom de Hetty Armsby. Le père de Hetty avait juché ses quatre-vingt-cinq printemps sur un tabouret à l'extrémité du comptoir, et gardait le nez dans son journal.

— C'est le *Times,* que vous lisez là ? demanda Helen.

— Eh oui ! Je me tiens au courant, histoire de ne pas laisser mon cerveau s'engourdir. Avec le *Times,* on sait tout ce qui se passe. En Irlande, par exemple, même si je ne comprends toujours pas ce que les Yankees viennent faire là-dedans.

— Une pinte pour Hedley et pour le vieux papa, pour moi ce sera un gin tonic, dit Helen à Hetty.

— Vous voulez manger, aussi ?

— Donnez-moi une portion de *shepherd's pie* * et un peu de ce bon pain que vous faites vous-même, dit Helen en allumant une cigarette à la flamme que lui tendait Hedley. Si je le savais, Tom... mais il ne faudrait pas oublier que je suis une Yankee, moi aussi.

---

* Spécialité locale, proche du hachis Parmentier (*N.d.T.*).

— Ma foi, vous ne l'avez pas fait exprès, lady Helen rétorqua le vieux, et il se mit à rire.

— Vieux bandit que vous êtes ! Regardez plutôt au mur derrière vous.

On y voyait, dans des cadres, une série de photographies d'avions en noir et blanc : plusieurs Dornier allemands, et deux bombardiers B17 américains. L'un d'eux était en partie immergé au large de Horseshoe Bay, l'autre avait le nez planté dans le sol à l'endroit où il s'était écrasé, mais l'équipage posait à côté de la carlingue, en tenue de vol.

— Des sacrés gars, ceux-là, lui dit Tom. Z'étaient venus ici attendre les camions qui arrivaient de leur base pour les récupérer. Quelle cuite ils ont pris ce jour-là ! Savaient plus où ils étaient quand les camions se sont amenés ! On en a revu un ou deux, après. Mais ça date pas d'hier, tout ça. Probable qu'ils sont tous morts, depuis.

— Par ici, lady Helen, dit Hetty en s'approchant avec un plateau. Vous serez bien, près du feu.

Elle posa son plateau. Lady Helen et Hedley s'assirent pour manger.

— C'est bon, Hedley ?

— Vous savez bien que c'est bon. Il y a encore des jours où j'ai du mal à y croire. J'ai été élevé à la dure, à Harlem, et je n'avais pas tous les jours à manger. Puis il y a eu toutes ces années au Viêt-nam. Et me voilà dans l'une des plus belles régions de la vieille Angleterre, assis dans un pub comme dans les romans de Jane Austen, en train de manger un truc qui s'appelle shepherd's pie...

— Et vous aimez ça.

— Je l'adore, lady Helen, et j'adore tous ces gens bizarres.

— Eh bien, ils vous adorent aussi. Tout est donc pour le mieux.

Le repas achevé, elle demanda une tasse de thé anglais.

— C'est meilleur pour la santé que tous les cafés du monde, Hedley. Et je tiens à ce que vous gardiez l'esprit clair.

— Pourquoi donc ?

— Le sénateur Cohan sera après-demain au Dorchester.

— Vous êtes vraiment décidée, n'est-ce pas ? dit-il, en prenant une profonde inspiration.

— Bien sûr.

Plongeant la main dans sa poche, elle en tira un petit sachet en matière plastique dont elle sortit une clé.

— Vous vous rappelez, quand les ouvriers sont venus installer la nouvelle cuisinière à South Audley Street ? Ils faisaient un tel vacarme que je suis allée passer un nuit au Dorchester. (Elle sourit.) La faible femme que je suis a le sommeil léger et se complaît dans le luxe... Bref, ceci est la clé de ma suite.

— Et alors ? demanda Hedley en prenant la clé qu'elle lui tendait.

— Vous vous êtes souvent vanté devant moi de vos nombreux amis plus ou moins recommandables. Le jour où nous avons perdu les clés des anciennes écuries, l'un de ces amis, à Londres, vous en a procuré une qui les remplaçait toutes. Je vous ai demandé alors s'il était serrurier de son métier, et vous m'avez répondu : « Pas exactement. »

— En effet.

— Nous partons demain pour South Audley Street. Quand on appartient à l'aristocratie britannique, comme vous le savez, Hedley, on est tout le temps invité partout. On donne un bal après-demain dans les salons du Dorchester, et je suis censée m'y rendre.

— De quoi avez-vous besoin ? demanda-t-il, résigné.

— Je veux que cet ami qui n'est pas exactement un serrurier examine cette clé. Je sais qu'elle fonctionne grâce à un code magnétique et qu'elle n'ouvrirait probablement rien du tout dans son état actuel — bref, si votre ami est aussi fort que je le pense, il doit être capable de nous fabriquer un passe-partout.

— Si c'est vous qui le dites..., grommela Hedley, avec un soupir.

— Mais oui, Hedley, mais oui. Ne me laissez pas tomber. Finissez votre bière, maintenant, et rentrons.

Le lendemain en fin d'après-midi, Hedley prit le métro jusqu'à la station de Covent Garden. Il y avait foule, comme toujours à cette heure dans ce quartier de Londres. Hedley se hâta jusqu'à Crown Court, une étroite ruelle bordée de quelques échoppes. Au fronton de l'une d'elles on lisait : JACKO — SERRURIER. Il poussa la porte et entra, salué par le tintement de la clochette.

Une main écarta le rideau qui masquait le fond de la boutique et un vieux Noir aux cheveux blancs comme neige apparut.

— Bon sang, mais je rêve ! C'est toi, Hedley ?

— C'est bien moi, Jacko.

— Ça s'arrose !

Plongeant la main sous le comptoir, Jacko prit une demi-bouteille de scotch et deux gobelets en carton qu'il emplit aussitôt.

— Quelle chienne de vie, hein ? Quand on vous a affectés à la garde de l'ambassade, mon Bobby et toi, il m'a écrit en me disant de venir m'installer à Londres, et ça m'a paru une bonne idée. Après quoi, ils l'ont envoyé faire cette saloperie de guerre du Golfe, il n'en est pas revenu et moi je suis toujours là.

— À la tienne, Jacko, dit Hedley. Je pensais que tu étais rentré chez toi.

— C'est où, chez moi ? Je souffle toujours dans mon trombone, et il y a de meilleurs clubs de jazz ici qu'à New York. Qu'est-ce que je peux faire pour toi ?

— Tu connais bien ces machins-là ? demanda Hedley, en montrant la petite clé.

Jacko y jeta un bref coup d'œil.

— Bien sûr. C'est une clé d'hôtel. Et alors ?

— Tu pourrais, à partir de cette clé, faire un passe qui ouvre n'importe quelle porte dans cet hôtel ?

— Ça par exemple ! Qui m'aurait dit que tu finirais rat d'hôtel ! Mais oui, bien sûr, je peux faire ça. Si les gens s'imaginent que ce système est inviolable, c'est bien parce qu'ils n'y connaissent rien. Je peux te le faire en cinq minutes.

— Parfait. Vas-y. Je ne suis pas un rat d'hôtel, mais c'est vraiment important pour moi.

— Alors, c'est comme si c'était fait, dit Jacko en empoignant à nouveau la bouteille de scotch. Prends-en un autre, en attendant.

Il disparut derrière le rideau pendant qu'Hedley finissait son verre et revint quelques minutes plus tard.

— Voilà.

Les deux clés paraissaient rigoureusement identiques.

— Tu m'assures que ça va marcher ? ne put s'empêcher de demander Hedley.

— Si j'étais juif, je te répondrais : « Sur ma vie. » Mais que vaut la vie d'un vieux joueur de trombone de Harlem ? Je ne connais pas cet hôtel, Hedley, mais je peux te dire une chose. Avec ta nouvelle clé, tu pourras entrer dans n'importe quelle chambre.

— Je te dois combien ?

— Ça servirait à quoi d'avoir des amis si on les faisait payer ? Salut, Hedley, et garde-toi du mal !

Michael Cohan avait fait réserver une place dans le Concorde pour se rendre à Londres. Il trouvait beaucoup plus agréable de voyager ainsi, comme n'importe qui à sa place. Trois heures et demie de vol confortable et silencieux, repas gastronomique, champagne à volonté. Les sièges étaient plus étroits que dans une première ordinaire, mais ceci compensait cela. Il n'y avait pas de film, mais c'était le dernier de ses soucis car les pensées qui se bousculaient dans son esprit suffisaient largement à l'occuper, et les scénarios qu'elles lui proposaient n'avaient rien de réjouissant. Il tenta par deux fois d'appeler Barry sur son portable, n'obtint pas de réponse et n'en fut pas surpris. Les téléphones portables ne sont pas opérationnels en permanence, surtout ceux des gens en cavale.

Mais quel désastre, tout de même — qui aurait dit que les choses tourneraient aussi mal ? Le vote des Américains d'origine irlandaise avait toujours été crucial pour le sénateur, et Brady, grâce à sa position au sein du Syndicat des transporteurs routiers, l'avait puissamment aidé pour le financement de ses campagnes. C'était grâce à lui, aussi, qu'il avait fait la connaissance de Kelly et de Cassidy.

Et c'était ainsi qu'il en était arrivé tout naturellement à collecter des fonds pour l'IRA. Non seulement pour Noraid, mais pour d'autres groupes en relation avec Dublin. Tout le monde le faisait. La plupart de ses électeurs américano-irlandais étaient très attentifs à ce qui se passait là-bas. Les hommes de l'IRA étaient pour eux des héros — de véritables héros romantiques.

Il se rappelait les soirées au Murphy's, les beuveries, les chants révolutionnaires, l'exaltation. Un jour, Brady y avait amené Jack Barry, venu à New York pour le compte de l'organisation. Ce Barry... un vrai soldat, dévoué corps et âme à la cause irlandaise.

Il les avait fascinés et enthousiasmés par ses récits d'escarmouches et de fusillades avec les troupes britanniques, et leur avait expliqué comment ils pouvaient eux aussi aider la Cause. Brady surtout, qui œuvrait pour le syndicat sur les quais de New York, pouvait jouer un rôle clé. Tout le monde avait compris qu'on pourrait, avec son aide, faire passer clandestinement des armes en Irlande. Cohan et Kelly se consacreraient à la collecte de fonds et Cassidy s'occuperait des achats de matériel. Cohan se rappelait leur première opération : cinquante fusils ArmaLite dissimulés sous le chargement d'un cargo portugais en partance pour l'Irlande.

Ils s'appelaient déjà Les Fils d'Érin — une idée de Barry — et avaient établi le siège de leur club au Murphy's, avec une plaque à ce nom. Au grand jour, puisqu'ils n'avaient pas de raison de se cacher. Barry était revenu à New York et avait parlé de son mystérieux mentor, de cette voix qui l'avait appelé au téléphone un jour de l'année précédente. Barry, qui traitait des affaires pour l'IRA, menait grand train et était descendu à l'Hôtel Mayfair. Et comme il voulait savoir à qui il avait affaire, la voix avait répondu : *Appelez-moi le Contact, puisque c'est ce que je suis.*

Il avait ainsi découvert, à sa grande stupeur, que le Contact disposait d'informations ultraconfidentielles en provenance directe de Washington via les services de renseignements. Et Brady avait à nouveau fait jouer les relations qu'il avait sur les quais pour faire entrer clandestinement aux États-Unis des hommes de l'IRA poursuivis en Irlande. Tout en continuant le trafic des armes.

Les affaires sérieuses avaient vraiment commencé après que le Contact eut révélé par le détail certaines opérations menées à New York et à Boston par les services spéciaux britanniques, en donnant notamment l'identité des agents engagés dans la guerre souterraine entre les Anglais et les activistes de l'IRA.

C'était alors que Brady, en raison de sa position au sein du Syndicat des transporteurs routiers, et Cassidy, avec son entreprise de construction, étaient entrés en guerre à leur tour. Ils avaient l'un et l'autre de solides contacts dans le milieu. Des accidents se produisirent fort à propos et les Anglais y perdirent des hommes, mais toute protestation leur était interdite. Ils n'auraient pas dû être là. Mais ce type d'activité, apparemment, avait été mis en veilleuse depuis un an. Cohan, pour sa part, s'était tenu éloigné de toute action violente.

Il avait servi d'intermédiaire chaque fois que c'était nécessaire, rencontrant Tim Pat Ryan à deux reprises lors de ses séjours à Londres. Tout se passait bien jusque-là, jusqu'à ce que le ciel leur tombe sur la tête. Mais il s'estimait inattaquable quoi qu'ait l'air d'en penser Blake Johnson.

D'accord, il était un habitué du Murphy's. Mais qu'est-ce que ça prouvait ?

Comment, avait-il pu être idiot à ce point ? L'engrenage. Et que faire, maintenant ? Rien. Le Contact avait promis de *s'en occuper,* et il s'était très bien occupé de tout, jusqu'à présent.

Mais Brady, Kelly, Cassidy et Ryan n'étaient plus que des cadavres. Cohan haussa les épaules et fit signe qu'on lui serve une autre coupe de champagne. Il tenta de se rassurer en se disant que les autres étaient les autres, mais qu'il était, lui, sénateur américain. Les sénateurs des États-Unis d'Amérique n'étaient pas des gens qu'on abat pour un oui ou pour un non, n'est-ce pas ?

Ferguson se rendit seul, cette fois, à Downing Street pour y rencontrer le Premier ministre. Celui-ci écouta attentivement le résumé de toute l'affaire.

— Évidemment, comme me l'a bien fait remarquer le Président, nous ne pouvons rien, légalement, contre le sénateur Cohan. Son appartenance au Club des Fils d'Érin nous le rend plus que suspect, mais il a les apparences pour lui lorsqu'il prétend, comme il semble décidé à le faire, qu'il fréquentait le Murphy's en toute innocence.

— En effet, monsieur le Premier ministre, répondit Ferguson en hochant la tête. Mais il est ici maintenant — qu'est-ce qu'on décide ?

— Faites en sorte qu'il reste en vie si vous le pouvez, bien sûr. Je m'en remets entièrement à vous, général.

— Et le directeur de la Sécurité ?

— J'ai bien dit à *vous,* martela le Premier ministre. Je me rends compte que les Services de sécurité ont quelque peu manqué d'esprit de collaboration ces derniers temps, et croyez bien que je le déplore.

Il se tut un instant, puis sourit avant de continuer :

— Vous êtes depuis longtemps à ce poste, général. Je comprends mieux aujourd'hui pourquoi l'un de mes illustres prédécesseurs vous y a placé.

— J'ai donc pleine autorité sur l'affaire ?

— Absolument. Je vais devoir vous quitter maintenant, on m'attend à la Chambre. À propos, continua le Premier ministre tandis que Ferguson se dirigeait vers la porte qu'on ouvrait devant lui, le Forum pour la Paix en Irlande auquel doit assister Cohan se tient demain soir au Dorchester. J'ai prévu d'y passer vers dix heures. Vous y serez aussi, bien sûr.

— Vous pouvez y compter, monsieur le Premier ministre, répondit Ferguson avant de franchir le seuil.

Hannah Bernstein et Dillon attendaient dans la Daimler. Ferguson s'y engouffra et la voiture démarra aussitôt. Le portail s'ouvrit devant eux.

— C'est bien ce que je pensais, dit Ferguson. Le bébé est pour nous.

— Et on sera dans la merde si le sénateur se fait descendre, enchaîna Dillon.

— Mon cher, cela n'a rien de nouveau, susurra Ferguson.

Puis il se retourna vers Hannah.

— Quand arrive-t-il ?

— Dans trois petits quarts d'heure, monsieur, répondit-elle après un coup d'œil à sa montre.

— Bien. Surveillez ses déplacements, le registre de l'hôtel, sa voiture, tout. Nous ne pouvons pas faire grand-chose dans la mesure où il ne s'agit pas d'un séjour officiel. Pas question de prévenir quiconque à l'hôtel, ni de renforcer la garde pendant qu'il est ici.

— Ce ne sont pas les agents de sécurité qui manqueront, demain soir, pour le Forum pour la Paix en Irlande, observa Hannah.

— C'est certain, dit Ferguson, la mine soucieuse. Mais je ne me sens pas vraiment rassuré. Je me demande pourquoi ?

— Vous allez nous le dire, c'est sûr, répondit Dillon.

— Eh bien, je me pose beaucoup de questions depuis qu'on s'est aperçu que Ryan avait été abattu avec l'arme déjà utilisée à New York. Je ne peux pas croire à un complot, à une action de commando. J'ai l'impression qu'il y a un tueur qui traîne par là.

— Une femme, irlandaise.

— Ou une femme à l'accent irlandais, corrigea Dillon. Elle serait l'aiguille, et Londres la meule de foin. Il y a huit millions d'Irlandais au Royaume-Uni. Une sacrée diaspora. Bonne chance !

— Comme j'ai une absolue confiance en vous, vous pouvez commencer par Kilburn, dit Ferguson.

— Et le sénateur Cohan ? demanda Hannah.

— Je lui parlerai, le moment venu. En attendant, et puisque ce voyou porte pour une fois une veste et une cravate, je vous emmène tous les deux déjeuner chez Garrick.

Mais d'autres événements étaient déjà en marche, qui allaient changer le cours des choses. Très tôt ce matin-là, Thornton s'était mis à réfléchir à la situation de Cohan à Londres, et plus il réfléchissait, plus son inquiétude grandissait. Quelle certitude avait-il que ce mystérieux tueur — cette tueuse — frapperait à Londres ? Aucune. Or, Cohan était devenu un problème. Il fallait qu'il disparaisse. Il était cinq heures du matin en Amérique lorsque Thornton se décida à appeler Barry. L'Irlandais était toujours planqué à County Down.

— C'est moi, dit Thornton. Écoutez-moi bien, les nouvelles ne sont pas bonnes.

Il lui raconta toute l'histoire. Barry se taisait.

— Il se pourrait même que le tueur soit une femme, ajouta Thornton en achevant son récit.

— Vraiment ? Eh bien, je prie le ciel qu'elle me tombe entre les mains. Elle mettra un moment à mourir. Donc, il ne reste plus que Cohan ?

— Oui, et il panique. Il se sait repéré comme membre des Fils d'Érin. Le Président a été mis au courant par Blake Johnson, et le Premier ministre par Ferguson et compagnie. On ne peut plus lui faire confiance.

— Vous voulez dire qu'il est à éliminer ?

— Il sera à Londres ce soir pour assister à un machin organisé au Dorchester en faveur de la paix en Irlande. Si ce mystérieux tueur lui réglait son compte, ce serait bien commode, n'est-ce pas ? Mais on pourrait peut-être lui donner un coup de main, quel qu'il — ou elle — soit.

— Vous voulez que je m'en charge pour vous ?

— Et pour vous-même. Le terrain en serait bien dégagé. Il ne resterait plus que vous et moi. Je crois savoir qu'il n'y a pas plus d'une heure et demie de vol par les lignes régulières entre Belfast et Londres.

— J'ai mieux que ça, dit Barry. Il y a pas loin d'ici une compagnie d'avions-taxis installée sur une ancienne piste d'envol datant de la Seconde Guerre mondiale, et j'ai souvent fait appel à eux pour aller en Angleterre. Le patron est un ancien pilote de la RAF, un certain Docherty, malin comme pas deux.

— Donc, vous vous chargez du travail ?

— Pourquoi pas ? Ça m'occupera. Il pleut et je m'ennuie, ici.

Barry raccrocha, très excité, et regarda par la fenêtre. Inutile de prévenir les gars. Mieux valait agir seul, vite et proprement. Il reprit le téléphone pour appeler Docherty à Doonreigh.

Le petit aéroport, sous la pluie battante, était sombre et assez sinistre lorsqu'il y arriva une heure plus tard. Les portes des deux vieux hangars à avions étaient ouvertes, laissant voir dans l'un un Cessna 310 et dans l'autre un Navajo Chieftain. Barry se gara et sortit de sa voiture. Il portait une casquette en tweed, un blouson de cuir brun et un jean, et un antique sac de voyage Gladstone se balançait au bout de son bras.

De la fumée s'échappait de la cheminée du baraquement délabré. La porte s'ouvrit et Docherty apparut. Âgé de cinquante ans, mais paraissant plus, il avait le cheveu rare et un visage buriné, marqué de rides profondes. Il portait une combinaison de vol de la RAF et des bottes d'aviateur.

— Entre, ne reste pas sous cette pluie.

Il faisait bon à l'intérieur, grâce à la présence d'un vieux poêle à charbon. Il y avait un lit dans un angle de la pièce, des placards, une table entourée de chaises, et un bureau sur lequel des cartes étaient étalées.

— Alors, comme ça, ils t'ont toujours pas coffré, Jack ?

— Il ferait beau voir ! C'est du thé que je vois en train de chauffer ?

— Tu préférerais peut-être un bon whisky irlandais ?

— Tu me connais. Jamais pendant le travail. Je veux être à Londres ce soir, à six heures au plus tard.

— Et le retour ?

— Pas au-delà de minuit. C'est possible ?

— Tout est possible avec moi, tu le sais bien. Je ne pose pas de questions, je m'occupe de ce qui me regarde, et je ne t'ai jamais laissé tomber.

— C'est vrai.

— Parfait. Ce sera cinq mille.

— L'argent n'est pas un problème, dit Barry. Tu es bien placé pour le savoir.

— Très bien. Il y a un terrain comme celui-ci dans le Kent, à environ une heure de Londres. À l'abri des regards et loin de toute habitation. Je m'y suis déjà posé. Je viens de téléphoner au paysan qui en est le propriétaire. Pour dix billets de cent, il te laissera une voiture pour rejoindre Londres. Avec tous les faux papiers qu'il faut.

— Encore une crapule, dit Barry.

— Comme nous tous, non ? Sauf toi, Jack, valeureux combattant de la Cause.

— Je vais te mettre mon pied quelque part, Docherty.

— Non, tu ne feras pas ça, vu que tu serais bien incapable de piloter un avion.

— Tu es certain de pouvoir nous emmener jusque là-bas, malgré tous les radars de la Surveillance du territoire ?

— Tu m'as déjà vu me tromper ? Allons-y. Il va falloir prendre le Chieftain. Le Cessna a besoin de réparations et j'attends les pièces détachées.

Il ouvrit une trappe au flanc du Chieftain, déplia la passerelle métallique, et Barry le suivit à l'intérieur. Puis il verrouilla la portière.

— Nous serons vent arrière, Jack. On devrait donc mettre moins de deux heures avec un peu de chance. Il pleut beaucoup, comme toujours en mars, mais c'est bon pour nous. N'aie pas trop la trouille, tout à l'heure, quand je volerai en rase-mottes, ce sera pour échapper aux radars. Tu veux t'asseoir à côté de moi ?

— Non, je préfère lire le journal.

Docherty boucla sa ceinture et mit le contact pour faire tourner les moteurs — d'abord celui de gauche, puis celui de droite. Puis il lâcha les gaz, l'avion bondit en avant, décolla, et prit rapidement de l'altitude.

Docherty ne s'était pas trompé dans ses prévisions : moins de deux heures plus tard ils atteignaient Roundhay et amorçaient leur descente sous une épaisse couche de nuages. La pluie tombait toujours. Non loin de là, devant une grange dont on avait laissé la porte ouverte, attendait une Ford Escort.

— Et toi, qu'est-ce que tu vas faire ? demanda Barry en descendant de l'appareil.

— T'en fais pas pour moi. Je vais aller à la ferme, là-bas, pour régler mes dettes.

— Tu as l'intention de lui donner mille livres en liquide ?

— C'est le genre de type qu'on a intérêt à soigner. J'aurai peut-être encore besoin de lui.

Tournant les talons, il traversa la piste, tandis que Barry s'engouffrait dans la Ford Escort. Les clés étaient sur le tableau de bord, mais avant de démarrer il sortit un Browning de son sac de voyage, le chargea et le glissa à l'intérieur de son blouson.

Il fut assez vite à Londres car la circulation, en cette fin d'après-midi, se faisait plutôt dans l'autre sens. La voiture n'avait rien d'extraordinaire, mais elle marchait, et elle était banale à souhait. Le trajet lui donna le temps de réfléchir à un certain nombre de choses. L'endroit où opérer, par exemple. Au Dorchester, évidemment, puisque c'était là que se trouvait Cohan. Il pourrait y entrer sans difficulté. Il lui fallait seulement une tenue adéquate et sa garde-robe était amplement fournie.

Barry avait depuis quelques années un pied-à-terre à Londres. Façon de parler, d'ailleurs, puisqu'il s'agissait d'une péniche amarrée sur la Tamise non loin de St. James's Stairs à Wapping. Il avait pris soin de n'en révéler l'existence à personne. Il se rappelait toujours ce que sa vieille grand-mère disait chaque fois qu'elle venait voir ses enfants aux États-Unis : n'oublie jamais cela, Jack, un secret cesse d'en être un à partir du moment où une seule personne est au courant. Elle était morte d'un cancer dans des condition affreuses alors que Barry venait, pour la première fois, de retourner en Ulster. Il lui avait rendu visite à l'hôpital Victoria de Belfast, connu comme le meilleur établissement du monde pour les soins aux blessés par balle — circonstances obligent.

Il était à cette époque l'un des individus les plus recherchés en Irlande. Ses camarades l'avaient traité de fou et l'avaient supplié de ne pas y aller. Mais rien ne pouvait arrêter Barry. Après s'être introduit dans l'hôpital par une entrée de service, il avait dérobé une blouse de médecin et un badge au vestiaire.

Il l'avait trouvée dans sa chambre et était resté un long moment avec elle en lui tenant la main.

— Je suis contente que tu soies venu, Jack, avait-elle dit, mais elle avait du mal à parler.

— C'est naturel, Gran.

Puis la petite main qu'il serrait entre les siennes s'était crispée.

— Sois prudent, conduis-toi bien, avait-elle dit encore, en un ultime effort.

Et elle était partie.

Jack s'était effondré, partagé entre les larmes et la colère. Puis il était ressorti. Mais, faisant fi de toutes les mises en garde, il avait assisté aux obsèques quatre jours plus tard, debout sous la pluie, un Browning dans sa poche, en espérant qu'il se trouverait quelqu'un pour tenter de l'arrêter.

Et pourquoi tout cela ? Le grand Jack Barry, lord Barry, quatre fois décoré au Viêt-nam... Combien de soldats britanniques avait-il tués, combien de Loyalistes dans des attentats à la bombe, bien qu'il fût lui-même protestant ?

C'était toujours la même image qui, certains soirs, le hantait : celle d'une vieille femme qui l'avait jusqu'au bout couvé d'un amour farouche. Et ce jour-là, au volant de l'Escort, il avait la gorge serrée et des picotements aux paupières.

Arrivé à Londres à cinq heures, il se fraya un chemin jusqu'à Kilburn dans une circulation chargée, gara sa voiture et trouva ce qu'il cherchait : un pub à l'enseigne de Michael Collins. La fresque peinte sur le mur — le drapeau tricolore et Collins brandissant un fusil — parlait d'elle-même. Il ne pénétra pas dans la salle mais contourna le bâtiment pour rejoindre l'arrière-cour et poussa la porte de la cuisine. Un petit homme aux cheveux blancs était attablé dans le salon, ses lunettes sur le nez, plongé dans un livre de comptes. Il s'appelait Liam Moran et était l'un des responsables du Sinn Fein à Londres.

— Bon Dieu, c'est toi, Jack ! s'exclama-t-il en ouvrant de grands yeux.

— C'est bien moi, répondit Barry en s'approchant du buffet pour se servir un whisky. Il se passe des choses en ce moment ?

— Oh non ! Avec ce processus de paix... Les Brits font tout pour calmer le jeu, tout comme nos gars. Mais qu'est-ce que tu fiches ici, Jack ?

— Oh, rien de bien méchant. Je passais, c'est tout, avant de partir pour l'Allemagne, mentit Barry. Histoire de prendre des nouvelles.

— C'est le calme plat, Jack, tu peux me croire, dit Moran, inquiet.

— Ah, la paix, Liam, soupira Barry en sifflant son whisky. Quel ennui ! À bientôt.

Et il sortit.

8

La population du quartier de Kilburn, à Londres, comprend une majorité d'Irlandais, aussi bien républicains que loyalistes, et on s'y croirait parfois à Belfast. Les pubs protestants, avec William et Mary peints derrière le comptoir, ressemblent à s'y méprendre à ceux du Sankhill, comme les pubs républicains à ceux de Falls Road.

C'était dans l'un de ces derniers que Dillon, vêtu d'un jean et d'un blouson noir et son Walther glissé sous la ceinture, s'était mêlé à la foule des clients. Il savait qu'il courait le risque d'être reconnu, mais n'en avait cure. Il était après tout le grand Sean Dillon, légende vivante de l'IRA, et tout le reste n'était que racontars. Il avait tout de même pris le Walther pour plus de sécurité.

En sortant du Green Tinker, alors qu'il se décidait à repartir sans avoir appris grand-chose d'intéressant, il s'arrêta sous un porche, non loin d'un kiosque à journaux, pour allumer une cigarette. Le vieux marchand tapi à l'intérieur du kiosque buvait au goulot de sa bouteille. Il s'appelait Tod Ahern.

— Bonté divine, c'est toi, Sean ! dit-il en s'essuyant la bouche d'un revers de manche.

— Qui d'autre, à ton avis ?

— Il se passe des choses ? demanda Tod qui était déjà passablement ivre. J'ai vu Barry tout à l'heure. Et maintenant toi... Qu'est-ce que vous nous préparez ?

— Tu parles à tort et à travers, vieux Tod, sourit Dillon. Tu ne devrais pas... Jack serait furibard s'il savait que tu l'as vu. Qu'est-ce qu'il faisait, au juste ?

— Il est entré au Michael Collins par-derrière. Sans doute qu'il allait voir Liam Moran ? Je venais d'ouvrir mon kiosque quand je l'ai vu passer.

— Eh bien, garde ça pour toi, Tod, dit Dillon en posant un billet de cinq livres devant lui. Et bois un coup à ma santé.

Liam Moran était toujours assis à sa table en train d'examiner les comptes quand il sentit un léger courant d'air soulever ses papiers. Il leva la tête et vit Dillon debout sur le seuil, une cigarette aux lèvres.

— Dieu vous bénisse tous.

Moran ne put réprimer un mouvement de recul.

— Sean, c'est toi !

— Eh oui, c'est moi, confirma Dillon en allumant la cigarette avec son vieux Zippo. Il paraît que tu as reçu de la visite tout à l'heure, Jack Barry en personne ?

— Elle est bien bonne, celle-là, dit Moran avec un sourire forcé. Qui t'a raconté ça ?

Dillon poussa un soupir.

— Si on ne peut pas s'expliquer gentiment, ce sera la manière forte, Liam. Qu'est-ce qu'il voulait ? Et où est-il maintenant ?

— Sean, c'est une mauvaise blague !

La main de Dillon trouva l'extrémité du silencieux, le Walther jaillit et le lobe de l'oreille de Liam explosa littéralement. Il y porta la main et la retira pleine de sang.

— Et maintenant, ça va être le tour de ton genou droit. Tu pourras toujours acheter des béquilles.

— Mon Dieu, non, Sean ! cria Moran, affolé. Il m'a dit qu'il était venu voir comment ça se passait à Londres. Et qu'il partait pour l'Allemagne.

— L'Allemagne, mon cul. Il se planque quelque part à Londres. Tu sais où ?

— Comment veux-tu que je le sache, Sean ?

— Dommage pour ce genou.

Dillon pointa le Walther.

— St. James's Stairs, à Wapping ! Il y a des péniches à quai. La sienne, c'est la *Griselda.*

— Voilà qui est raisonnable, dit Dillon en écartant son arme. Tu veux que je revienne ?

— Bon Dieu, non !

— Alors, tiens ta langue. Tu connais certainement quelqu'un qui pourra te réparer cette oreille.

En reprenant la Mini Cooper, il appela Ferguson.

— J'ai tapé dans le mille.

— Expliquez-moi ça.

Dillon s'exécuta.

— Je pense que s'il est ici, ce n'est pas par hasard, dit-il en achevant son récit. Que voulez-vous que je fasse ? Que je lui tombe dessus ? Vous pouvez aussi prévenir la Brigade antiterroriste, si vous tenez à déclencher la Troisième Guerre mondiale.

— Ce serait la dernière chose à faire. Où êtes-vous ?

— À Kilburn.

— Venez me retrouver à St. James's Stairs.

— Vous plaisantez ?

— Dillon, j'avais dix-neuf ans quand je suis parti me battre en Corée, et j'ai descendu cinq Chinois d'affilée avec un Browning. Je commence à trouver le temps long, dans ce bureau du ministère de la Défense.

— Seigneur. Que va dire la douce Hannah Bernstein ?

— Il y a des limites au politiquement correct, Dillon. Je ne tiens pas à l'envoyer dans une expédition aussi risquée, en pleine nuit et sous la pluie, pour tenter de neutraliser l'un des pires spécimens que l'IRA nous ait jamais balancé dans les pattes.

— Vous pensez donc qu'il est ici pour Cohan ?

— Il était en Ulster il y a quelques jours, et maintenant il est ici. Que viendrait-il faire d'autre ? Attendez-moi à l'angle de Chalk Lane et de Wapping High Street.

Et Ferguson raccrocha.

Barry gara la Ford Escort à l'extrémité de Chalk Lane et partit à pied vers St. James's Stairs. La nuit était tombée, on voyait des lumières le long des berges et, de temps à autre, sur le fleuve, le fanal d'une péniche glissant dans l'obscurité. Parvenu à l'extrémité de Chalk Lane il bifurqua pour s'engager sur une longue jetée, dépassa ce qui semblait être une péniche abandonnée.

Il y avait un bassin tout au bout, hérissé de grues, et des entrepôts désaffectés en arrière-plan. On ne voyait qu'une péniche, la *Griselda*, amarrée de ce côté, et quatre de l'autre, dont deux semblaient habitées à en juger par la lumière diffuse dans leur cabine. Un câble électrique et une manche à eau reliaient la *Griselda* au quai.

Barry, qui possédait cette péniche depuis trois ans, y avait habité au cours des six mois précédents. Il s'attendait à la trouver cambriolée à chacun de ses retours, mais cela ne s'était jamais produit. L'endroit était désert, loin de tout, mais caché, et la présence des autres péniches offrait tout de même une protection.

Il franchit la passerelle, prit la clé dissimulée dans la gouttière de la cabine, ouvrit la porte d'acier blindé et entra. Il y avait un commutateur électrique à gauche. La lumière révéla une volée de marches. Des feux de position s'éclairèrent en même temps à la proue et à la poupe de l'embarcation.

Il descendit les marches et éclaira la cabine. C'était étonnamment spacieux, avec des hublots de chaque côté. Il y avait des banquettes, une table, une kitchenette dotée d'un évier et d'un réchaud électrique à une extrémité. Il fit couler de l'eau dans la bouilloire, la mit à chauffer et passa dans la chambre à coucher.

Il posa son sac sur le lit et en sortit une trousse de toilette. Il ouvrit un paquet de cigarettes, en alluma une et jeta un coup d'œil dans le placard qui contenait des vêtements bien rangés dans leurs housses en plastique à fermeture éclair, des chaussures, des chemises neuves dans leurs pochettes de chez Marks & Spencer, des sous-vêtements, des chaussettes. La bouilloire s'était mise à siffler. Il éteignit le réchaud, s'assit à la table et appela le Dorchester sur son portable.

— Le sénateur Cohan, s'il vous plaît.

— Qui dois-je annoncer ?

— George Harrisson, de l'ambassade des États-Unis.

Il n'eut pas à attendre.

— Monsieur Harrisson ?

Il éclata de rire :

— C'est moi, Barry, espèce d'idiot !

Cohan rit à son tour :

— Jack ? Où êtes-vous ?

— Toujours en Ulster, mentit Barry. J'ai eu le Contact au téléphone. Il m'a appris les mauvaises nouvelles. Enfin, elles sont plutôt bonnes pour les croque-morts.

— Toujours le mot pour rire, hein ? dit Cohan en frissonnant.

— Au Viêt-nam, on disait : si tu ne comprends pas la plaisanterie, tu n'as rien à faire ici. Il faut voir le bon côté des choses. Pendant que vous vous prélassez dans le luxe au Dorchester, on s'occupe de tout pour vous. Et vous êtes beaucoup mieux là qu'à New York, par les temps qui courent.

— Le Contact m'a dit qu'il allait régler ce problème. Vous croyez, vous, à cette histoire d'une femme qui aurait tué Ryan ? C'est insensé !

— Il y a tout de même une bonne nouvelle. Je m'envole pour New York dans une heure. Je voulais vous le dire. Le Contact m'a demandé de venir pour faire le ménage.

— C'est vrai ?

— Je vous téléphone de ma voiture. Je suis en route pour l'aéroport.

— Espérons que vous pourrez faire du bon travail, là-bas.

— Je vous rappellerai pour vous dire où me joindre. Quel est votre numéro de chambre ? (Cohan le lui donna.) Parfait. Vous sortez, ce soir ?

— Non. Ce soir, repos. Je me réserve pour demain soir.

— Vous avez raison. Gardez-vous en forme.

Cohan raccrocha avec un intense soulagement. Il déboucha la bouteille de champagne offerte par la direction de l'hôtel et se servit une coupe. Si quelqu'un pouvait remettre de l'ordre dans ce merdier, c'était bien Barry.

Barry choisit un complet noir d'excellente coupe, une chemise blanche et une cravate à rayures. Étalant le tout sur le lit, il retourna dans le salon et réchauffa l'eau dans la bouilloire pour faire du café. Puis il emplit une chope et monta sur le pont pour réfléchir.

Le tout était de savoir à l'avance comment s'y prendre. Il entrerait au Dorchester sans difficulté. Il était chic comme une réclame de whisky, et il connaissait le numéro de la chambre de Cohan. Il n'aurait qu'à frapper à la porte, l'abattre, et repartir. Il accrocherait le petit écriteau NE PAS DÉRANGER à la poignée, et on ne découvrirait pas le corps avant plusieurs heures, pas avant le matin peut-être.

Réjoui, soudain, à l'idée que tout pouvait se passer aussi facilement, il redescendit, ôta son blouson, glissa le Browning sous sa ceinture et remit la bouilloire sur le réchaud. Puis il retira la chemise de sa pochette en plastique pour la déplier. La bouilloire sifflait à nouveau, mais il n'avait plus envie de café. Il éteignit le réchaud, prit une bouteille de scotch dans un placard, versa l'alcool dans un gobelet de carton et remonta sur le pont.

Il s'était remis à pleuvoir, une pluie fine et obstinée qui striait l'obscurité sous le halo jaunâtre des réverbères du pont. Immobile sous la bâche, humant l'air humide et les odeurs qui montaient du fleuve, il se sentit envahi par un sentiment de mélancolie dont il ne comprenait pas la cause. Une toux discrète le fit se retourner et il glissa la main sous son blouson pour toucher la crosse du Browning.

Un homme se tenait sur la passerelle, un parapluie à la main, et il lui souriait.

— Nous ne nous sommes jamais rencontrés, monsieur Barry, mais vous connaissez mon nom : Ferguson.

Dans sa Mini Cooper garée à l'angle de Chalk Lane et de Wapping High Street, Dillon attendait la Daimler. D'où sa stupéfaction en voyant un taxi noir s'arrêter et Ferguson en descendre pour régler sa course au chauffeur. Armé d'un parapluie qu'il ne prit pas la peine d'ouvrir, il se précipita à la rencontre de Dillon sur les pavés luisants.

— Quel sale temps !

— Vous roulez en taxi, maintenant ? Il ne faudra pas oublier de présenter une note de frais !

— Trêve d'insolence, Dillon. Qu'allez vous faire ?

— Je n'en ai pas la moindre idée. Vous êtes armé ?

— Qu'est-ce que vous croyez ? rétorqua Ferguson, en exhibant un antique automatique Smith & Wesson de calibre .38.

Puis il sortit une paire de menottes de sa poche.

— J'ai aussi pris cela.

— Vous êtes optimiste.

— Allons-y ! dit le général en brandissant son parapluie.

Ils descendirent Chalk Lane côte à côte sous le parapluie. Parvenus au bassin, ils s'arrêtèrent sous le porche d'un entrepôt désaffecté.

— Une péniche de ce côté, quatre en face, chuchota Ferguson. La plus proche est éclairée, ainsi que deux autres de l'autre côté. Laquelle est la nôtre ?

Dillon plongea la main dans sa poche et en sortit une petite paire de jumelles.

— Lentilles binoculaires spéciales pour la vision de nuit, dit-il. On n'arrête pas le progrès.

Il les braqua sur la péniche la plus proche, effectua la mise au point et les tendit à Ferguson.

— Regardez vous-même.

Ferguson regarda. La péniche lui apparut dans une lumière verdâtre, mais avec tous ses détails, et il lut le nom *Griselda* à la proue.

— Excellent. J'aurais bien aimé avoir les mêmes en Corée. Vous avez un plan ?

— Je suis un esprit simple, et comme je vois de la lumière, je pense que Barry est là.

— Et donc ?

— Je ne pense pas que nous aboutirons à grand-chose si nous nous contentons de sauter sur le pont en criant : « Sors de là, les mains en l'air ! » Et je remarque qu'il y a une écoutille à l'arrière.

— Oui. J'ajouterai que nous risquons de faire pas mal de bruit en nous y prenant de cette façon. Ne serait-ce que pour ouvrir cette écoutille, qui peut d'ailleurs être verrouillée de l'intérieur.

— Général, ce n'est pas à vous de prendre des risques. Je vais m'approcher pour jeter un coup d'œil, et vous m'attendrez ici.

— Ah, je vois ce que vous pensez. Il y a des choses qui ne sont plus de mon âge, n'est-ce pas ?

Sans prendre la peine de répondre, Dillon lui tendit les jumelles et disparut dans l'obscurité le long du mur de l'entrepôt. Ferguson régla les jumelles à sa vue et le vit franchir la passerelle, soulever le volet de l'écoutille et se glisser à l'intérieur.

Au moment où le volet se refermait sur Dillon, Barry apparut à l'avant, sortant de la cabine. Ferguson vit le gobelet qu'il tenait à la main et la crosse du Browning qui luisait à sa ceinture. Il se dit que Dillon aurait sans doute des difficultés à trouver son chemin à l'intérieur de cette péniche qu'il ne connaissait pas, et décida de passer à l'action. Fourrant les jumelles dans sa poche, sa main gauche tenant le Smith & Wesson cachée dans le dos, il s'avança sur le quai et prit pied sur la passerelle en levant bien haut son parapluie.

— Nous ne nous sommes jamais rencontrés, monsieur Barry, mais vous connaissez mon nom. Ferguson.

Ferguson fit un pas en avant et la main qui tenait le Smith & Wesson apparut.

Wyatt Earp, le grand capitaine de gendarmerie américain, a raconté les circonstances qui lui avaient valu sa réputation de tireur d'élite. Un soir, à Dodge City, alors qu'un jeune cow-boy tentait de lui tirer dans le dos, il avait fait volte-face et riposté par réflexe, sans prendre le temps de viser, en atteignant par un hasard miraculeux l'arme du gamin.

C'est ce que fit à cet instant Jack Barry, en tirant au jugé une balle qui fit s'envoler le Smith & Wesson brandi par Ferguson. Dillon, au moment où il se glissait à l'intérieur, avait entendu approcher Ferguson. Dégainant son Walther, il traversa d'un bond la cuisine et le carré pour se jeter tête baissée sur Barry, tandis que Ferguson tombait à la renverse sur le pont de la péniche.

Barry sentit le canon du Walther sur ses reins et entendit la voix de Dillon :

— Lâche cette arme, Jack, ou je te coupe en deux.

— Sean, c'est toi ? dit Barry, qui se figea sur place.

— Vous n'avez rien, général ? demanda Dillon en voyant Ferguson se relever.

— Non. Une simple égratignure... Tout va bien, répondit Ferguson.

Il tenait de la main droite son poignet gauche qui saignait.

Barry se pencha pour poser le Browning à ses pieds, puis se redressa en lançant brutalement son coude à la face de Dillon et se déporta sur le côté pour esquiver le tir réflexe de celui-ci, dont la balle alla se ficher dans le pont. Dillon lâcha son Walther et ils s'empoignèrent, Barry tombant en arrière tandis qu'ils luttaient furieusement. Et ils basculèrent, ensemble, par-dessus le bastingage.

L'eau était glacée et le courant violent. Dillon repoussa Barry d'un coup de pied en refaisant surface, se sentit entraîné contre la chaîne de l'ancre et s'y agrippa. En se retournant, il vit Barry qui s'éloignait, emporté par le courant.

— À la prochaine, Dillon ! lança-t-il avant de disparaître.

Dillon contourna la *Griselda* en se tenant à la chaîne et finit par trouver un crochet d'amarrage dans la pierre du quai et tout à côté une échelle de corde.

— Dillon ?

C'était la voix de Ferguson.

— Je suis là !

Il remontait déjà par l'échelle. Une fois sur le quai, il s'assit, dégoulinant.

— Où est-il, maintenant ? demanda Ferguson.

— Il n'est plus ici, général, c'est tout ce que je peux dire. Je vous confirmerai qu'il est mort quand je lui aurai logé une balle entre les deux yeux, et à bout portant.

— Que fait-on ?

— Descendons là-dedans. Je suis trempé, je trouverai quelque chose à me mettre.

Il se déshabilla et se sécha dans la petite salle d'eau, trouva dans la chambre des sous-vêtements, un jean et un sweater beaucoup trop grands pour lui, puis rejoignit Ferguson dans le carré. Il salua d'un hochement de tête admiratif le complet noir, la cravate et la chemise blanche.

— Vous voici bien élégant, général. Vous ne seriez pas habillé autrement si vous aviez l'intention de faire un tour dans un grand hôtel comme le Dorchester.

— Vous ne croyez pas qu'il aura coulé au fond de la Tamise ?

— Non, il est probablement sur l'autre rive à cette heure, mais il n'ira pas au Dorchester. Vous savez, général, Jack n'est pas un patriote, il a le sens des réalités, et il ne se voit pas dans une prison britannique. Il a essayé et il a raté son coup. Il n'en fera pas plus pour aujourd'hui.

— Je le sais. C'est bizarre, Dillon. Quand vous m'avez dit qu'il était ici, j'ai pensé aussitôt que c'était pour Cohan. Je ne voyais pas pour quelle autre raison il aurait quitté l'Ulster. Mais pourquoi ? Barry est le patron des Fils d'Érin. Pourquoi voudrait-il supprimer le dernier membre de la branche new-yorkaise ?

— Parce que Cohan, c'est autre chose. C'est un problème pour vous, un problème pour le Président. Et peut-être, aussi, un problème pour le Contact.

— Mon cher garçon, dit Ferguson avec une gaieté soudaine, vous avez parfois de ces intuitions... Allons-y, maintenant !

— Et la péniche ? demanda Dillon.

— Où qu'il aille, s'il est encore de ce monde, il ne reviendra pas ici. Éteignez simplement les lumières. J'enverrai une équipe l'inspecter demain.

Mais Ferguson se trompait. Barry refit surface à St. James's Stairs, trouva une échelle pour remonter sur le quai et retourna au bassin. En y arrivant, il vit que la péniche était toujours éclairée. Il se tapit dans un coin d'ombre et attendit, grelottant dans ses vêtements trempés. Puis les lumières s'éteignirent à l'intérieur et il vit apparaître Dillon et

Ferguson. Les lumières du pont s'éteignirent à leur tour et les deux hommes franchirent la passerelle pour s'éloigner en discutant.

Quand il n'entendit plus leurs voix, il courut vers la péniche, y entra et retira ses vêtements en toute hâte. Puis il se rhabilla et prit son blouson de cuir. Le téléphone était resté dans la poche. Il souleva un panneau de boiserie, chercha une minute à tâtons et finit par extraire un revolver Smith & Wesson, qu'il glissa dans une autre poche. Puis il repartit après avoir éteint les lumières.

Il s'éloigna sous la pluie, de fort bonne humeur, riant tout haut de temps à autre. Quel salaud, ce Dillon ! Et quel plaisir de pouvoir, après tant d'années, mettre un visage sur le nom de Ferguson ! Tout cela n'était qu'un jeu, après tout. Il le savait, et Dillon et Ferguson le savaient comme lui. Mais le Contact ? Il rejoignit la Ford Escort, s'y engouffra et démarra aussitôt.

Dillon s'arrêta devant chez Ferguson à Cavendish Square.

— Je suppose qu'après ce qui vient de se passer, nous n'avons plus à nous inquiéter pour Cohan jusqu'à la fin de son séjour.

— En êtes-vous si sûr ? demanda Ferguson.

— Il ne faudrait pas prendre Jack pour un samouraï, il n'est pas homme à se suicider. Il sait maintenant qu'on l'a dans le collimateur, et s'il était venu pour régler son compte à Cohan, il doit déjà être loin.

— C'est vous qui le dites.

— Attendons, et nous verrons bien.

— Et notre mystérieux assassin... en jupons ?

— Pour elle aussi, il n'y a qu'à attendre.

— Neuf heures, dit Ferguson en hochant la tête. À mon bureau.

Comme il descendait de voiture, Dillon sortit la tête par la portière.

— Charles ? Vous allez faire examiner votre poignet par un médecin, n'est-ce pas ? Laissez tomber ce beau stoïcisme britannique, pour une fois.

— Ne vous en faites pas, Sean, sourit Ferguson. Je ne suis pas idiot. À tout à l'heure.

Dillon repartit.

Barry sortit de Londres sous une pluie battante. Et pourtant, sans trop savoir pourquoi, il était d'excellente humeur. Il fit une halte sur l'autoroute pour s'offrir un copieux petit déjeuner et acheter une bouteille de scotch.

Il en but un bon quart avant d'arriver à Roundhay, où il trouva le petit terrain d'aviation désert et plongé dans la pénombre. Seule, une lumière luisait faiblement dans la grange transformée en hangar à avions. Il s'y gara à côté du Chieftain. Docherty était assis sur un tabouret en train de lire son journal.

— Tout s'est bien passé, Jack ? demanda-t-il.

— Ne me pose pas de questions et emmène-moi loin d'ici. C'est possible ?

— Je suis ton homme.

Dix minutes plus tard, le Chietfain décollait dans l'obscurité. Barry se laissa retomber contre le dossier de son siège, déboucha la bouteille de whisky, et but. Puis il appela le Contact sur son portable.

— C'est moi. Barry.

— Où êtes-vous ?

— En route pour l'Irlande dans un petit avion, et très content d'y être.

— Expliquez-moi ce qui s'est passé.

Il expliqua.

— Mais enfin, comment ont-ils fait pour découvrir votre péniche ? demanda le Contact.

— Je n'en sais rien. Tout ce que je sais, c'est qu'ils m'ont trouvé, et que j'ai eu une sacrée chance de m'en tirer comme ça.

— Et Cohan ?

— Disons qu'il a de la chance, lui aussi, et que ce n'est plus mon affaire.

9

En arrivant au bureau, Dillon appela Blake à Washington et le réveilla.

— Bon sang, Sean, il est cinq heures du matin, ici !

— C'est un service que je te rends, Blake. Quand tu auras entendu mon histoire, tu seras frais comme un gardon, tu descendras dans ta cuisine pour te presser une orange et tu iras courir cinq ou six kilomètres.

— Tu parles !

— Écoute.

Dillon lui fit un récit détaillé des événements de la soirée.

— Que Dieu nous aide, soupira Blake quand il eut achevé. C'est de pire en pire !

— Je ne te le fais pas dire. On se rappelle.

Et Dillon raccrocha.

Lady Helen Lang courait à petites foulées dans Hyde Park. Il était dix heures et demie du matin. Elle s'assit sur un banc près du lac pour se reposer. Elle n'était pas essoufflée et se sentait en excellente forme. Comme un soldat qui s'apprête à partir au combat. Elle irait le soir même au Dorchester et savait exactement ce qu'elle y ferait. Il était normal que Cohan disparaisse comme les autres membres du club. Elle avait assez le sens des réalités pour se rendre compte que ses chances de surprendre de la même façon Jack Barry ou le Contact étaient fort minces. Mais quoi qu'il arrive ensuite, elle aurait déjà, de son point de vue, rétabli une bonne part de justice. Et cette pensée serait pour elle une consolation quand elle irait fleurir le monument érigé à la mémoire de son fils.

Elle s'entendit appeler, releva la tête et vit Hedley qui se dirigeait vers elle.

— Je me demandais ce que vous étiez devenue.

— C'est gentil de vous inquiéter.

Elle se leva et, soudain, l'air lui manqua. Une main crispée sur la poitrine, elle se rassit, chercha dans sa poche la petite boîte de pilules, la trouva, la laissa choir à ses pieds.

Hedley la ramassa et s'assit à côté d'elle pour l'ouvrir.

— Ça ne va pas ?

— Mais si, je vais très bien, mentit-elle. Ce n'était qu'un étourdissement passager.

Il lui présenta deux pilules au creux de sa main. Elle les prit et les avala prestement.

— Ça va mieux.

— Vous n'êtes pas bien, lady Helen.

— Allons, dit-elle gaiement, en lui tapotant le genou. Une bonne tasse de thé et il n'y paraîtra plus ! Accompagnez-moi au café, maintenant.

Ils se levèrent et il lui offrit son bras.

Dans son bureau du ministère de la Défense, Ferguson récapitulait les événements de la veille avec Dillon et Hannah Bernstein.

— Quelle accumulation de bêtises ! s'écria Hannah, furieuse. Dans le genre macho et borné, on ne fait pas mieux ! À votre âge, général...

— J'accepte la réprimande, inspecteur, dit Ferguson, qui portait un bandage élastique au poignet gauche.

— Dieu, que la colère te va bien ! s'extasia Dillon. Ce regard qui étincelle, ces joues qui s'empourprent...

— Tais-toi donc ! protesta Hannah. Ce type est l'un des terroristes irlandais les plus recherchés. Il aurait fallu monter une opération antiterroriste de grande envergure. Avec des hommes en arme tout autour de la péniche, il n'aurait jamais pu nous échapper.

— Et on se serait retrouvés à la une de tous les journaux du royaume, ce dont je ne voulais absolument pas, objecta Ferguson. C'est moi qui ai décidé d'agir ainsi.

La sonnerie du téléphone retentit. La secrétaire décrocha.

— Le standard a un appel de l'Ulster. Un certain Jack Barry.

Ferguson pressa le bouton « audio » pour que Dillon et Hannah entendent ce qui allait se dire.

— Jack Barry ? demandez-leur de localiser l'appel.

— Impossible, général. Il appelle d'un portable et la ligne est codée.

— Bon. Passez-le-moi.

La communication était étonnamment claire.

— C'est bien vous, Ferguson ?

— Qui voulez-vous que ce soit ?

— Je tenais simplement à vous rassurer. Je ne me suis pas noyé dans la Tamise, et je suis chez moi, bien au chaud. Vous ne manquez pas de chance, vous non plus. J'ai bien cru que je vous avais eu.

— Eh bien, vous vous trompiez. Vous avez tout de même envoyé valser mon pistolet. Ce n'est pas si mal.

— Dillon est là ?

— Bien sûr.

— Bon vent, Sean, on se reverra en enfer !

Sur ces mots, Barry éclata de rire et raccrocha.

— Quel démon, dit Hannah Bernstein. À quoi joue-t-il ? Maintenant, nous savons qu'il n'est pas mort.

— Tout ça n'est qu'un jeu pour lui, expliqua Dillon. Je pourrais ajouter que Barry est un vrai cinglé, et que lorsqu'il a le choix entre un comportement raisonnable et une folie, c'est toujours la folie qu'il choisit.

— On peut se dire, au moins, qu'on ne risque plus d'avoir la mort du sénateur Cohan sur la conscience, observa Hannah.

— Vous le croyez vraiment ? dit Ferguson. Personne n'a jamais soupçonné Barry d'avoir tué tous les autres. La seule explication logique à sa présence ici, à supposer qu'il soit venu pour tuer le sénateur, serait que celui-ci est devenu gênant. Nous avons écarté un danger, au moins temporairement. Mais il nous reste l'autre — le mystérieux assassin.

Il resta silencieux un instant, puis décrocha le téléphone.

— Appelez-moi le sénateur Michael Cohan au Dorchester.

Il avait laissé l'amplificateur branché, et la voix du sénateur s'éleva dans la pièce :

— Michael Cohan. Qui me demande ?

— Charles Ferguson. Vous savez qui je suis, je crois.

— Oui. Et je n'ai pas envie de vous parler.

— Monsieur le Sénateur, croyez-moi, je ne songe qu'à vous protéger.

— Je suis un sénateur américain en visite officielle à la demande du Président, mentit Cohan. Et si vous continuez à m'importuner, j'en aviserai votre Premier ministre.

Et il raccrocha brutalement.

— Il est furieux, commenta Dillon. Qu'est-ce qu'on fait ?

— Une pause. Pour déjeuner, bien sûr.

Giuliano, le patron du Piano-Bar du Dorchester, les accueillit chaleureusement. Ferguson était un habitué de l'établissement depuis plus de vingt ans, Dillon depuis moins longtemps, mais il y venait de façon assez régulière. Quant à Hannah, elle était bien sûr la bienvenue. En vrai mâle italien, Giuliano était sensible à l'alliance de la beauté et de l'intelligence, et Hannah ne manquait ni de l'une ni de l'autre. Qu'elle soit inspecteur principal de la Branche spéciale de Scotland Yard ne faisait qu'ajouter à sa séduction. Tout comme le fait qu'elle ait déjà plusieurs fois tué dans l'exercice de ses fonctions. Giuliano se rappelait ce qu'il avait lu dans la presse. Deux ans auparavant, alors qu'elle se rendait à Grosvenor Square, une femme était sortie d'une banque en criant au hold-up. Comme elle était ce jour-là de service à l'ambassade américaine, Hannah avait son arme sur elle et elle avait fait échouer l'opération en abattant un homme armé d'un fusil à canon scié.

Giuliano l'embrassa gentiment sur les deux joues, et leur présenta ses suggestions pour le déjeuner. Cannelloni maison au jambon et à la mozzarella, gnocchi de patates douces au basilic, beignets de pomme de terre parfumés à l'ail. Ils passèrent leur commande, et Dillon demanda une bouteille de champagne Krug non millésimé.

— Je crois savoir, dit Ferguson en se tournant vers Giuliano, que le sénateur Cohan a réservé une table pour treize heures ?

— En effet, répondit Giuliano, vaguement surpris.

— Alors, faites-moi plaisir, placez-nous à côté de lui. Nous sommes de bons amis.

— Nous y revoilà, général, dit Giuliano en souriant. Vraiment, j'aurais de quoi écrire un livre ! Depuis le temps... La guerre froide, les Anglais sortis des meilleures écoles qui étaient des taupes communistes, et maintenant les Irlandais...

Il s'interrompit, sourit en regardant Dillon.

— Je sais, dit Dillon. Je ne suis pas quelqu'un de fréquentable.

— L'Américain aura donc la table voisine de la vôtre, conclut Giuliano. Je vous souhaite bon appétit.

Il s'éloigna, le Krug arriva, et Dillon tint à le servir lui-même.

— Comment saviez-vous que Cohan déjeunerait ici ? demanda-t-il.

— Le téléphone, Dillon, dit Ferguson. C'est un merveilleux instrument. Vous devriez essayer, de temps en temps.

— Que doit-on faire, monsieur, quand il sera là ? demanda Hannah.

— Lui rentrer dedans, ma chère. Tête baissée.

Il leva son verre.

— À la vie, à l'amour, au bonheur !

— Je veux bien boire à tout ça, si on y ajoute la paix en Irlande, dit Dillon, au moment où Cohan apparaissait sur le seuil de la salle.

Giuliano l'accueillit, le conduisit jusqu'à la table voisine, prit commande d'un Martini sec et repartit.

Ferguson se retourna :

— Sénateur Michael Cohan ? Je me présente : général Charles Ferguson.

Cohan tressaillit, l'air indigné.

— Ceci est du harcèlement caractérisé ! Je vous ai prévenu que je m'en plaindrai auprès de votre Premier ministre, et c'est ce que je vais faire !

Comme il faisait mine de se lever, un serveur arriva avec son Martini. Dillon en profita pour enchaîner :

— Je me fiche bien que vous soyez un politicien, sénateur. Nous en avons aussi en Irlande, et vous connaissez certainement la phrase célèbre : « Ne dites pas à ma mère que je suis sénateur, elle me croit pianiste dans un bordel. »

— Comment osez-vous... ?

— Calmez-vous donc, mon vieux, reprit Dillon. Et cessez de faire l'imbécile. Si vous tenez à rester en vie, écoutez ce que le patron a à vous dire.

— Il a raison, sénateur, continua Ferguson. Parlons un peu des Fils d'Érin, et voyons si vous n'avez pas récemment, au hasard de vos contacts (Il appuya sur le mot.) eu l'occasion de les rencontrer.

Quand il eut achevé son rapide exposé, Cohan était blême.

— Je n'ai strictement rien à voir avec tout ça, dit-il.

— Écoute ce qu'on te dit, crétin, s'énerva Dillon. Jack Barry était ici, à Londres, pas plus tard qu'hier soir, et tu sais pourquoi ? Pour te trouer la peau !

Cohan ne réagit pas à ce changement de ton. Il était trop occupé à faire bonne figure malgré l'inquiétude qui le gagnait.

— Je vous dis, moi, que j'ignore tout de cette affaire.

— Les Fils d'Érin sont tous morts, sénateur, reprit Dillon. Et nous pensons que Barry est venu en catastrophe, hier, pour faire le ménage — autrement dit, pour vous assassiner.

— Mais la personne qui a tué vos amis, elle, court toujours, précisa Hannah.

— C'est stupide ! s'écria Cohan. C'est un tissu d'inepties ! Je vous prie de me laisser en paix !

Et de siffler son Martini, emporté par la fureur.

— Donc, vous refusez de coopérer, reprit Ferguson. Comme vous voudrez, sénateur. Le Premier ministre et votre président en seront informés. Quoi qu'il en soit, j'ai pour instruction de vous protéger pendant votre séjour à Londres. Nous serons présents, ce soir, au Forum pour la Paix en Irlande et nous ferons de notre mieux pour vous garder en vie, que vous nous y aidiez ou non.

— Allez au diable ! lança Cohan en se levant pour partir.

Les pâtes arrivèrent. Ils se regardèrent tous les trois, et Hannah fut la première à parler :

— Alors, monsieur, que va-t-il se passer maintenant ?

— Nous allons nous régaler de ce délicieux déjeuner. Nous reviendrons ce soir et nous essaierons d'empêcher quiconque de transformer ce salopard en passoire.

— Vous pensez qu'il y a un risque ?

— Plus que jamais.

Puis Ferguson se tourna vers Dillon :

— Quant à vous, mon cher garçon, n'oubliez pas de mettre une cravate. Faites en sorte d'avoir l'air civilisé, pour une fois.

Ne sachant où aller, Cohan appela le Contact sur son téléphone codé et lui raconta tout — sa rencontre avec Ferguson et les autres, ses doutes, ses craintes.

— Vous ne comprenez donc pas où ils veulent en venir ? lui dit Thornton après l'avoir écouté. Je m'étais arrangé avec Barry. C'était pour vous protéger qu'il était venu à Londres, mais ils ont repéré sa planque et il leur a filé entre les doigts d'extrême justesse d'après ce que vous dites.

— Vous m'aviez assuré que je ne risquais rien à Londres !

— Et je le maintiens. C'est pour en être tout à fait certain que je vous ai envoyé Barry. Tout se passera bien.

— Vous m'avez dit que Barry allait s'occuper de la personne qui était derrière ces assassinats, quelle qu'elle soit.

— Il se passe beaucoup de choses et vous ne savez pas tout. Il faut me faire confiance

— C'est ma peau que je risque si ça tourne mal !

— Tout ira bien. D'accord ? Calmez-vous, détendez-vous, profitez de votre soirée. Je vous rappellerai.

Thornton raccrocha et appela aussitôt Barry.

— Je viens d'avoir Cohan, il était dans tous ses états. Ferguson et Dillon ne le lâchent pas. Pourquoi ne m'avez-vous pas dit que les choses s'étaient aussi mal passées ?

— Parce que ça s'est passé hier soir seulement, et que j'étais bien trop occupé à me tirer d'Angleterre avant qu'ils me rattrapent pour me régler mon compte.

— Je veux entendre votre version des faits.

Barry la lui donna, sans trop s'éloigner de la vérité.

— Je ne sais toujours pas comment Dillon s'y est pris pour me retrouver, dit-il en guise de conclusion.

— Une sacrée nuisance, celui-là.

— C'est ce qu'a dit l'armée pendant vingt ans, et l'IRA depuis. Qu'est-ce qu'on décide, pour Cohan ?

— On ne s'occupe plus de lui pour le moment. Je trouverai une solution quand il sera rentré aux États-Unis. On reste en contact.

Dans la maison de South Audley Street, lady Helen inspectait sa garde-robe. Elle opta finalement pour un ensemble du soir en crêpe de Chine noir. Comme elle plaquait la veste contre sa poitrine, face au miroir, on frappa à la porte et Hedley entra avec une tasse de thé.

— Qu'en pensez-vous ? demanda-t-elle.

— Ça me paraît parfait.

Elle remit l'ensemble sur son cintre, but une gorgée de thé.

— Voilà qui est réglé. J'ai rendez-vous chez mon coiffeur, Daniel Galvin, dans trois quarts d'heure.

— Je vous trouve très bien comme ça, lady Helen.

— Il y aura tout le gratin à cette soirée, Hedley.

— Y compris Michael Cohan ?

Elle sourit.

— Je veux être le mieux possible. Allez vous préparer, maintenant. Je vous rejoins dans dix minutes.

Le Forum pour la Paix en Irlande rassembla effectivement, dans la grande salle de bal du Dorchester, tout ce que Londres comptait de gens importants. Le Premier ministre n'était pas encore arrivé, mais plusieurs membres du gouvernement étaient déjà présents. Dillon, qui s'étonnait toujours de voir ses semblables se précipiter avec tant d'ardeur dans ce genre de soirée, prit une coupe de champagne sur le plateau que lui présentait un serveur. Il portait un smoking noir gansé de soie.

— Doucement, Dillon, dit Hannah, somptueuse dans sa robe rouge sombre de Versace. La nuit risque d'être longue.

— Quelle allure ! s'exclama Dillon en l'examinant de la tête aux pieds. Je te verrais très bien en pleine page dans *Vogue !*

— Laisse tomber la flatterie, tu perds ton temps.

— Je le sais, hélas. Quelle misère !

— Tout va bien ? demanda Ferguson en s'approchant.

— Vous savez, général, quand j'étais petit ma grand-mère m'emmenait souvent prendre le thé au buffet de

Grand Central. C'était grandiose. Et elle adorait ça. Le maître d'hôtel avait exactement le même costume que vous.

— Si vous fermiez un peu votre grande gueule, Dillon ? Ma patience a ses limites, et nous n'en sommes plus très loin. Mon Dieu, mais c'est Helen Lang que j'aperçois là-bas !

Abandonnant Dillon, il se dirigea vers elle. Ils s'embrassèrent.

— Comme je suis heureuse de vous trouver ici, Charles.

Elle vit Dillon.

— Tiens, c'est monsieur Dillon ?

Il lui prit la main.

— C'est un plaisir de vous revoir, lady Helen.

— Je me suis laissée tenter par cette soirée. South Audley Street, où j'habite, est à deux pas. C'est tout à fait pratique. Quand il me prend l'envie de boire un cocktail, je viens au Piano-Bar.

Il y eut un mouvement de foule du côté de l'entrée.

— Le Premier ministre, monsieur, annonça Hannah.

— Veuillez m'excuser, Helen, dit Ferguson avec un signe de tête à l'adresse de Dillon. Soyez gentil, allez chercher une autre coupe pour lady Helen. Et vous, inspecteur, venez avec moi.

Ils s'éloignèrent.

— Je crois savoir que vous vivez assez dangereusement, monsieur Dillon, dit Helen Lang.

— Vous êtes bien renseignée, répondit-il en attrapant deux coupes sur un plateau qui passait. Tenez, voici pour vous.

En lui tendant sa coupe, il regarda autour de lui :

— Rien que du beau monde, ce soir...

— ...Que vous méprisez cordialement.

Il leva son verre.

— À vous, lady Helen, et à moi, qui gardons notre tête sur nos épaules dans ce monde devenu fou.

Elle sourit en acceptant le toast et, soudain, il sentit un froid, un profond malaise. Que se passait-il ?

— Un Forum pour la Paix en Irlande, dit-il en secouant la tête. Voilà sept siècles qu'on l'attend, cette paix, et pour plus d'un il est trop tard. (Il respira profondément.) Mon Dieu, je suis désolé.

— Ah, vous pensiez à mon fils, dit-elle en souriant avec un grand calme. Puisque vous travaillez pour Charles, vous n'ignorez certainement rien de ce qui m'est arrivé. Mais un grand écrivain a dit un jour que le passé était comme un pays étranger, monsieur Dillon. On ne retrouve jamais ce qu'on y a perdu. Il faut faire avec ce qu'on a.

— C'est une belle pensée, observa Dillon. Ce n'est pas une consolation.

Une femme âgée s'approcha d'eux.

— Helen, ma chère, quel bonheur de vous rencontrer ici !

Elles s'embrassèrent sur la joue, du bout des lèvres.

— Vous ne vous connaissez pas ? dit Helen Lang. Duchesse de Stevely, Sean Dillon.

Dillon s'inclina pour un impeccable baisemain :

— Mes respects, madame la Duchesse.

— Ah, j'adore les Irlandais ! s'écria la duchesse. Ce sont de tels voyous ! Êtes-vous un voyou, monsieur Dillon ?

— Ma foi, dit Helen, il travaille avec Charles Ferguson...

— Alors, le doute n'est pas permis ! s'extasia la duchesse.

— Hélas, je dois vous quitter, dit-il en s'esquivant.

Il aperçut Ferguson en conversation avec un membre du gouvernement et Hannah qui se tenait discrètement à l'écart, mais à portée de voix. Elle s'approcha de lui.

— Cohan vient d'arriver. Il est en train de discuter avec l'ambassadeur des États-Unis. On a du mal à ne pas le perdre de vue dans cette cohue.

— Allons, mon petit, du calme. Personne ne tentera quoi que ce soit dans un endroit pareil.

— Tu crois qu'il va s'en tirer ? Le général paraît tellement certain du contraire...

— Il est plus vieux que toi, ce qui signifie qu'il a eu raison plus souvent. Mais il s'est trompé combien de fois ?

— Si ça doit arriver, je préférerais que ce soit ailleurs que chez nous, dit-elle.

Il y eut un mouvement de foule du côté de l'entrée. Le Premier ministre s'avançait suivi de quelques collaborateurs.

— Viens, dit Hannah à Dillon en s'éloignant pour rejoindre Ferguson.

Ils regardèrent tous les trois le Premier ministre qui traversait la salle en serrant des mains et en s'arrêtant de temps à autre pour échanger quelques mots avec des invités. Il arriva à l'endroit où se tenait l'ambassadeur des États-Unis, Cohan toujours à ses côtés. Tout le monde était souriant. C'était la première fois, d'ailleurs, que Dillon voyait Cohan sourire.

— Il a l'air assez content, maintenant, observa Ferguson.

— Pour le moment, monsieur, répondit Hannah. Pour le moment.

— Mesdames et messieurs, le Premier ministre ! lança le maître de cérémonie, resplendissant dans sa tenue écarlate.

Toutes les conversations s'interrompirent tandis que le Premier ministre s'avançait jusqu'au micro.

— Votre Grâce, mes lords, mesdames et messieurs, nous vivons une époque passionnante. La paix en Irlande est littéralement à portée de nos mains, et ce que je tenais d'abord à vous dire...

Des applaudissements nourris s'élevèrent à la fin du discours, et le Premier ministre repartit très vite, suivi de ses collaborateurs.

— Et maintenant, monsieur ? demanda Hannah.

— Regardez ce somptueux buffet, il est temps de nous sustenter un peu, lui dit Ferguson. Fonçons sans plus attendre !

— Et Cohan, monsieur ?

— Gardez un œil sur lui, chacun à votre tour.

— Si quelque chose devait arriver, l'interrogea Dillon, ce serait ici ? C'est ce que vous pensez ?

— Absolument.

— Je n'ai pas très faim, annonça Hannah. Je prends le premier tour de garde.

— Comme vous voudrez, ma chère. Je vois que notre homme est toujours avec son ambassadeur.

Tournant les talons, Hannah s'éloigna à travers la foule des invités.

Cohan était resté dans un coin de la salle avec l'ambassadeur et un groupe de personnes. Il avait l'impression d'y être un peu plus en sécurité. Il buvait trop et transpirait abondamment, à cause du stress bien sûr. Il ne se sentait pas bien du tout et, pour tout dire, mourait de peur.

Il n'avait pas soufflé mot à l'ambassadeur de sa situation présente. Comment l'aurait-il pu ? Il avait remarqué plus tôt Ferguson, Dillon et Hannah Bernstein, et leur présence, d'une certaine façon, ne faisait qu'empirer les choses. Il prit une nouvelle coupe de champagne et, dans ce geste, bouscula une femme très élégante qui se tenait près de lui.

— Je suis affreusement confus.

— Ce n'est rien, répondit Helen Lang.

Il vit à ce moment Hannah Bernstein qui se frayait un chemin dans sa direction. Ils ne le laisseraient donc pas tranquille ?

L'ambassadeur lui mit une main sur l'épaule.

— Vous ne vous sentez pas bien, Michael ? Vous êtes en nage.

— Ah ! sursauta Cohan, j'ai attrapé un rhume dans l'avion en venant ici.

Il se rendit compte, soudain, qu'il lui fallait absolument sortir.

— Je vais faire un saut jusqu'à ma suite pour avaler quelques cachets, ajouta-t-il.

Helen Lang, qui n'était pas très loin, tourna les talons et s'éloigna. Arrivée à la porte, elle s'arrêta pour s'assurer qu'elle avait toujours dans son sac la clé que lui avait remise Hedley et sortit.

Cohan vida sa coupe de champagne et aperçut Hannah, un verre à la main, devant l'un des buffets. Son agacement se transforma en fureur. Il joua des coudes jusqu'à la sortie de la salle de bal, s'arrêta pour jeter un coup d'œil derrière lui, car il sentait que la jeune femme l'avait suivi, et bifurqua brusquement sur la droite pour s'engouffrer dans les toilettes pour hommes. Il y avait là assez de monde pour qu'il soit obligé d'attendre. Il suait maintenant à grosses gouttes et il éprouva un choc en se voyant dans un miroir. Il fit couler de l'eau, s'aspergea le visage, prit une serviette pour s'essuyer.

Quelques hommes, visiblement éméchés, sortirent ensemble. Il les suivit et repéra tout de suite Hannah Bernstein, mais elle ne le vit pas car elle regardait dans une autre direction. Risquant le tout pour le tout, il fonça vers le hall d'entrée. La porte franchie, sa fureur retomba instantanément. Il lui semblait qu'il venait de remporter une victoire — modeste, certes, mais une victoire tout de même. Il traversa le hall jusqu'aux ascenseurs et pressa le bouton de son étage.

Hannah attendit dix minutes au fond de la salle. Elle y était toujours quand Dillon s'approcha.

— Je te cherchais, dit-il. Où est passé notre ami ?

— Là-dedans, répondit-elle en montrant la porte d'un hochement de tête. Je l'ai vu entrer, mais il n'est pas ressorti.

— Il y a des choses que même les flics politiquement corrects ne peuvent pas permettre. Laisse-moi faire.

Elle attendit en observant la foule qui devenait de plus en plus dense car des invités continuaient à arriver. Dillon ressortit, s'arrêta pour allumer une cigarette.

— Il n'est plus là.

— C'est bizarre. Je suis certaine de l'avoir vu entrer, dit-elle, soudain inquiète. Retournons dans la salle.

Le passe d'Helen Lang fonctionnait à la perfection. Elle entra sans une hésitation et referma la porte derrière elle. La suite de Cohan était des plus luxueuses : une chambre de vastes proportions, une salle de bains avec cabine de douche, un magnifique salon aux murs recouverts de boiseries. La femme de chambre avait tiré les rideaux de la porte-fenêtre. Helen se glissa derrière et sortit sur le balcon. En bas c'était Park Lane, encore encombré à cette heure, puis l'étendue sombre de Hyde Park et, au-delà, les lumières de la ville. Une pluie fine tombait sans discontinuer et Helen se sentit gagnée par la mélancolie. Elle recula dans l'embrasure de la porte-fenêtre pour s'abriter, alluma une cigarette, et attendit.

Cohan sortit de l'ascenseur et se hâta le long du corridor, le cœur battant. Mais qu'est-ce qu'il m'arrive, Seigneur ? J'ai besoin de boire quelque chose. Il ouvrit la porte de sa suite et entra. Dans le salon, il fonça vers le mini bar et se servit un grand scotch. Ses mains tremblaient. Il vida son verre, s'en versa un autre. Que faire ? Il se sentait plus mal que jamais. Tout s'écroulait. Il se dit soudain que la seule personne capable de lui donner un conseil était Jack Barry. Il passa dans la chambre, sortit le portable de son sac de voyage et revint dans le salon pour l'appeler.

Barry était toujours à County Down. Il décrocha immédiatement.

— Qui est à l'appareil ?
— Cohan. Pour l'amour du ciel, dites-moi ce qui se passe ?
— Comment ?
— Écoutez, j'ai appelé le Contact. Je suis au courant de votre expédition ratée à Londres, hier soir. J'ai le général Ferguson et son lieutenant Dillon à mes trousses, et ils m'ont tout dit.
— Qu'est-ce qu'ils vous ont dit ?
Cohan essaya de ne rien oublier.
— Le Contact m'a expliqué que vous étiez venu pour me protéger, lâcha-t-il pour terminer.
— C'est exact.
— Dillon, lui, prétend que c'était pour me descendre.
— Qui dit la vérité, d'après vous ? demanda Barry. Vos amis, ou ces ordures de la police ? Vous et moi, nous sommes sur le même bateau, mon vieux. Quand repartez-vous pour New York ?
— Demain.
— Parfait, mentit Barry avec son aisance habituelle. Il se passe des choses dont vous ne savez rien, mais vous serez bientôt rassuré, croyez-moi.
— Parfait, parfait, dit Cohan en hochant la tête. Je vous rappellerai.
— J'y compte bien.
Barry réfléchit un instant, puis appela le Contact.
— Je viens d'avoir Cohan au téléphone.
— Et alors ?
— Il est en pleine panique. Il faut faire quelque chose.
— Oui, mais quoi ?
— Vous ne pourriez pas arranger un accident, le faire renverser par un camion quand il arrivera à New York ?
— Je vais y réfléchir, dit Thornton avant de raccrocher.

— Mais qu'est-ce qui m'a pris le jour où je me suis embarqué dans cette galère ? murmura Cohan en raccrochant.

Au moment où il prenait son verre et le portait à ses lèvres, les rideaux de la porte-fenêtre s'écartèrent et lady Helen apparut, son colt à la main, le silencieux fixé au canon.

10

— Mais enfin, qui êtes-vous ? demanda Cohan, sidéré par l'apparition de cette élégante grand-mère armée d'un pistolet.

Il lui semblait l'avoir déjà vue quelque part.

— Némésis, monsieur le Sénateur, pour résumer.

— Écoutez, dit-il, d'un ton qu'il voulait plein d'assurance, si c'est de l'argent que vous voulez...

Elle se mit à rire.

— Mais non, monsieur le Sénateur, ce n'est pas cela du tout ! Vous vous rappelez ces films de l'ancien temps, dans lesquels les voyageurs voyaient surgir un bandit de grand chemin qui leur disait : « La bourse ou la vie ! » Ma bourse est pleine, c'est votre vie que je veux.

— Mais *qui* êtes-vous ? articula Cohan, affolé.

— Asseyez-vous, je vais vous le dire.

— Qu'est-ce que c'est que cette histoire ? dit-il encore en se laissant choir, tremblant comme une feuille, sur l'un des canapés.

— Ce n'est pas une histoire, et vous n'êtes pas en train de regarder la télévision, monsieur le Sénateur.

— Mais je n'ai rien fait de mal !

— Oh, directement, non. Je suis certaine que vous avez les mains propres, comme il convient à un vrai politicien, mais vous avez tout de même fricoté avec les Fils d'Érin, n'est-ce pas ?

— Mon Dieu, c'est donc *vous !* Mais pourquoi ? Pourquoi ?

Il n'avait jamais eu aussi peur de sa vie.

De sa main libre, elle prit une cigarette dans l'étui en argent, la mit entre ses lèvres et l'alluma.

— J'avais un fils, monsieur le Sénateur. Il était jeune, et courageux, et il avait du cœur. Je vais vous dire comment il est mort, victime des petits jeux imbéciles auxquels vous vous livriez, vous et vos amis.

Quand elle eut terminé, Cohan était livide. Recroquevillé dans un angle du canapé, il la regardait fixement sans faire un geste. Elle versa un autre verre de whisky et le lui tendit.

— C'est incroyable, dit-il.

— Mais vrai, monsieur le Sénateur. Aussi vrai que le pire de vos cauchemars quand il devient réalité. J'ai abattu Tim Pat Ryan ici, à Londres, puis je suis allée à New York pour m'occuper de vos amis Brady, Kelly et Cassidy.

— Que voulez-vous ? demanda-t-il en vidant son verre.

— Une question, d'abord. Le Contact, qui est-ce ?

— Une voix au téléphone, c'est tout ce que je sais. Je vous le jure.

— Mais vous avez certainement une petite idée ?

— Non ! Il est au courant de beaucoup de choses, mais j'ignore *comment.*

— Et Jack Barry ? Où est-il passé ?

— Quelque part en Irlande du Nord, c'est tout ce que je sais.

— Vous l'avez appelé tout à l'heure, je vous ai entendu.

— Sur une ligne codée. Il a un numéro, mais on ne peut pas le localiser.

— Vraiment ? dit-elle en prenant l'appareil. Quel est ce numéro ?

Comme il hésitait, elle leva son colt en visant la tête.

Il lui donna le numéro.

Barry était en train de dîner, à County Down, quand son téléphone sonna.

— Qui m'appelle ?

— Vous ne me connaissez pas, monsieur Barry. Mais vous aurez bientôt de mes nouvelles.

Elle mit le portable dans son sac, s'approcha rapidement du bureau pour noter le numéro sur un bloc-notes, détacha la feuille et la rangea avec le portable. Comme elle avait fait passer le colt dans sa main gauche pour écrire, Cohan, risquant le tout pour le tout, lui jeta son verre à la tête et se rua vers le balcon en plongeant à travers les rideaux.

C'était idiot, bien sûr. L'endroit n'offrait aucune échappatoire. Il y avait une petite fontaine ornée d'un dauphin crachant un filet d'eau et un mètre plus loin, la balustrade de pierre. Il se pencha, aperçut les lumières des voitures qui remontaient Park Lane, pare-chocs contre pare-chocs, et sous la balustrade une échelle métallique qui descendait vers les étages inférieurs et que les ouvriers chargés de la réfection de la façade avaient sans doute laissée là. Il était à califourchon sur la balustrade, un pied sur le premier barreau de l'échelle, quand Helen Lang écarta les rideaux à son tour, le colt braqué sur lui.

— Non, pour l'amour du ciel, non ! hurla-t-il.

Son pied glissa et il bascula dans le vide.

Helen se pencha, vit le flot de la circulation s'immobiliser brusquement et entendit monter vers elle une cacophonie de coups de klaxons. Tournant aussitôt les talons, elle traversa le salon, ouvrit la porte et sortit. Une minute plus tard, elle était de retour dans la salle de bal. Un serveur se tenait à l'entrée avec un plateau chargé de coupes de champagne. Elle en prit une et se fondit dans la foule des invités.

Némésis. C'était bien elle, cette fois, qui avait accompli la vengeance. Cohan avait payé et il avait suffi à Helen de le vouloir. C'était bien. Elle vit une bousculade à l'entrée principale, aperçut Ferguson et Dillon, et ressentit une douleur à la poitrine. Prenant la boîte à pilules dans son sac, elle en avala deux avec une gorgée de champagne et se dirigea calmement vers la sortie.

— Il est peut-être monté dans sa suite, suggéra Dillon, après qu'ils l'eurent vainement cherché dans la salle de bal.

Au même instant, à l'extérieur, éclatait le vacarme des coups de freins et des avertisseurs.

— Je crois que je ferais bien d'aller voir ce qui se passe, monsieur, dit Hannah.

La circulation était bloquée, et elle comprit tout de suite pourquoi. Accourant de toutes parts, des gens se pressaient déjà autour d'un corps étendu sur le bitume. Un motard de la police était descendu de sa machine et s'efforçait de les contenir. Hannah s'approcha et lui mit brièvement sa carte sous les yeux.

— Inspecteur principal Bernstein. Branche spéciale. Que s'est-il passé ?

— Juste au moment où j'arrivais... il est tombé de là-haut. Il a failli s'écraser sur un couple qui passait. La femme est là-bas, en état de choc. J'ai appelé une ambulance et du renfort.

Elle se pencha et reconnut Cohan.

— Je connais cet homme. C'est un client de l'hôtel. Bouclez-là, mon vieux. Ne répondez à aucune question, ni des journalistes, ni de quiconque. Ceci relève du secret défense. Vous comprenez ?

— Bien sûr que je comprends !

— Attendez ici. Je reviens tout de suite.

Ils inspectèrent la suite de Cohan, tous les trois, accompagnés par un directeur passablement secoué.

— Rien, dit Hannah. Pas la moindre trace de lutte.

— En effet, inspecteur, dit Ferguson. Mais comment savoir s'il est tombé tout seul ou si quelqu'un l'a poussé ? Qu'en pensez-vous ? ajouta-t-il en se tournant vers Dillon.

— Allons, général ! Qui peut croire au hasard dans notre métier ?

— Ça, c'est bien vrai, opina Ferguson en hochant la tête, pensif. Ce doit être une sacrée bonne femme, hein ?

— Ça, c'est bien vrai, répondit Dillon en hochant la tête.

Ferguson se tourna vers le directeur.

— Fermez cette suite à clé et ne laissez personne y entrer. Qu'on ne touche à rien jusqu'à l'arrivée des spécialistes de la police.

— Entendu, général.

Puis il s'adressa à Dillon :

— Vous allez prévenir Blake, qui préviendra évidemment son président. Je me charge du Premier ministre.

— Je suis triste pour vous, j'ai bien peur que vos dernières chances d'être anobli par Sa Gracieuse Majesté ne se soient envolées avec ce sénateur.

— J'ai toujours su que dans l'épreuve je pouvais compter sur votre compassion, répondit Ferguson avec un large sourire.

Malgré la proximité de sa maison de South Audley Street, lady Helen avait demandé à Hedley de l'attendre dans Park Lane avec la Mercedes. Elle se fraya un chemin entre les curieux rassemblés autour de la dépouille du sénateur Cohan. Hedley la vit arriver et bondit pour lui ouvrir la portière arrière. Elle s'y engouffra, il revint se mettre au volant et démarra aussitôt.

— Rentrons, Hedley, la soirée a été chargée.

Elle alluma une cigarette.

— Que s'est-il passé ?

Elle lui raconta tout.

— Exit Cohan, il me reste Barry, conclut-elle en sortant le portable de son sac. Je vais le rappeler.

Barry décrocha à la première sonnerie.

— Qui est à l'appareil ?

— Némésis, dit-elle. Mais d'abord, des nouvelles fraîches. Le sénateur Cohan est tombé dans Park Lane du septième étage du Dorchester. Je vous appelle sur son portable.

Jack Barry resta une seconde pétrifié sous le choc.

— Qu'est-ce que vous racontez ?

— Le sénateur Michael Cohan gît sur le pavé devant l'Hôtel Dorchester. L'ambiance est celle d'un samedi noir à Belfast. Policiers, ambulances, badauds... vous voyez ce que je veux dire.

Barry, étrangement, n'était pas en colère. Ce qu'il éprouvait ressemblait plus à de la peur.

— Mais enfin, qui êtes-vous ?

— Brady, Kelly, Cassidy à New York. Tim Ryan à Londres, et maintenant le sénateur Michael Cohan. Voilà qui je suis. (Elle rit.) Il ne reste plus que vous et le Contact.

Barry fit un effort pour respirer à fond.

— D'accord, mais qui êtes-vous ? Une Loyaliste, une combattante de la liberté ? Une rouge ? Une raclure protestante ?

— Vous serez peut-être étonné d'apprendre que je suis une catholique romaine, monsieur Barry. La religion n'a rien à voir dans cette affaire, et je m'étonne, quant à moi, que vous traitiez les protestants de raclures. Vous en êtes un vous-même. Comme l'était Wolfe Tone, le fondateur du républicanisme irlandais. Ou Parnell, qui parvint presque à créer une Irlande unifiée. (Elle s'amusait, maintenant.) Et plus près de nous Oscar Wilde, George Bernard Shaw, Sean O'Casey... tous des protestants !

— Mais qu'est-ce que ces conneries ? coupa-t-il, furieux cette fois. J'en ai rien à foutre, moi, de vos leçons d'histoire ! C'est quoi, le problème ? Et vous êtes *qui ?*

— La femme qui va vous exécuter, comme elle a exécuté les autres. Et le problème, c'est la justice, monsieur Barry, une denrée qui se fait rare de nos jours, mais j'en ai encore un peu à votre service.

La distance entre cette voix douce, calme, mesurée, et les propos qu'elle tenait était vertigineuse. Barry aurait perdu pied si la colère ne l'avait emporté.

— Vous êtes folle !

— Pas vraiment. Vous avez massacré mon fils en Ulster il y a trois ans, et exécuté quatre de ses amis, dont une femme. Vous ne vous en souvenez pas, monsieur Barry, j'en suis certaine. Vous avez de telles quantités de sang sur les mains, tant de cadavres sur la conscience que vous ne les distinguez plus les uns des autres.

Elle lui donnait trop d'informations, mais peu importait. Un plan se dessinait à son esprit.

Barry tremblait de rage et d'impuissance.

— Écoutez, le portable de Cohan ne vous servira à rien. Il est codé. On ne peut pas localiser les correspondants.

— Bien sûr, mais je peux toujours vous parler.

— Bon. Qu'est-ce que vous voulez ?

— C'est très simple. Comme je vous le disais, vous avez assassiné mon fils en Ulster il y a trois ans. Je vais donc vous assassiner.

À nouveau, il sentit la peur.

— Quelle blague ! Vous êtes cinglée, ma petite dame.

— En tout cas, ce portable est bien commode puisqu'il me permet de parler avec vous chaque fois que je le veux. Nous pourrions même nous rencontrer. Je vous rappellerai.

— C'est ça, salope ! Quand tu voudras, où tu voudras !

Mais elle avait déjà raccroché.

— Passez-moi le flacon, Hedley, dit-elle.

Il le lui passa. Elle but une gorgée et le lui rendit.

— Délicieux. Dieu, que je me sens bien !

Elle prit son étui en argent, alluma une cigarette, aspira une longue bouffée.

— Merveilleux. Roulez encore un peu. Le Palais, Pall Mall...

La pluie redoublait. Les essuie-glaces allaient et venaient avec un bruit obstiné. Hedley conduisait prudemment la Mercedes dans le flot de la circulation.

— J'aime bien la voiture quand il pleut, dit-elle. On s'y sent à l'abri comme si le reste du monde n'existait plus. Vous aimez la pluie, Hedley ?

— La pluie ? répéta-t-il avec un grand rire. J'en ai eu ma dose, au Viêt-nam, quand je patrouillais dans le delta du Mékong pendant la mousson, avec ces saletés de sangsues qui se collent partout et de préférence sur ce qu'on a de plus précieux !

— J'en frissonne rien qu'à vous entendre. Trouvez un pub. Je prendrais volontiers un verre.

Il en trouva un, des plus convenables. Le Grenadier, près de St. James's Place. Ils y étaient déjà venus. Sam Harke, le patron, était un ancien sergent de la garde des Grenadiers qui avait connu Hedley à l'époque de l'ambassade.

— Heureux de vous voir, lady Helen.

— Moi aussi, Sam. Vous n'auriez pas une bouteille de champagne, par hasard ?

— J'en ai une au frais, justement. Non millésimée, mais c'est tout de même du Bollinger. Je l'avais promise à un officier de garde au palais, mais il faudra qu'il s'en passe.

Elle s'assit avec Hedley dans un coin de la salle. Sam s'éclipsa et revint avec un seau et deux coupes. Il déboucha la bouteille, lady Helen goûta et lui tendit sa coupe.

— Divin ! On dit que lorsqu'on n'aime plus le champagne, on n'aime plus la vie.

— Je ne sais pas, répondit Sam. Moi, j'en pince plutôt pour la bière.

Il repartit et elle alluma une cigarette.

— Ça va, Hedley ?

— Ça va, lady Helen.

Elle leva sa coupe.

— À nous ! À l'amour, à la vie, et à la poursuite du bonheur !

Ils trinquèrent.

— À l'arrivée en enfer de Jack Barry et de son Contact !

Hedley but une gorgée de champagne et posa sa coupe.

— Vous avez réellement l'intention de rencontrer ce salaud ?

Elle prit une autre cigarette et parut se concentrer en fronçant les sourcils.

— Le seul moyen de le rencontrer, Hedley, c'est de l'amener jusqu'à moi.

Il hocha la tête.

— Bon. Admettons que vous parveniez à le descendre comme les autres. Et après ? Il restera le Contact, et vous ne pourrez pas savoir qui il est. Aucun d'entre eux ne l'a jamais su.

— Versez-moi encore une coupe et tâchons de réfléchir un peu plus sérieusement à ce que signifie toute cette affaire.

Elle se laissa aller contre la banquette avant de poursuivre :

— La politique, Hedley, est responsable de bien des maux. Voyez la situation dans laquelle on se trouve aujourd'hui. Oubliez les Fils d'Érin et le Contact. Tout est parti d'un échange d'informations entre les deux gouvernements. Les choses n'auraient pas pu avancer s'il n'y avait pas eu un dialogue au plus haut niveau entre Américains et Britanniques, si notre Premier ministre et le président des États-Unis n'avaient pas pu échanger en toute tranquillité leurs coups de téléphone.

— Et alors ?

— S'ils n'avaient pas été d'accord pour mettre en commun quelques petits secrets, le Contact n'aurait rien eu à grappiller dans les tiroirs des services de renseignement. (Tout en parlant, elle avait pris la bouteille dans le seau pour lui servir une autre coupe.) Alors, qui est, d'après vous, Hedley, le premier responsable ?

— Je ne vois pas où voulez en venir.

— Au sommet du pouvoir, mon cher. C'est là que se situe la vraie responsabilité. Si la Maison Blanche a joué un rôle dans cette affaire, c'est au Président d'en répondre. (Elle jeta un coup d'œil à sa montre.) Oh, mais il se fait tard ! Allons-nous-en.

Hedley la conduisit jusqu'à la Mercedes, referma la portière sur elle et se mit au volant.

— Je vous assure que je n'y comprends rien, dit-il. Qu'est-ce que vous cherchez ?

— C'est très simple. J'ai reçu une invitation pour la soirée que donne Chad Luther, la semaine prochaine, dans sa propriété de Long Island. Et je sais que le Président en sera l'hôte d'honneur.

Hedley donna un brusque coup de volant.

— Mon Dieu ! Vous n'allez pas faire ça !

Elle éclata de rire.

— Le ciel m'en préserve, Hedley ! Vous ne pensez tout de même pas que je veux l'assassiner ? Malheureuse que je suis, c'est ainsi que vous me voyez ? Non, mon cher ami, j'ai *encore* ma raison. Je voulais seulement dire que ce sera peut-être l'occasion de discuter de tout cela avec lui.

— D'en discuter ? Vous voulez mettre toute l'histoire sur le tapis, lui dire ce que vous avez fait ? Les assassinats ? Mais il vous fera arrêter !

— Mais non, vous n'y êtes pas du tout, dit-elle en allumant une cigarette. C'est de *sa* Maison Blanche qu'il s'agit, et c'est *lui* qui a maintenant ce problème sur les bras. C'est un scandale qui menace, et il n'a pas plus envie que moi de voir l'affaire éclater au grand jour. Sa présidence en serait menacée, et le processus de paix, pour lequel il a tant œuvré, en serait compromis. Il *doit*, et au plus vite, démasquer le Contact s'il veut échapper au désastre. Imaginez que des informations filtrent dans la presse ?

Hedley était abasourdi.

— Si je comprends bien, vous voulez maintenant faire chanter le Président ? Vous iriez jusque-là ?

Elle se taisait. Il la regarda en secouant la tête.

— Vous avez eu tous ces salauds, lady Helen. Laissez tomber, maintenant. Laissez tomber.

— Je ne le peux pas, dit-elle. Mes jours sont comptés, Hedley, autant que vous le sachiez, l'enjeu est trop important pour que je vous le cache plus longtemps. J'irai donc à Long Island. Mais je ne vous oblige pas à m'y accompagner, si vous n'en avez pas envie.

— C'est injuste, ça.

— Je le sais bien. Vous avez été solide comme un roc. Mon seul ami.

— Je ne mérite pas qu'on me parle de cette façon, c'est tout.

— Vous viendrez donc ?

— Que voulez-vous que je fasse d'autre ? dit-il en changeant brusquement de vitesse avec un profond soupir. Vous comptez y aller avec ce colt dans votre sac à main ?

— Bien sûr. On ne sait jamais, sourit-elle. Si je rencontrais ce Contact...

Blake écouta attentivement Dillon.

— Voilà qui me rappelle l'époque où j'étais au FBI, dit-il quand l'Irlandais eut achevé son récit. Les meurtriers les plus recherchés étaient de véritables obsédés.

— Tu penses donc que c'est la même personne qui a tué Cohan et tous les autres ?

— Bien sûr. Je ne crois pas plus que toi aux coïncidences.

— La même femme, donc ?

— Apparemment, oui.

— Je vois mal comment ça cadre avec les statistiques du FBI et de la CIA. On a déjà vu des femmes actives dans des mouvements terroristes — le groupe Baader-Meinhof en Allemagne, l'IRA, les Palestiniens — mais c'étaient des exceptions, et elles n'agissaient pas seules.

— Et alors ?

— Si nous prenons cette hypothèse, il nous faut accepter l'idée qu'une femme serait responsable à elle seule de l'élimination des Fils d'Érin et aurait tué cinq personnes sans coup férir.

— Sean, mon ami, tu as une meilleure suggestion ?

— À vrai dire, non. Il me semble, tout de même, qu'on pourrait peut-être faire appel à un flic pour pousser un peu plus loin les investigations. Je pense à ton ami le capitaine Parker.

— Pour quoi faire ?

— Je n'en ai pas la moindre idée, mais les flics sont les flics. Ils flairent des choses qui échappent au commun des mortels. Il se pourrait qu'en reniflant dans l'entourage du défunt sénateur il tombe sur des informations utiles.

— D'accord, je m'en occupe.

Blake raccrocha, réfléchit un instant et appela le Président.

— Vous êtes au courant, pour Cohan ?

— Le contraire serait étonnant, répondit Cazalet. CNN ne parle que de ça.

— Je peux vous voir ?

— Venez tout de suite.

Le Président, en manches de chemise dans le Bureau ovale, signait des papiers que lui présentait son directeur de cabinet. Thornton, qui avait tombé la veste lui aussi, leva la tête à l'entrée de Blake et sourit avec un regard en coin.

— Vous avez l'air bien sombre, Blake. Mais ça n'a rien d'étonnant.

Cazalet se laissa retomber contre le dossier de son fauteuil.

— Nous finirons ça plus tard. Alors, Blake, que s'est-il passé ?

— Dieu seul le sait.

— Vous croyez qu'on l'a poussé ? demanda Thornton.

— Bien sûr. Et si on ne l'a pas poussé, il a eu tellement peur qu'il a sauté. Enfin, messieurs (sa voix tremblait d'exaspération), vous croyez sérieusement que Cohan aurait pu se pencher à son balcon et tomber sept étages plus bas par inadvertance ?

— Résumons-nous, dit Cazalet. Quelqu'un a tué les cinq membres du Club des Fils d'Érin.

— Une façon comme une autre de fermer la boutique, observa Thornton.

— Qui reste-t-il ? demanda Cazalet.

— Jack Barry, qui se planque en Ulster, et le Contact, ici à Washington.

— Oui, mais y a-t-il forcément un lien avec ce qui vient de se passer ? demanda Thornton.

— Réfléchissez, dit Blake. Le pouvoir de nuisance du Contact ne vient pas seulement des informations confidentielles qu'il a recueillies, mais du fait qu'il disposait d'un certain nombre de gens pour exploiter ces informations.

— Ils sont tous morts, fit observer Cazalet.

— Pas Barry. Et c'est le plus dangereux de tous. Avec le Contact toujours en place et Barry pour exécuter ses ordres, nous avons un gros problème.

— Que proposez-vous ? demanda le Président.

— Je fais enquêter sur l'entourage et le passé de Cohan à New York. Mon ami, le capitaine Parker, découvrira peut-être quelque chose. Et je crois qu'il est temps d'ordonner également une enquête interne ici, à la Maison Blanche, monsieur le Président.

— Très bien, je suis d'accord, lui dit Cazalet. Vous vous chargez de Cohan, et (il se tourna vers Thornton) vous, Henry, vous voyez s'il y a quelque chose ici. Si des informations ont filtré de la Maison Blanche, il me semble que c'est du ressort de mon directeur de cabinet.

— Je m'y mets immédiatement, monsieur le Président, promit Thornton, avant de sortir avec Blake.

— Que vas-tu faire ? demanda Blake, une fois dans le couloir.

— Je me le demande... Rien ne doit filtrer de cette affaire. Politiquement parlant, c'est de la dynamite. Fonce de ton côté, Blake. Je vais faire des vérifications sur tous ceux qui travaillent ici. Je mettrai les gens des Services Secrets sur le coup.

— Tu comptes leur dire de quoi il s'agit ?

— Seigneur, non, pas pour le moment en tout cas. On procédera discrètement. Si on découvre quelque chose, on verra. Restons en contact.

Blake sortit et Thornton le regarda s'éloigner, un sourire aux lèvres. Il était dans un état d'excitation qui le surprenait lui-même.

Blake rapporta son entretien à Ferguson, et Ferguson eut une brève conversation au téléphone avec le Premier ministre.

— J'ai vraiment l'impression que nous sommes dépassés par les événements, général.

— J'assume entièrement, bien entendu, la responsabilité de ce qui est arrivé hier soir, lui dit Ferguson.

— Il ne s'agit pas de cela, général. Vous n'y êtes pour rien, je n'y suis pour rien, mais il va falloir tirer les choses au clair.

Et il raccrocha.

Ferguson s'assit à son bureau, face à Dillon et à Hannah Bernstein.

— En tout cas, il ne cherche pas un bouc émissaire.

— Qu'est-ce qu'on fait, monsieur ? demanda Hannah.

Ce fut Dillon qui répondit :

— À mon avis, tout dépend de Blake.

— Oui, vous avez sans doute raison, dit Ferguson.

Thornton appela Barry.

— Cazalet, Thornton et Blake Johnson viennent d'avoir une petite conversation dans le Bureau ovale.

— Intéressante ? demanda Barry. Racontez-moi ça.

Thornton raconta. Barry écouta.

— Bah, il n'y a rien de méchant dans tout ça, dit-il enfin. Qu'est-ce qu'ils peuvent trouver sur Cohan à New York ? Qu'il courait les filles ? Qu'il traînait dans les toilettes des garçons ? Allons !

— Je suis bien d'accord. Il n'en sortira rien, et je ne pense pas qu'il y ait lieu de s'inquiéter en ce qui nous concerne.

— Nous ? Ils savent très bien où je suis. Mais de vous, ils ne savent rien du tout.

— Et ce n'est pas près de changer. Inutile, donc, de vous faire des idées, Barry. Rappelez-vous que même s'ils vous mettaient le grappin dessus, ils n'en seraient pas plus avancés en ce qui *me* concerne.

— Salaud ! dit Barry, et Thornton raccrocha.

Barry alluma une cigarette et s'approcha de la fenêtre. La pluie tintait contre les vitres. Il y avait bien sûr une chose qu'il n'avait pas dite au Contact. Il ne lui avait pas soufflé mot de cette femme mystérieuse qui détenait le portable de Cohan et pouvait à tout moment entrer en communication avec lui. C'était un lien étrange qui existait entre eux désormais. Il se retourna pour regarder son propre téléphone posé sur la table. Étrange, en vérité, ce désir qu'il avait de l'entendre sonner à nouveau. D'entendre sa voix.

Au même instant, elle roulait vers le Norfolk, sur la banquette arrière de la Mercedes pour une fois, avec pour seul éclairage la lueur diffuse du tableau de bord et le reflet des phares qui perçaient l'obscurité. Elle se sentait très calme, parfaitement détendue.

La musique jouait en sourdine. Elle avait demandé à Hedley de mettre la cassette d'Al Bowlly, qui lui rappelait toujours son mari car il l'aimait tout particulièrement. Bowlly avait été un chanteur de charme adulé, plus encore que Bing Crosby, dans l'Angleterre des années trente, avant de mourir sous les bombes pendant la Seconde Guerre mondiale.

— J'aime bien cette chanson, dit-elle. « Moonlight on the Highway* ». Tout à fait de circonstance, même si ce n'est pas votre tasse de thé.

— Vous connaissez mes goûts, lady Helen. Pour moi, sorti de Count Basie et d'Ella Fitzgerald, il n'y a pas grand-chose.

— Un type bizarre, ce Bowlly, reprit-elle en allumant une cigarette. Il était semble-t-il sud-africain, mais certains le disaient originaire du Middle East. En arrivant en Angleterre, il s'était rajeuni de dix ans. Il avait fait sa carrière comme chanteur d'orchestre. Les femmes étaient folles de lui. Il dînait au Savoy avec l'aristocratie et avait pour amis les plus célèbres gangsters de Londres.

— Sacré bonhomme, dit Hedley.

— Il croyait en son étoile, surtout lors du Blitz de 1940 à Londres, quand les Allemands se sont mis à nous bombarder pour nous faire renoncer à la guerre. Un soir, alors qu'il se promenait, une bombe était tombée près de lui et l'avait miraculeusement épargné.

— Ça m'est arrivé plus d'une fois, au Viêt-nam.

— Bowlly en a conclu qu'il était protégé par le destin. Qu'il ne pouvait rien lui arriver de mal.

— Et alors ?

— Et alors, quelques semaines plus tard, pendant que les sirènes d'alerte sonnaient et que tout le monde se précipitait dans les abris souterrains, il est resté couché. Il n'avait rien à craindre, pensait-il.

— Et ?

— On l'a retrouvé mort dans son lit. Une déflagration avait projeté la porte de la chambre hors de ses gonds.

— Et sur Bowlly ?

— Exactement.

Hedley conduisit quelques minutes en silence.

---

* « Clair de lune sur l'autoroute » (*N.d.T.*).

— Je ne comprends pas à quoi rime cette histoire, dit-il, enfin.

— Oh, elle parle du destin, je suppose, et de ce qu'on peut faire pour y échapper. On se croit plus fort que la mort, et elle finit par vous rattraper.

— Ça, je peux le comprendre. Mais je ne vois pas le rapport avec vous.

— Moi oui, Hedley, dit-elle en se laissant retomber sur la banquette. Ce qui doit arriver arrive.

— C'est pour ça que vous voulez vous attaquer au Président des États-Unis, maintenant ? Là, je ne suis pas d'accord, lady Helen, je ne suis pas d'accord !

— Vous avez déjà entendu parler de cet écriteau qu'un autre Président avait sur son bureau et qui disait : ICI COMMENCE LA RESPONSABILITÉ ? Eh bien, il avait raison.

Elle jeta un coup d'œil par la portière.

— Oh, regardez où nous sommes ! J'ai besoin d'un sandwich et d'une tasse de thé. Arrêtons-nous.

C'était une vieille gargote pour routiers où ils s'étaient déjà arrêtés. Il était presque deux heures du matin, et deux chauffeurs mangeaient dans la cabine de leurs camions garés à proximité. Hedley commanda des sandwiches et du thé très fort et très chaud. Elle vint se placer à côté de lui tandis qu'il regardait la patronne jeter les steaks hachés dans la poêle.

— Ça sent bon, Hedley.

— Comme toujours, lady Helen.

Elle mordit à belles dents dans son sandwich et, comme le jus lui coulait sur le menton, la femme se pencha au-dessus du comptoir pour lui tendre une serviette en papier.

— Prenez ça, mon chou.

La pluie tombait en cataracte de l'auvent tendu au-dessus de l'entrée. Elle acheva son sandwich, but le thé fort et amer.

— Allons-y.

Il la précéda pour sortir et elle s'assit à l'avant, sur le siège du passager.

— Vous pensez que je suis folle, Hedley.

C'était une affirmation plus qu'une question.

— Je pense que vous allez trop loin, lady Helen.

Elle alluma une cigarette.

— La plupart des gens font un autre choix. Ils laissent faire en s'abritant derrière la courtoisie et les bonnes manières. Un jour, je me trouvais dans un restaurant de Londres en compagnie d'un homme qui avait été mon comptable. Quatre femmes sont venues s'asseoir à côté de nous, l'une d'elles dans un fauteuil roulant, et elles ont toutes allumé une cigarette. Mon ami a murmuré qu'il ne supportait pas la fumée et qu'il était obligé de s'en aller. Celle qu'on poussait dans son fauteuil roulant s'est plainte à haute voix de ce que les gens étaient incapables d'un minimum de tolérance.

— Et alors ?

— Alors j'ai accompagné mon ami jusqu'à un taxi, et je suis revenu dire à cette femme qu'elle, au moins, était vivante, alors que mon ami, avec son cancer du poumon, serait mort avant trois semaines.

Elle se tut un instant, fronça les sourcils avant de poursuivre :

— Pourquoi vous ai-je raconté cela ? Peut-être parce que c'était la première fois que je me dressais contre une injustice, publiquement. Je n'avais pas pu rester passive.

— Tout comme vous vous êtes dressée contre les Fils d'Érin. Très bien, je vois. Mais le Président...

Il n'alla pas plus loin, se contentant de secouer la tête.

— Vous n'y comprenez rien, Hedley. Vous êtes un type adorable, mais comme la plupart des gens vous ne voyez que ce que vous croyez voir. Quand vous me regardez, vous croyez voir la femme que j'ai toujours été. Or c'est faux. Je suis une femme pressée, Hedley, parce que je sais que je n'ai plus de temps à perdre.

— Ne dites pas des choses pareilles.

— C'est la vérité, Hedley. Je vais mourir. Pas ce soir ni demain, mais dans un avenir proche, trop proche, et j'ai des choses à faire, et par Dieu je les ferai ! Je vais aller à Long Island pour rencontrer le Président, face à face, et j'ai Barry sur cette ligne codée chaque fois que je le veux. Il ne me reste plus qu'à l'amener jusqu'à moi.

Elle prit la boîte à pilules, la secoua pour en faire tomber deux au creux de sa paume.

— Passez-moi donc ce flacon de whisky et accélérez. Nous pouvons être chez nous avant trois heures.

Mais le temps s'était encore gâté, il pleuvait maintenant à torrents et en arrivant au sommet de la colline qui dominait le village une vision de catastrophe s'offrit à eux : les rues disparaissaient sous trente centimètres d'eau et des hommes s'escrimaient une fois encore sur une vanne bloquée.

Hedley se gara devant le pub. Le vieux Tom Armsby empilait des sacs de sable contre la porte, aidé par Hetty. Elle releva la tête au moment ou lady Helen sortait de la Mercedes.

— On dirait que ça va mal ?

— Si ça va mal ! Ça déborde jusqu'à la maison paroissiale ! Ces crétins n'ont pas été fichus de trouver assez d'argent pour réparer la vanne depuis la dernière fois, et c'est tout le village qui va être inondé !

Lady Helen se tourna vers Hedley :

— Les gens, ici, ne sont pas riches. La plupart n'ont qu'une modeste pension pour vivre.

— Je le sais bien.

Debout dans une flaque, il retirait déjà sa veste de chauffeur et retroussait les manches de sa chemise :

— Quelle est cette expression que vous employez quand il vous semble que quelque chose est déjà arrivé ?

— *Déjà vu.* C'est du français.

— Voilà, c'est ça.

Il partit sous la pluie battante rejoindre les hommes qui luttaient vainement pour débloquer la vanne. Elle le suivit en pataugeant. Un jeune garçon avait plongé et se débattait dans les remous. On voyait qu'il était visiblement à bout de forces, mais il essayait obstinément d'atteindre le mécanisme de verrouillage sous la surface, et le courant le rejetait chaque fois en arrière.

— Aidez-le à sortir de là, ordonna Hedley.

On le tira sur la berge.

— Vous avez une barre de fer ? demanda Hedley.

On lui en fit passer une. Il la prit et, sans une hésitation, plongea dans les remous. Il refit surface, inspira profondément, disparut à nouveau pour chercher à tâtons les verrous qu'on avait réparés tant bien que mal depuis la précédente inondation. Il parvint à y insérer la barre de fer, pesa dessus de toutes ses forces, mais la vanne ne bougea pas et il dut remonter pour respirer.

Il plongea à nouveau, deux fois, trois fois, et le mécanisme finit par céder. Les deux battants de la vanne s'ouvrirent en grand sous la force du courant. Hedley reparut, salué par des acclamations, car le niveau de l'eau commençait déjà à baisser.

Des mains se tendirent pour l'aider à reprendre pied sur la berge. Il resta debout sous la pluie, le souffle court, tandis que Hetty Armsby accourait avec une couverture et la drapait autour de lui.

— Ah, quel homme ! Entrez, entrez tous et au diable le règlement, ce soir !

Tout le monde s'engouffra dans le pub, et lady Helen rejoignit Hedley.

— N'allez pas prendre la grosse tête, mon ami. Ce serait blasphémer que de dire que vous marchez sur les eaux, mais j'ai l'impression qu'ils sont prêts à débaptiser l'église pour l'appeler St. Hedley.

Le lendemain matin à Compton Place, il faisait toujours aussi mauvais temps. Le vent d'est poussait la pluie et de hautes vagues venaient se fracasser sur la plage de Horseshoe Bay.

Helen, drapée dans sa grande cape et la tête encapuchonnée, fit longuement trotter sa jument dans les bois de pins où les rafales étaient moins violentes. Puis elle l'arrêta devant une antique chapelle en ruine et, à l'abri d'un pan de mur, alluma une cigarette, non sans difficulté.

Tout en contemplant la mer déchaînée, elle se rappela un court séjour qu'elle avait fait chez des amis à Long Island, quelques années auparavant. Ce n'était pas l'été — la saison chic à Long Island —, mais la fin de l'hiver, et une tempête comme celle-ci faisait rage. Ses amis lui avaient montré la propriété de Chad Luther — un véritable palais, dressé au milieu de vastes pelouses en terrasses dégringolant vers la mer. Comme personne n'y habitait à cette époque de l'année, elle n'avait pas pu visiter la maison. Chad l'avait souvent invitée, principalement parce qu'il aimait l'argent et qu'elle en avait plus que lui. Elle s'était toujours récusée pour une raison très simple : elle ne l'aimait pas. Vulgaire, vaniteux, arrogant.

— Allons, ma chère, dit-elle à mi-voix en se redressant sur sa selle, qui es-tu pour porter de tels jugements ? Il a certainement quelqu'un qui l'aime, même si Dieu seul sait qui.

Long Island, décidément, occupait ses pensées. Elle tira légèrement sur les rênes et repartit au galop.

Hedley s'était rendu au village pour juger de l'état de la situation. Il pleuvait toujours et l'eau grondait dans le canal, mais tout danger d'inondation était écarté. Il entra dans l'épicerie, fit quelques provisions et repartit. Il ne vit pas lady Helen en arrivant. Laissant ses provisions dans la cuisine, il ressortit pour la chercher et entendit des coups de feu en provenance de la grange. Il la trouva campée devant les cibles, son colt .22 à la main.

— Si je comprends bien, nous partons toujours pour Long Island, et le colt voyagera avec nous dans votre sac à main ?

— Après-demain, dit-elle tout en rechargeant. Je prendrai un Gulfstream de la compagnie et nous atterrirons à l'aéroport de Westhampton. C'est très commode.

— Je préférerais tout de même que vous laissiez ce pistolet ici.

— Comme je vous l'ai déjà dit, je veux être prête quoi qu'il arrive. Une occasion peut se présenter. Vous n'êtes pas obligé de m'accompagner, si cela ne vous plaît pas.

— Oh, je n'ai pas le choix.

Prenant un Browning parmi les armes sur la table, il tira très vite sur les cibles, en atteignant quatre à la tête.

— On frime encore, Hedley ?

— Non, dit-il. Je vérifie simplement que je n'ai pas perdu la main. Que se passera-t-il si vous rencontrez le Contact ?

— Donc vous viendrez ? Vous ne me laisserez pas tomber ?

— Évidemment, je viendrai. Il faut bien que *quelqu'un* veille sur vous.

Il lui prit son colt, vérifia qu'il était bien armé avant de le lui rendre.

— Bon. En position, et n'oubliez pas ce que je vous ai dit.

New York
Washington

11

Le lendemain matin, Blake Johnson s'assit devant un café et un sandwich au jambon dans le bureau du capitaine Parker en attendant l'arrivée de celui-ci. Il n'y avait pas foule dans le bâtiment. Dehors, en cette fin du mois de mars, le temps faisait des siennes. De lourds flocons de neige s'écrasaient mollement contre les vitres. La porte s'ouvrit et Parker entra, en manches de chemise.

— On m'a prévenu que tu étais ici. C'est justement l'heure de ma pause-café.

— J'arrive de Washington. L'avion était tellement secoué qu'on n'a pas pu nous servir de petit déjeuner.

— Ça t'apprendra à jouer les stars de la jet-set, dit Parker en s'asseyant.

Il décrocha le téléphone pour commander d'autres sandwiches et un autre café. Il raccrocha, regarda Blake en secouant la tête.

— Te voilà dans un sacré merdier, mon vieux.

— Je te demande pardon ?

— Allons... Cohan ? Les journaux ont tous parlé d'un malencontreux accident, mais ce n'est pas à nous qu'on fera croire ça !

Son assistante, une femme policier d'un certain âge, entra sans frapper pour poser un plateau lourdement chargé sur le bureau.

— Allez, régale-toi. Je me doutais bien qu'on vous laissait mourir de faim, à la Maison Blanche.

L'assistante ressortit sans un mot.

— C'est trop gentil, dit Blake en se servant. Mais franchement, quel appétit tu as ! Tu devrais peut-être surveiller ton poids.

— Cause toujours, rétorqua Parker en se servant à son tour. Alors, où en sommes-nous ?

— C'est très simple, dit Blake en soulevant le couvercle d'un gobelet de café. Les Fils d'Érin nous ont tous quittés pour le grand club de l'au-delà. Cohan, Ryan, Kelly, Brady et Cassidy. Cinq en tout. Alors, je voudrais te poser une question : quand tu étais un flic de base, tu as enquêté sur combien de crimes ?

— Cent quarante-sept. J'ai compté.

— Alors, que penses-tu de ceux-là ? Tu ne crois pas qu'il pourrait s'agir d'une de ces histoires de sectes à la con, n'est-ce pas ?

— Pas une seconde, dit Parker en engloutissant les dernières miettes de son sandwich. Le mobile, ici, c'est la vengeance. Ça me paraît clair comme le jour.

— La vengeance pour quelque chose que les Fils d'Érin auraient fait.

— Oui.

Blake réfléchit un court instant.

— Je suis d'accord. Mais nous n'en sommes pas plus avancés pour autant. Je me pose des questions à propos de la mort de Cohan. Pourquoi ne l'a-t-on pas assassiné à New York comme les autres ? Tu n'aurais pas entendu parler, par hasard, de vols par effraction à son domicile ?

— Voyons ça.

Un dernier sandwich dans la main gauche, Parker s'assit devant l'ordinateur pour tapoter sur le clavier.

— Non, il n'y a rien. Attends... Voilà qui est intéressant...

— Quoi ?

— Pas plus tard que la semaine dernière, deux types se sont fait descendre dans une entrée d'immeuble, à côté de chez Cohan. Deux petits malfrats, tout ce qu'il y a de plus ordinaires. L'autopsie a révélé un fort taux d'alcoolémie et des traces de cocaïne. Ils étaient, l'un comme l'autre, bien connus de la police. Revente de drogue et, pour l'un, proxénétisme.

L'écran changeait à toute allure.

— On sait quelle arme a été utilisée ? demanda Blake en s'efforçant de réfréner son impatience.

Parker tapa sur les touches, se renversa en arrière.

— Dieu du ciel... un colt .22, dit-il. Vérifions.

Il recommença à taper, pris d'une véritable frénésie.

— Et voilà, Blake ! Tu avais compté quatre Fils d'Érin abattus par la même arme, et je t'en ai trouvé deux de plus.

Blake était abasourdi.

— Mais pourquoi ces deux types ?

— Écoute, dit Parker en réfléchissant à haute voix, s'il y a un lien, c'est forcément la maison de Cohan. On est dans un quartier de rupins. Ces types étaient des fauchés. Ils devaient passer par là, c'est tout.

— Tu veux dire qu'ils se sont trouvés au mauvais endroit au mauvais moment ?

— Comment veux-tu que je le sache ? Je me raccroche à ce que je peux... Supposons que quelqu'un ait été là pour attendre Cohan et qu'ils soient arrivés...

— Oui. Ça, alors ! s'exclama Blake, en hochant la tête.

— Que vas-tu faire, maintenant ?

— Je vais commencer par jeter un coup d'œil sur la scène du crime.

Il se leva :

— Merci, Harry. Et à plus tard, bien sûr.

Lady Helen fit une longue promenade à pied, abritée sous un grand parapluie de golf. Dans le bois de pins, elle s'arrêta, contempla un moment la mer toujours agitée, puis sortit le portable d'une poche de son imperméable et appela Barry.

— Ah, vous êtes là, dit-elle.

— Que voulez-vous ?

— Rien de spécial. Garder le contact, c'est tout. Il fait un temps épouvantable, ici. La pluie tombe à seaux.

Barry se sentait étrangement calme. Le lien n'était pas rompu.

— Où êtes-vous ?

— Tiens, il y a du progrès ! Vous ne me l'aviez pas encore demandé. Voyons si vous devinez. Sur la côte est de l'Angleterre.

— Yorkshire, Norfolk ?

— Je ne vais tout de même pas vous le dire !

Comme elle paraissait censée, à l'entendre parler ainsi... Il n'en revenait pas.

— Allons, que voulez-vous ?

— Vous, monsieur Barry, voilà ce que je veux. Et mort, bien sûr.

Elle raccrocha. Barry s'approcha de la table sur laquelle était posée une bouteille de whisky et se servit un verre. La brûlure de l'alcool dans son arrière-gorge lui fit du bien. Il alluma une cigarette. Sa main tremblait. C'était clair, elle ne le lâcherait pas. Il appela le Contact.

— Il y a des choses que je ne vous ai pas dites à propos de la mort de Cohan.

— Eh bien, vous avez intérêt à me les dire maintenant.

Barry obéit. Un long silence suivit.

— Répétez-moi ce qu'elle vous a appris à propos de son fils ? demanda enfin Thornton.

— Que je l'avais assassiné, et quatre de ses amis avec lui, dont une femme.

— Ça ne vous rappelle rien ?

— Bon Dieu, depuis le temps que je me bats ! Vous voulez savoir combien de personnes j'ai tuées ?

— D'accord, d'accord. Je m'en occupe. Il y a peut-être une piste de ce côté. Je vais voir.

Blake se fit déposer sur Park Avenue devant la maison de Cohan, mais de l'autre côté de la chaussée. Debout sur le trottoir, il lut le procès-verbal d'investigation de la scène du crime. Les choses paraissaient simples. Le double meurtre avait eu lieu aux alentours de minuit, dans une avenue rendue déserte par une forte pluie.

Il essaya d'imaginer la scène. Le trottoir mal éclairé, la pluie... Il n'y avait pas eu de lutte, ou presque, puisque le médecin légiste concluait à une mort instantanée des deux victimes.

Il tressaillit et fronça les sourcils. Quelque chose clochait. Il relut rapidement le rapport du médecin légiste. Victime 1, groupe sanguin O. Victime 2, groupe sanguin A. Mais il y avait sur la chemise de la victime 2 des traces de sang appartenant à un autre groupe sanguin — le groupe B.

Il y avait donc une tierce personne impliquée, et elle avait été blessée, probablement au cours d'une bagarre. Se pouvait-il que ce soit l'assassin ? Blake avait du mal à le croire. La personne qui avait abattu les deux hommes avait agi, apparemment, avec une telle rapidité, une telle efficacité... Comment expliquer ces traces de lutte ?

À moins qu'il n'y ait eu quelqu'un d'autre. Quatre personnes en tout...

Il lui fallait examiner la scène d'un autre point de vue, à partir de la chaussée.

— Retournez au quartier général de la police et attendez-moi, dit-il à son chauffeur. Je prendrai un taxi. Passez-moi mon parapluie.

La voiture repartit tandis que Blake ouvrait son parapluie. Donc, il faisait nuit et elle attendait le retour de Cohan. Où s'était-elle postée ? De ce côté de la rue, pas de l'autre. D'ici, on voyait bien l'entrée de la maison et on pouvait tirer d'une portée raisonnable.

Il regarda derrière lui. L'endroit ne manquait pas d'entrées d'immeubles où se dissimuler dans l'ombre. Que s'était-il donc passé ? Un incident, quelque chose d'imprévu — mais quoi, bon sang ? Blake alluma une cigarette. Ce n'était pas le moment de cesser de fumer. Il aspira une longue bouffée. L'eau ruisselait de son parapluie.

Les deux voyous se trouvaient dans l'entrée de l'immeuble, sans doute pour s'abriter de la pluie. Ils n'auraient pas dû être là, pas à cette heure, pas dans un quartier comme celui-ci. Donc, je suis le tueur, songea Blake, et j'attends Cohan... que se passe-t-il ? Comme il regardait à nouveau vers la maison de Cohan, un couple de jeunes gens apparut à l'angle de rue le plus proche et s'engagea dans Park Avenue. Blake les regarda s'éloigner, serrés l'un contre l'autre sous un parapluie, et disparaître à l'angle de rue suivant.

— C'est ça, murmura-t-il. C'est bien ça. Quelqu'un est arrivé à l'improviste. Au mauvais moment et au mauvais endroit.

L'individu porteur du groupe sanguin B avait ensuite quitté les lieux. Mais dans quel état, et pour aller où ?

Blake traversa l'avenue et s'arrêta à l'entrée de l'immeuble. Imaginons quelqu'un qui se sauve en courant. Dans quelle direction ira-t-il ? À droite ou à gauche ? Blake décida d'essayer d'abord la gauche, puisque c'était par là qu'était parti le jeune couple.

Il alluma une autre cigarette et s'éloigna sous la pluie d'un pas décidé, tourna à l'angle de l'avenue et continua jusqu'à la rue suivante en passant devant des bureaux et des magasins qui devaient tous être fermés après minuit.

— Sauf ça, murmura-t-il en regardant sur le trottoir d'en face.

L'écriteau lumineux était celui de la clinique St. Mary. C'était un établissement privé et un grand panneau planté devant l'entrée donnait la liste des services.

— J'arrive ici, il est plus de minuit, il pleut et je saigne, dit-il encore. Qu'est-ce que je fais ?

Abrité sous un porche, il sortit son portable pour appeler Parker.

— Harry, j'ai besoin de toi.

— Tu as trouvé quelque chose ?

— Disons que j'ai des picotements au bout du nez. Et si mon nez ne me trompe pas, il va me falloir la présence d'un policier.

— Où es-tu ? demanda Parker.

Il le lui dit.

— Très bien. J'arrive.

En pénétrant dans le hall d'accueil des urgences de la clinique St. Mary, Parker et Blake furent surpris par le luxe de l'endroit : épaisse moquette, fauteuils profonds, musique douce... L'uniforme de la réceptionniste aurait pu être signé Armani, et l'était sans doute.

— Messieurs ? dit-elle, une note de lassitude dans la voix. Que puis-je faire pour vous ?

Parker exhiba son insigne :

— Capitaine Parker, de la police de New York. Nous enquêtons sur un double meurtre.

— Je vais prévenir notre directeur, Mr. Schofield.

— C'est ça, ma grande, dit Harry.

Schofield était très bronzé et semblait en pleine forme dans son complet bleu à fines rayures. Ils s'assirent dans un magnifique bureau et Blake lui expliqua de quoi il s'agissait. Il y avait eu un double meurtre par balles non loin de là, et il se pouvait qu'une troisième personne ait été plus ou moins gravement blessée.

— Voilà qui semble sérieux, dit Schofield.

— Oui. D'ailleurs, l'ami qui m'accompagne appartient au FBI.

— Qu'attendez-vous de moi ?

Blake sortit un calepin de sa poche griffonna une date, arracha la feuille et la lui tendit.

— Avez-vous reçu ce jour-là, peu après minuit, une personne blessée et qui saignait ?

— Nous touchons là au secret médical, messieurs.

— Et j'ai là un pouvoir signé du président des États-Unis, répliqua Blake en montrant le document.

— Seigneur, dit Schofield dans un souffle. Très bien. Allons voir.

Ils le suivirent à la réception où il consulta le registre des entrées.

— Nous avons admis une patiente cette nuit-là. Jean Wiley. Arrivée à 1 h 15. Blessure ouverte au visage. L'interne de garde, le Dr Bryant, s'est occupé d'elle.

— Le Dr Bryant est de service aujourd'hui, dit la réceptionniste. Je viens de le voir, il descendait à la cafétéria.

— Parfait, dit Parker. Montrez-nous le chemin, monsieur Schofield.

Le Dr Bryant était âgé d'une trentaine d'années. Brun, les cheveux bouclés, il portait des lunettes et souffrait d'un léger embonpoint. Attablé devant un bol de potage dans un coin de la cafétéria, il leva les yeux en les voyant s'approcher.

— Schofield, mon vieux, vous essayez de me vendre ?

— Ces messieurs voudraient vous parler, dit Schofield, et il se retourna vers eux pour ajouter : le Dr Bryant est sorti major de sa promotion à l'école de médecine de Harvard. C'est pour nous une chance de l'avoir dans notre équipe. Ne l'oubliez pas, s'il vous plaît.

— Oh, Clarence, dit Bryant, cessez de me passer de la pommade ! De quoi s'agit-il ?

Parker se présenta, présenta Blake, et donna poliment mais fermement congé à Schofield avant de répondre à la question.

— Vous savez quelque chose, n'est-ce pas ? ajouta-t-il, en conclusion.

— Laissez-moi réfléchir.

— Allez-y. Je vais vous chercher du café.

— Du thé, mon vieux, du thé. J'ai passé trois ans à Londres, à l'Hôpital Guy, et j'y ai pris goût. Ah, ces breakfasts anglais...

En revenant avec le thé, Blake vit Bryant froisser dans sa main un paquet de cigarettes vide. Il sortit ses Marlboro.

— Je croyais les médecins ennemis du tabac ?

— Et la liberté, qu'est-ce que vous en faites ?

— Bon. Revenons à ces sales petits matins, quand les internes arrivent sous la pluie pour prendre leur service, et à une certaine Jean Wiley. Qu'avait-elle ?

— Une blessure à la face, pas très grave, visiblement provoquée par une lame bien affûtée.

— Vous lui avez posé des questions ? demanda Parker.

— Bien sûr. Elle m'a répondu qu'elle s'était blessée toute seule en glissant dans sa cuisine.

— Un bobard, d'après vous ?

— À l'évidence. Elle avait reçu un coup de couteau. Je l'ai prestement recousue d'une main experte, elle a rempli un formulaire avec les coordonnées de son assurance, et elle est repartie.

— Très bien, dit Parker. Si elle a donné ces informations, on doit les retrouver dans l'ordinateur. Et on pourra aussi connaître son groupe sanguin.

— Inutile. Je m'en souviens.

Comme ils le regardaient avec attention, il rougit légèrement avant de poursuivre.

— Je l'ai revue deux ou trois fois, à l'heure du déjeuner, au Nick's Place, tout près d'ici. Elle est... enfin, elle est vraiment très mignonne.

Il sourit, haussa les épaules :

— Groupe sanguin B.

Parker jeta un coup d'œil à sa montre :

— C'est bientôt l'heure du déjeuner.

Bryant hésita à nouveau avant de répéter ce que Schofield avait dit un instant plus tôt :

— Rappelez-vous tout de même qu'en agissant de cette façon, vous intervenez dans la relation entre un médecin et son patient.

— Nous intervenons aussi dans le cadre d'un double meurtre perpétré en pleine rue juste avant son arrivée ici. C'est une affaire sérieuse, docteur. Quand la police de New York déplace un capitaine et le FBI l'un de ses hauts responsables, ce n'est pas pour enquêter sur des chiens écrasés.

— C'est une gamine. Vous n'allez pas me dire qu'*elle* aurait tué quelqu'un ?

— Non, ce n'est pas ce que je dis, répondit Blake. Mais, selon la vieille formule en vigueur dans la police, l'enquête se doit de ne négliger aucune piste.

— D'accord, dit Bryant, d'un ton las. Je vais vous y conduire. Mais allez-y doucement avec elle, hein ?

— Nous sommes la nouvelle police, lui dit Parker. On nous forme à la délicatesse. Allons-y.

Nick's Place était un minuscule établissement niché dans une rue adjacente. Derrière le comptoir, trois serveurs s'interpellaient en grec en prenant les commandes, et l'un d'eux confectionnait les sandwiches. Il devait faire chaud dans la salle et, à cause de la pluie, les vitres étaient partiellement embuées. Bryant jeta un coup d'œil à l'intérieur.

— Je ne la vois pas.

— Attendons ici, dit Parker.

— J'ai des patients à visiter, dit Bryant comme ils s'abritaient à l'entrée d'un magasin.

Soudain, il se raidit :

— La voilà ! C'est elle qui traverse, là-bas. La petite Noire en imperméable bleu, sous un parapluie noir.

Jean Wiley referma le parapluie pour entrer au Nick's Place.

— Jolies jambes, n'est-ce pas ? observa Bryant.

— Eh, n'oubliez pas la relation patient-médecin, lui dit Parker. Merci beaucoup, docteur Bryant. Vous pouvez nous laisser, maintenant.

— Si vous avez besoin de moi, vous savez où me trouver.

Bryant s'éloigna en remontant le col de son imperméable. Blake et Parker se rapprochèrent de la vitrine du Nick's Place pour regarder à l'intérieur. La jeune fille avait pris un gobelet de café et un sandwich avant d'aller s'asseoir au fond de la salle. À cette heure, les clients n'étaient pas encore nombreux.

— Comment on la joue ? demanda Harry Parker.

— Pas la peine de lui servir le numéro du bon et du méchant. Tu es un bon gros flic qui n'aime pas faire le sale boulot, et moi je suis le gentil agent du FBI. Mais n'oublie pas, mon gars, que c'est moi qui commande. C'est moi qui déciderai de son sort.

— Plus j'avance dans cette affaire, plus je me félicite de ne pas être aux commandes, dit Parker. Allons-y.

Jean Wiley mordait dans son sandwich poulet-salade tout en lisant un roman en édition de poche. Blake vit qu'il s'agissait d'*Emma*, de Jane Austen. Elle leur jeta un bref regard et se rembrunit légèrement.

— Vous voulez bien de nous à votre table ?

— Ce n'est pas la place qui manque dans cette salle.

— Acceptez, c'est un conseil, lui dit Blake, gentiment.

Parker lui montra son badge.

— Capitaine Harry Parker, de la police de New York. Mon ami, Mr. Johnson, est du FBI.

— Je crois que vous pouvez nous aider, enchaîna Blake. Il s'agit du double meurtre par balles de la semaine dernière.

Elle blêmit, son visage se décomposa comme si elle vieillissait d'un coup sous leurs yeux.

— Oh, mon Dieu. J'ai besoin d'aller aux toilettes.

— Comme vous voudrez, dit Parker. Mais n'essayez pas de filer par-derrière. Je sais qui vous êtes, et je peux envoyer une patrouille vous récupérer. Je doute que votre patron apprécie.

Elle se leva avec une sorte de haut-le-cœur en renversant son gobelet de café. Tandis qu'elle se précipitait vers l'arrière-salle, l'un des serveurs quitta le comptoir et s'approcha, son torchon à la main, l'air décidé à en découdre.

— Dites-donc, qu'est-ce qui se passe ici ? Elle est gentille, cette fille. On est prié de ne pas importuner ma clientèle.

— Police. Je peux fermer votre établissement si je veux, répliqua Harry Parker en ressortant son insigne doré.

— Cette jeune personne a été témoin d'un meurtre, expliqua Blake. Nous avons quelques questions à lui poser.

L'attitude de l'homme changea du tout au tout.

— Ah, bon... Je me présente : Nick. C'est moi le patron. Je vous sers un café ?

— Voilà qui me plaît, approuva Parker. C'est tellement plus agréable quand on coopère.

La fille revint quelques minutes plus tard. Elle était toujours aussi pâle, mais on sentait qu'elle avait repris ses esprits. On sentait aussi quelque chose de dur en elle. Cette gamine est tout sauf une cruche, pensa Blake. Elle s'assit, but une gorgée du café que Nick venait d'apporter.

— Bon. Que voulez-vous ?

— Quelques informations. Vous êtes bien Jean Wiley, âgée de vingt-quatre ans ? commença Parker.

— Oui. Et alors ?

— Cette jolie petite cicatrice à votre joue gauche... Elle s'estompera avec le temps, mais elle vous donne un certain charme.

Elle lui jeta un regard noir.

— Que faites-vous dans la vie ? interrogea Blake.

— Je suis avocate au cabinet Weingarten & Moore, à deux pas d'ici. J'ai obtenu mon diplôme à l'université de Columbia, il y a deux ans. Je connais mes droits, messieurs.

— Eh, à quoi ça nous avance d'être gentils ? demanda Parker en se tournant vers Blake, puis vers la fille. Si vous nous disiez plutôt comment votre sang est arrivé sur la chemise du type assassiné ?

Elle tressaillit et regarda Blake, interloquée.

— Allons au fait, dit-il. La semaine dernière, aux alentours de minuit, deux petits malfrats se sont fait descendre dans une entrée d'immeuble, à quelques rues d'ici.

— L'un était du groupe sanguin A, l'autre du groupe O, précisa Blake.

— Mais on a trouvé des traces de sang du groupe B sur sa chemise, poursuivit Parker.

— Du sang qui provenait évidemment de votre joue, acheva Blake. Je suppose qu'il vous tenait et que vous vous êtes débattue. Est-ce que je me trompe ? Ils vous avaient sauté dessus tous les deux au moment où vous passiez.

La fureur se lisait maintenant sur les traits de la fille, et sa voix était à peine audible.

— Salauds, immondes salauds que vous êtes !

Elle respira profondément et but une gorgée de café. Sa main tremblait.

— Elle est très bien, votre histoire, capitaine, mais je connais mes droits et je n'ai rien à dire.

— Eh bien, le test d'ADN parlera à votre place.

Blake comprenait tout désormais, il voyait parfaitement comment les choses s'étaient passées. Dillon à Wapping, face à Tim Pat Ryan et à une mort certaine, sauvé in extrémis par l'inconnue, la femme au colt qui avait décimé, l'un après l'autre, tous les Fils d'Érin.

— Ils voulaient vous violer, vous tuer peut-être, dit-il, calmement, doucement. Vous vous êtes débattue, ils vous ont menacée d'un couteau, vous avez été blessée au visage, une femme a surgi de l'ombre, sous la pluie, et elle les a abattus tous les deux.

— Qu'est-ce que tu racontes ? fit Parker en se tournant vers lui.

Mais la fille, elle, était muette de stupéfaction.

— Comment l'avez-vous su ? dit-elle enfin.

La tension était retombée d'un coup et ils se regardaient sans faire un mouvement.

— Ces choses-là, parfois, sont comme un puzzle, reprit Blake. On essaie des combinaisons, on cherche en vain dans toutes les directions, puis soudain les pièces s'assemblent comme d'elles-mêmes et l'image apparaît, bien nette, dans tous ses détails.

Même Parker avait changé de ton :

— Décrivez-nous cette femme, mon petit.

— Je ne peux pas, dit-elle. Je mourrais plutôt que de lui faire du tort.

Elle tremblait de tous ses membres. Blake se retourna et appela Nick :

— Vous pourriez nous apporter un cognac ? Vous en avez ? Parfait. Et encore du café, de ce café turc bien noir ?

Elle saisit son sac à main, fouilla fébrilement à l'intérieur pour prendre un paquet de cigarettes, le laissa tomber.

— Merde ! dit-elle, j'étais censée arrêter.

— Vous, moi, et tous ceux que je connais.

Blake sortit son paquet de Marlboro, en alluma une et la lui tendit.

— Comme dans *Now Voyager*, dit-elle, avec un rire nerveux.

— Oui, mon copain est un grand romantique.

Parker prit le verre de cognac des mains de Nick et le lui tendit.

— Buvez ça.

Elle but, toussa, et avança la main vers le gobelet de café.

— C'est la meilleure des défonces, dit Parker. Et elle est légale.

— Et ça, c'est légal aussi, ajouta Blake. Je ne sais pas si on vous en a parlé à la fac de droit.

Il lui tendit le pouvoir du Président.

Elle le parcourut rapidement et regarda Blake avec effroi.

— Mon Dieu.

— Ça signifie que même si vous disiez au capitaine Parker que vous avez tué ces deux types, il ne pourrait rien faire.

Elle jeta un bref regard à Parker.

— C'est exact, mon petit.

Elle hocha lentement la tête, le regard éteint, comme si elle se repassait le film des événements.

— Vous êtes des hommes, vous ne pouvez pas savoir ce que ressent une femme dans ce genre de situation. C'est ce qui peut arriver de pire. C'est tellement sale, tellement laid... c'est la fin de tout.

— Et tout à coup apparaît l'ange gardien ? dit Blake. Racontez-nous ça.

— J'étais sortie avec un type et la soirée avait mal tourné. Il m'avait caché qu'il était marié. Après le spectacle, on a dîné dans un restaurant italien près d'ici, il s'est saoulé et il a fini par avouer qu'il avait une femme et deux gosses. Je l'ai planté là et je suis partie.

— Et vous n'avez pas trouvé de taxi ?

— Il était minuit passé, et surtout il pleuvait des cordes — vous avez déjà essayé d'attraper un taxi dans Manhattan quand il pleut comme ça ?

— Vous avez donc décidé de rentrer à pied, dit Blake.

— Je m'étais mise sur mon trente et un. J'avais un petit parapluie, mais ça ne m'a pas empêchée d'être trempée. J'étais vraiment furieuse. En passant devant cette entrée d'immeuble mal éclairée j'ai entendu crier, puis quelqu'un m'a attrapée et on m'a tirée à l'intérieur. L'un des types me tenait, et l'autre m'a coupée à la joue avec un couteau à cran d'arrêt.

Elle frissonna, se tut un instant avant de continuer :

— Ils savaient très bien ce qu'ils voulaient, et ils ne se gênaient pas pour le dire. Avec des mots...

— C'est à ce moment qu'elle est arrivée ? demanda Blake.

La fille les regardait, mais elle ne semblait pas les voir. Elle revivait la scène.

— C'était incroyable... Elle parlait d'une voix douce. Elle leur a dit de me laisser tranquille. Je l'ai vue, debout sur le trottoir, devant l'entrée. L'un des types me tenait par-derrière et l'autre criait, je ne pourrais pas répéter ce qu'il disait, mais c'étaient des menaces. Elle avait un chapeau à la main, elle a levé la main et elle leur a tiré dessus à travers le chapeau.

— Il y a eu une forte détonation ? demanda Parker.

— Non, une sorte de bruit étouffé.

— Un silencieux, dit-il en hochant la tête. Le premier type a été touché. Et l'autre ?

— Il a tenté de se servir de moi comme d'un bouclier, il avait un couteau lui aussi, mais elle a tiré par-dessus mon épaule et il a pris une balle en pleine tête.

— Permets-moi de te dire une chose, observa Blake, en se tournant vers Parker. Elle a pris un sacré risque en tirant de cette façon. Et il y avait un silencieux. Tu avais raison, Blake. C'est une vraie pro.

— Comment était-elle ? demanda Blake.

— Ce qui m'a le plus frappée, c'est qu'elle avait vraiment l'air d'une femme du monde. Une lady.

— Quel âge ?

— Soixante, soixante-dix ans plutôt... Avec un chapeau de pluie, un imperméable et un parapluie. Il m'a semblé qu'elle avait les cheveux blancs.

— Le visage ?

— Ne me demandez pas de l'identifier sur des photos. Ce serait une perte de temps. Je ne l'ai pas assez bien vue pour la reconnaître, et je ne veux même pas essayer.

— Entendu, dit Blake. Nous ne vous le demanderons pas. Il y a dans cette affaire beaucoup de choses que vous ne saurez jamais. Elles relèvent de la sécurité nationale. Et la justice elle-même n'y mettra jamais son nez. Les noms des deux types qu'elle a abattus viendront grossir la liste des crimes de rue jamais résolus dans la bonne ville de New York.

— Je ne serai pas impliquée ?

— Absolument pas, répondit Blake.

Il se tourna vers Parker :

— Tu peux le confirmer ?

— C'est lui le patron, dit le capitaine. Moi, je ne suis là que pour l'aider si c'est nécessaire. Et je suis lié, comme vous et lui, par le pouvoir du Président.

— Je vous garantis qu'il ne sera fait nulle part mention de votre nom, et que je ne le communiquerai, même oralement, à personne, ajouta Blake.

— Et lui ? demanda-t-elle, en regardant Parker.

— Dis-le-lui, Harry.

— Je ne sais pas de quoi vous parlez, mon petit, dit Parker. Je ne sais pas qui vous êtes, je ne vous ai jamais rencontrée.

Les deux hommes se levèrent.

— Avec un peu de chance, nous n'aurons pas à nous revoir, mademoiselle Wiley, ajouta Parker. Il hésita une seconde avant de demander : une dernière chose — comment s'exprimait-elle ?

— Oh, comme une femme du monde, genre lady, je vous l'ai déjà expliqué. Vous voyez ce que je veux dire ? On se serait presque cru en Angleterre.

— Vous voulez dire qu'elle était peut-être anglaise ?

— Non. Une Américaine chic, plutôt.

— Le genre de femme qu'on rencontre dans les défilés de mode ? demanda Parker. Chez Bergdorf Goodman, par exemple ?

— Ou chez Harrod's à Londres, dit-elle avec un haussement d'épaules. Une femme de la haute, que voulez-vous que je vous dise de plus ?

— Très bien, conclut Parker. Et n'oubliez pas de faire appeler un taxi par le restaurant, la prochaine fois.

Ils se retrouvèrent sous la pluie.

— Qu'en penses-tu ? demanda Blake.

— C'est l'histoire la plus délirante que j'aie jamais entendue, Blake. Une angélique grand-mère qui pourrait être celle du Président et qui s'amène comme un Dirty Harry sur le retour pour flinguer deux petits violeurs.

— Comme elle a flingué Tim Pat Ryan à Londres.

— Et Brady, Kelly et Cassidy à New York, et a probablement balancé Cohan du septième étage de sa chambre d'hôtel à Londres. Crois-moi, Blake, mon instinct de flic me dit qu'il y a là-derrière une histoire personnelle.

— Je suis d'accord avec ton instinct.

— Et je crois que Les Fils d'Érin y sont aussi pour quelque chose, mais ça, c'est ton problème et pas le mien. Si on s'en tient au pouvoir, cette entrevue avec Jean Wiley n'a jamais eu lieu. Il faut que j'y aille, maintenant. J'ai rendez-vous avec le patron, et tu sais ce qui m'enrage le plus ? C'est que je ne pourrai rien lui dire du fabuleux travail que je viens de faire sur cette affaire.

Il filait déjà à grandes enjambées, le bras levé pour héler un taxi. Blake le suivit des yeux un instant, puis tourna les talons et s'éloigna à son tour.

Il attrapa de justesse la navette aérienne pour Washington et, après réflexion, appela Alice Quarmby pour lui demander de lui prendre un rendez-vous avec le Président.

— Vous avez un peu avancé ? demanda-t-elle, sobrement comme toujours.

— C'est vraiment une drôle d'histoire, Alice. Mais je vous raconterai tout ça plus tard.

Le siège voisin du sien, par chance, n'était pas occupé. Il se renversa en arrière, ferma les yeux et se repassa tout le film depuis le début, en s'efforçant de trouver un fil conducteur dans la succession des événements. Et il était si détendu qu'il finit par s'assoupir. La pression d'une main sur son épaule l'éveilla au moment où l'avion se posait à Washington.

Alice l'attendait avec du café, très noir et très fort. Il s'assit à son bureau, but une gorgée, jeta un coup d'œil à la paperasse empilée devant lui.

— C'est trop pour moi, Alice.

— Je peux me charger de la plus grande partie, il me faut seulement une signature. Alors, que s'est-il passé ?

Il lui raconta tout par le menu, la rencontre avec Jean Wiley, et ce qu'elle avait dit, mais en évitant de mentionner son nom.

— Je crois que le capitaine Parker a raison, dit-elle, quand il eut fini. Il nous manque un élément, quelque chose de personnel, et c'est certainement en rapport avec ces salopards de Fils d'Érin.

— Alice, quel vocabulaire, pour une femme de votre âge !

— Très drôle. (Elle jeta un coup d'œil à sa montre.) J'ai une information pour vous : il vous reste six minutes avant de rencontrer le Président.

— Merci mille fois.

Il s'était levé d'un bond en repoussant son siège.

— Un jour, je ferai quelque chose pour vous, Alice, dit-il, sans se retourner, en se précipitant hors du bureau.

12

JAKE Cazalet faisait des longueurs dans la piscine de la Maison Blanche sous l'œil de deux gardes du corps, deux agents de police en uniforme blanc. Il rejoignit le bord en apercevant Blake.

— Alors, du nouveau ?

— On peut le dire, monsieur le Président.

— Très bien. Je prends une douche, je me rhabille, et je vous retrouve là-haut. Mais je n'aurai pas beaucoup de temps à vous consacrer. Je suis submergé de travail.

En entrant dans le Bureau ovale, Blake trouva Henry Thornton qui venait de poser une pile de dossiers sur la grande table.

— Comment ça s'est passé ?

— Bien, disons. J'ai appris beaucoup de choses, mais ce n'est pas encore assez.

Thornton leva la main :

— Ne m'en dis pas plus. Il vaut mieux attendre le grand chef. On n'est jamais assez nombreux pour encaisser les mauvaises nouvelles. On se sent moins responsable.

— Et de ton côté, tu as obtenu des résultats avec ton enquête interne ? demanda Blake.

— Rien, jusqu'ici.

Le Président entra en coup de vent, la tête mouillée et les cheveux en broussaille.

— Allons, Blake, videz votre sac.

Quand Blake eut achevé son récit, les deux hommes paraissaient soucieux.

— Eh bien, nous savons au moins une chose, monsieur le Président, dit Thornton. C'est que cette femme mystérieuse dont parlait Dillon existe bien.

— Il n'y a pas que ça, observa le Président. Elle paraît être l'auteur de tous les meurtres, et c'est vraiment incroyable. Mais pourquoi ?

— Une vengeance, je pense, dit Blake. On ne voit pas d'autre explication.

— Et cette fille dont vous ne voulez pas nous donner le nom, reprit Thornton, vous êtes certain qu'il n'y a rien de plus à en tirer ?

— Comme je vous l'ai dit, elle nous a décrit la femme, ce qui n'est déjà pas si mal.

— Et quelle description ! s'exclama Thornton. Soixante ans ou plus, cheveux blancs, accent huppé... On se croirait dans *Haute Société*. Allons, Blake, cette fille, il y a peut-être moyen de lui en faire dire un peu plus ?

— Non, intervint Cazalet, avec un geste de refus. Dans la mesure où je fais toute confiance à Blake, je n'ai pas à discuter ses conditions. Il a donné sa parole à cette jeune femme, et au capitaine Parker, qui ne lui a pas ménagé son aide dans ces circonstances.

— Comme vous voudrez, monsieur le Président. Mais tout cela ne nous avance guère.

— Et vos propres investigations ? Elles ont donné quelque chose ?

— Rien, hélas.

Cazalet réfléchit un instant en fronçant les sourcils.

— Appelez le général Ferguson, Blake. Mettez-le au courant. Vous voyez autre chose à faire ?

— Il y a certainement des caméras de surveillance autour des immeubles voisins de l'entrée d'immeuble où les deux types ont été abattus. Elles ont peut-être enregistré des images intéressantes.

— La femme, par exemple ?

— Oui. De loin.

— Très bien, occupez-vous de ça, et mettez Ferguson au courant. Nous aurions peut-être intérêt, aussi, à faire venir Dillon.

— Mais ça servirait à quoi, monsieur le Président ? demanda Thornton.

— Il a bien dit qu'il avait fugitivement aperçu cette femme, à Wapping, le soir ou Tim Pat Ryan a été tué ?

— De loin, et très vite, fit observer Blake.

— Oui, mais c'est peut-être suffisant pour reconnaître une image tout aussi fugitive enregistrée par une caméra de surveillance. C'est tout, en ce qui concerne cette affaire ?

— Je crois bien que oui, monsieur le Président.

— Bien. Passons à autre chose. Cette soirée à Quogue, chez Chad Luther après-demain... rien à signaler, pas de problème particulier, Henry ?

— Je n'en vois pas, monsieur le Président, répondit Thornton en regardant Blake. Ce brave Chad a collecté plus d'argent que n'importe qui d'autre pour votre dernière campagne, et il aura chez lui ce soir-là tout ce qui compte à New York et à Washington.

— Vous prendrez l'Air Force One pour vous y rendre, monsieur ? demanda Blake.

— Non. Je préfère utiliser l'un des Gulfstream. Poursuivez vos investigations, mais je tiens à ce que vous veniez aussi à Long Island. Prévenez les gens de la sécurité, et prenez un hélicoptère.

— Je ne demande pas mieux, monsieur le Président, mais j'aurai Sean Dillon avec moi d'ici là.

— Amenez-le, je serai ravi de le revoir, dit Cazalet en souriant. Mais il faut maintenant que je m'en aille. Je sens ce cher Henry sous pression, et je m'en voudrais de le mettre en colère.

Thornton accueillit la remarque d'un petit rire flatté. Blake s'esquiva.

De retour dans son bureau, il appela Harry Parker à propos des caméras de surveillance.

— Bonne idée, dit Parker. J'y ai pensé moi aussi, après ton départ. Je vais m'en occuper.

— Parfait. Je viens de voir le Président, et je lui ai rapporté notre conversation avec la fille. Il a dit qu'il t'était reconnaissant pour ton aide, Harry.

— Ne te fous pas de moi.

— C'est la vérité, mon vieux. Je te tiendrai au courant.

Harry Parker s'assit à son bureau, la mine soucieuse, en pensant à ce que Blake venait de lui dire. Puis le téléphone sonna.

— Capitaine Parker ? demanda une voix de femme.

— Oui, c'est moi. Qui m'appelle ?

— Je vous passe le Président.

Parker resta figé sur place, cramponné à son téléphone, jusqu'au moment où il entendit la voix du Président.

— Harry Parker ? Ici Jake Cazalet.

— Monsieur le Président ? parvint-il à articuler.

— Je voulais simplement vous remercier pour ce que vous avez fait. Blake Johnson m'en a parlé. Je n'ignore pas qu'un pouvoir signé du Président a dû vous poser quelques problèmes. C'est quelque chose d'inhabituel dans l'exercice de vos fonctions. Mais je vous suis immensément reconnaissant pour l'aide que vous nous avez apportée, sans hésitation, dans cette affaire grave et ultraconfidentielle.

— Monsieur le Président, je suis à vos ordres.

— Blake dirige auprès de moi un service très particulier. Et pour tout dire, capitaine, sa charge de travail ne cesse de croître. Je sais qu'il n'est pas dans les usages de proposer une telle mutation à un officier qui a derrière lui une aussi longue carrière que la vôtre au sein de la police de New York, mais je me demandais si vous seriez intéressé ?

Parker s'efforça de rester calme.

— J'ai dit que j'étais à vos ordres, monsieur le Président.

— Parfait. Ce ne sera pas tout de suite, mais je vais en parler à Blake, et vous arrangerez cela avec lui.

Et le Président de raccrocher. Harry Parker contempla fixement son propre téléphone. Puis il se décida à raccrocher à son tour. Il se leva, s'approcha de la fenêtre et regarda New York sous la pluie. Une nouvelle vie s'ouvrait devant lui, à l'heure où d'autres songeaient déjà à la retraite.

Il revint s'asseoir à son bureau, ouvrit le deuxième tiroir de droite, y prit un cigare Romeo y Julietta de contrebande, le décapita d'un coup de dents, l'alluma, et se laissa aller contre le dossier de son fauteuil.

— Ça, alors, dit-il à haute voix, le visage rayonnant. Ça, alors...

C'était déjà le soir, à Londres, quand Blake appela Ferguson. Il fit au général un récit complet des événements et lui répéta ce qu'avait dit le Président.

— Si je comprends bien, dit Ferguson, la présence de cette femme reste un mystère, mais il y a une petite chance pour qu'une caméra de surveillance de Park Avenue l'ait filmée ?

— J'attends des nouvelles à ce sujet. Le Président pense que nous aurions sans doute intérêt à faire venir Dillon. Il est le seul à avoir aperçu la femme. Il pourra peut-être la reconnaître sur un enregistrement vidéo.

— J'en doute, mais je vais vous l'expédier par le prochain avion.

— Je vous remercie, monsieur.

— Entendu. Restons en contact.

Ferguson raccrocha, réfléchit un instant, et appela le service des transports du ministère de la Défense.

— Quel est le premier vol pour Washington ?

— Le Concorde, demain matin, monsieur.

— Eh bien, il va falloir que le gouvernement de Sa Majesté se fende d'un billet. Réservez au nom de Dillon. S'il n'y a plus de place, virez quelqu'un.

Puis il appela Stable Mews. Pas de réponse. Il composa le numéro de portable de Dillon et fut plus heureux. La voix de l'Irlandais se détachait sur un brouhaha de musique et de conversations.

— Qui me dérange alors que la soirée commence à peine ?

— Moi, petit salopard. Où êtes-vous ?

— Au Mulligan.

Ferguson hésita quelques secondes avant de se décider :

— Pour une douzaine d'huîtres, j'irai jusqu'à supporter votre compagnie. Je serai là dans vingt minutes.

Le Mulligan était un restaurant irlandais situé non loin de l'Hôtel Ritz. Dillon s'était installé au bar du premier étage. Il commanda des huîtres et une bouteille de champagne pour tromper l'attente. Ferguson apparut en haut des marches, se fraya un chemin jusqu'à lui, souleva la bouteille dans son seau pour jeter un coup d'œil à l'étiquette.

— Du Cristal ? Je vous croyais abonné au Krug ?

Une jeune Irlandaise s'approcha.

— Il y a un problème ? demanda-t-elle à Dillon, en dialecte gaélique.

— Voila une honnête fille de Cork qui sait me comprendre ! s'exclama Dillon après avoir répondu quelques mots en dialecte. Ne te laisse pas impressionner, ma belle. Il se donne des airs de lord anglais, mais il ne risque pas de te botter le cul. Sa sainte mère était de Cork. Apporte-lui une douzaine huîtres et une pinte de Guinness.

Elle lui sourit et disparut dans la cuisine.

— Je n'y comprends pas un mot, mais vous avez décidé de me nourrir ?

— Bien sûr. Alors, il y a du nouveau ?

— Oui. Pour vous. Lever à l'aube demain matin et direction Heathrow. Vous prenez le Concorde pour Washington.

Le sourire de Dillon se figea.

— Expliquez-moi ça.

Trois quarts d'heure plus tard, le général avalait sa douzième huître, et ses traits n'exprimaient plus qu'une profonde béatitude.

— Somptueux ! Il n'y a qu'un restaurant irlandais pour offrir des crustacés de cette qualité. Alors, Dillon, qu'en pensez-vous ?

— Ma foi... Je savais qu'on avait affaire à une femme, puisque je l'ai vue. Ce qu'a raconté cette fille ne fait que confirmer ce dont on se doutait déjà. Ce n'est pas un groupe ou une organisation quelconque qui traquent les Fils d'Érin, mais une personne seule, décidée à se venger. Mais de quoi ?

— Vous trouverez peut-être quelque chose, là-bas, dit Ferguson.

— J'ai toujours adoré les voyages, répondit Dillon en lui tendant une coupe de Cristal. Tout de même, il y a un truc qui m'intrigue.

— Quoi ?

— Nous savons tout sur les activités des Fils d'Érin, mais les gens de l'Intelligence Service, eux, ne savent rien. Ils nous ont transmis une fiche sur Barry qui ne nous a rien appris de nouveau, et c'est tout. Il y a comme un grand blanc, là. Je me demande si Carter et sa clique n'auraient pas décidé de nous faire le coup du circulez, y'a rien à voir.

— Il se pourrait que vous ayez raison.

— Comme toujours.

Blake était dans son bureau du Sous-Sol, les coudes sur la table, la tête entre ses mains. Puis il se redressa et enfonça le bouton de l'interphone pour appeler Alice. Elle entra et s'assit face à lui :

— À voir votre tête, vous avez un problème.

— Les fuites. La Maison Blanche. On devrait pouvoir faire quelque chose.

— Le directeur de cabinet s'en occupe. Vous ne lui faites pas confiance pour aboutir ?

— Ce n'est pas ça. Mais j'ai l'impression que nous visons à côté de la plaque. Supposez que ce soit vous, le Contact, Alice. Tous les Fils d'Érin sont morts. Il ne vous reste plus qu'une personne à qui parler. Jack Barry.

— Et alors ?

— Vous vous rappelez ce qu'on a fait, il y a deux ans, pour démasquer cet espion infiltré au Pentagone ? Patterson ?

À l'expression d'Alice, il vit qu'elle avait compris.

— Vous pensez à Synod ?

— Exactement. Pourquoi ne pas utiliser le logiciel Synod pour localiser certains appels téléphoniques ? Il suffit d'y entrer le nom de Jack Barry. On verra bien ce que ça donne.

— Vous voulez mettre l'Irlande du Nord sous surveillance ?

— Non. De toute façon, les appels arrivent sans doute là-bas sur des lignes codées, et ça ne servirait à rien. La Maison Blanche d'abord, puis Washington.

— Synod gère des millions de communications, Blake.

— Mais il nous dira d'où partent les appels pour Barry. Essayons, Alice. Qu'avons-nous à perdre ?

À Washington, Thornton appela Barry.

— J'ai des nouvelles pour vous. Blake Johnson a mis la main sur une fille, à New York, qui lui a dit des choses tout à fait intéressantes.

— Racontez-moi ça.

Thornton raconta.

— La vieille garce ! rugit Barry quand il eut terminé. Attendez un peu que je l'attrape !

— Ne vous excitez pas comme ça. Vous ne savez même pas qui elle est.

— Vous non plus.

— Non, pas plus que Blake Johnson ou son président ou votre vieux copain Dillon à Londres. À propos, Dillon va venir ici pour tenter de l'identifier sur les enregistrements des caméras de surveillance.

— Je demande toujours comment vous faites pour être aussi bien informé.

— J'ai mes sources, comme je vous l'ai déjà dit. Laissez-moi m'occuper de ce qui me regarde, et faites votre travail de votre côté.

— Très bien. Et pour cette femme ?

— Je m'en charge. Il se pourrait que j'aie bientôt du nouveau.

Le même soir, Thornton se mit au travail sur son ordinateur. Il avait accès à de nombreux réseaux, à tous sans doute pour peu qu'il y mette le temps. Il commença par explorer les fichiers de la CIA sur les groupes paramilitaires de Loyalistes protestants en Irlande du Nord. Il étudia les dossiers de Jack Barry, ceux de tous les responsables de l'IRA et des activistes du Sinn Fein, de George Adams à Martin McGuinness.

Jack Barry avait longuement séjourné dans le Middle East, et avait sillonné les États-Unis sous un faux nom pendant la même période. Ce qui n'expliquait toujours pas le sort réservé aux autres Fils d'Érin, de Tim Pat Ryan au sénateur Cohan. Et rien ne permettait d'écarter l'hypothèse d'un plan délibéré visant à les éliminer.

Pourquoi les aurait-on éliminés ? Thornton hocha la tête devant son écran d'ordinateur. Une vengeance ? Mais pour quel motif ? De quoi a-t-on pu les tenir pour responsables ? À y réfléchir, la seule information que la femme avait donnée à Barry tenait en une seule phrase : vous avez torturé et assassiné mon fils en Ulster il y a trois ans, et exécuté quatre de ses compagnons, dont une femme.

Il fallait donc rechercher trois ans en arrière dans la mémoire des ordinateurs, dans les informations transmises à la Maison Blanche par les Services Secrets britanniques. Et soudain, tout lui revint. Son premier gros coup. La capture d'un commando infiltré en Ulster. En ces temps bénis, les Brits avaient reçu des instructions de leur propre gouvernement pour fournir des renseignements à la Maison Blanche. Les renseignements affluaient, et il en retransmettait certains à Barry, comme celui qui avait permis d'intercepter ce commando.

Il se remit à taper, et trouva tout.

Jason, lieutenant des commandos de Marines, abattu à Londres. Archer, lieutenant dans la police militaire, tué par une voiture piégée à Omagh. Et il y avait une femme, elle aussi lieutenant dans la police militaire, abattue en pleine rue à Belfast. Et un jeune capitaine d'infanterie, probablement choisi parce que sa mère était originaire de l'Ulster.

La femme avait dit : « Mon fils et quatre de ses compagnons, dont une femme. » Il en manquait un. Thornton chercha le nom du cinquième membre du commando, qui en était aussi le chef. Le major Peter Lang, Garde écossaise et SAS, tué à South Armagh par une voiture piégée. La charge était d'une telle puissance qu'on n'avait rien retrouvé de lui. Thornton prit le temps de réfléchir. Oui, c'était une piste sérieuse. Il décrocha son téléphone et appela Barry sur son portable codé.

Barry fut réveillé en sursaut.

— Allô ! Qui est-ce ? demanda-t-il, d'un ton rageur.

— Je voudrais que vous me parliez du commando d'officiers britanniques que vous avez éliminé il y a trois ans.

— Quoi ?

— La femme a dit que vous aviez torturé et assassiné son fils et exécuté quatre de ses compagnons, dont une femme. Je viens de me le rappeler. C'était le bon temps, je vous repassais des renseignements que nous fournissaient aimablement les Brits.

Barry se dressa sur son séant.

— Oui, je m'en souviens, maintenant.

— Vous vous souvenez du chef du commando, un certain major Peter Lang ? D'après les fichiers, il a sauté sur une bombe tellement puissante qu'on n'a même pas retrouvé ses restes.

Barry tendit la main, prit une cigarette sur sa table de chevet.

— Il n'a pas été tué par une bombe. On a placé dans sa voiture une charge qui l'a pulvérisée, histoire de tromper l'ennemi.

— Pourquoi ?

— Qu'est-ce que ça peut vous faire ? Vous n'avez pas posé de questions, à l'époque !

— C'est important. Répondez.

— Ce Brit était un type de la haute, un vrai fumier. On est tombés sur lui au moment où il sortait d'un pub. L'un de nos gars, qui avait servi en même temps que lui dans la Garde écossaise, l'a reconnu.

— Qu'avez-vous fait ?

— On l'a cuisiné. Ça me revient, maintenant. Il avait un accent de South Armagh à couper au couteau. C'était si bien imité que ça nous a mis la puce à l'oreille.

— Et vous l'avez torturé ?

— Plus ou moins, dit Barry, sèchement. Pourquoi il vous intéresse tellement, ce type ?

— Et pourquoi avez-vous fait sauter sa voiture et fait croire qu'il avait sauté avec ?

Barry se mit à rire.

— Quand les gars l'ont lâché, il était dans un tel état qu'on l'a emmené sur un chantier d'autoroute pour le balancer dans une grosse bétonnière.

La chose semblait tellement atroce que Thornton, qui n'avait rien d'une âme sensible, en resta muet quelques secondes.

— Qu'est-ce que ça a d'important ? insista Barry.
— Je tiens peut-être une piste. Je vous rappellerai.
Thornton raccrocha et se remit à son ordinateur. Peter Lang, engagé dans la Garde écossaise, les Brigades aéroportées, décoré de la croix militaire pour des raisons non précisées, fils de Roger Lang, colonel de la Garde écossaise... Sa mère était lady Helen Lang, citoyenne américaine, née à Boston. Les informations se succédaient sur l'écran. Les adresses d'Helen Lang à Londres et dans le Norfolk. Son immense fortune. Les sociétés dont elle était propriétaire. Il y avait même une notice sur son chauffeur, un certain Hedley, ancien combattant du Viêt-nam.
Thornton resta un moment immobile à contempler l'écran. Puis il se leva, prit une bouteille de South Comfort et s'en versa une grande rasade. Il s'approcha de la fenêtre en buvant à petites gorgées et regarda la pluie mêlée de neige qui striait l'obscurité. Oui, il en était certain. Il savait désormais qui était la femme au colt.

Dans son repaire de County Down, Barry s'était levé, avait passé une robe de chambre et était descendu faire du thé dans la cuisine. Il achevait de lire le *Daily Telegraph* de la veille quand le téléphone sonna.
— Taisez-vous et écoutez, dit Thornton. Vous avez tué le major Peter Lang, de la Garde écossaise. Son père était sir Roger Lang, lui-même ancien officier de la Garde écossaise, et sa mère — c'est ça le meilleur — lady Helen Lang. Je pense que c'est elle qui vous a dit que vous aviez torturé et assassiné son fils. Tout correspond : les dates, l'identité des quatre autres.
— La garce ! C'est comme si elle était déjà morte ! Ce que j'ai fait à son fils n'était rien à côté de ce que je lui réserve !
— D'accord, d'accord, mais calmez-vous. Qu'avez-vous l'intention de faire ?
— Dites-moi où elle crèche ?

— À Londres et dans le Norfolk.

Il lui donna les deux adresses.

— Je vais me renseigner pour savoir où elle est en ce moment. J'ai des amis à Londres qui s'en chargeront pour moi.

— Et ensuite ?

— J'ai un avion à ma disposition. J'irai avec les gars et je m'occuperai d'elle.

— Vous m'en voyez ravi. Je n'aime pas qu'on attende quand il y a du ménage à faire.

— Vous pouvez compter sur moi.

Thornton raccrocha et se replongea dans ses réflexions. Il avait de bonnes raisons de se réjouir, et pourtant il ne se sentait pas tranquille. Mais pourquoi, bon Dieu ?

Le lendemain matin, dans le Concorde qui venait de quitter Heathrow pour Washington, un Dillon mal réveillé accepta la coupe de champagne que lui tendait une hôtesse et referma les yeux pour reprendre le fil de ses pensées. Il avait, bizarrement, l'impression d'un lien mystérieux entre lui et la femme au colt. Pourquoi tous ces meurtres ? Il y avait bien une raison ! Ils n'étaient guère avancés, à vrai dire. Cette Jean Wiley n'avait fait que confirmer l'existence de la femme et son talent de tueuse.

Mais pourquoi, pourquoi, pourquoi ? La question le taraudait et il ne lui trouvait pas de réponse.

Un peu plus tard ce matin-là, à peu près au moment où Dillon débarquait à Washington, Thornton eut la surprise de découvrir sur son écran d'ordinateur qu'Helen Lang était attendue dans l'après-midi à l'aéroport de Westhampton, sur Long Island, à bord de son Gulfstream privé. Que venait-elle faire à Long Island ? La réponse s'imposait : la soirée donnée par Chad Luther. Une nouvelle recherche lui permit d'accéder à la liste des invités. Elle y figurait. Il réfléchit un instant et appela Barry.

— Lady Helen Lang. Elle assistera demain soir à un super pince-fesses sur Long Island. Inutile, donc, de la chercher chez elle.

— Je peux attendre. Ne vous en faites pas. Elle ne le sait pas, mais elle ne fait déjà plus partie des vivants.

Dans sa maison de South Audley Street, lady Helen entra dans la cuisine et mit la bouilloire sur le feu pendant qu'Hedley emportait les bagages. Quand il la rejoignit l'eau bouillait déjà et elle la versa sur le thé.

— Vous avez encore besoin de quelque chose ?

— Pas vraiment. Nous décollerons de Gatwick dans la matinée pour être à Long Island avant la fin de l'après-midi et filer directement chez Chad Luther.

— Nous allons y passer la nuit ?

— Quelque chose me dit que j'aurai peut-être besoin de repartir très vite.

Hedley ne voulut pas se laisser entraîner sur ce terrain.

— Comme vous voudrez, lady Helen, dit-il.

Il tourna les talons et sortit.

Ferguson appela Hannah Bernstein de son bureau.

— Où en êtes-vous, avec votre ordinateur ?

— Je continue à chercher, monsieur. Mais il y a une chose que je ne comprends pas. Nous avons un tas de renseignements sur les Fils d'Érin et sur ce qu'ils ont fait. Par contre, on ne trouve rien sur ce qui pourrait expliquer une vengeance personnelle de la part de cette femme.

— Vous êtes donc d'accord là-dessus avec Johnson et Parker.

— Oh, oui, monsieur. Quand on a passé des années à patrouiller dans la rue, à enquêter, en sautant d'un crime à l'autre...

— On finit par avoir du flair ?

— Absolument, monsieur. Quand je visite les lieux d'un crime et que je passe en revue les personnes impliquées, je sais presque immédiatement qui a fait le coup, contrairement à ce qu'on voit dans les romans d'Agatha Christie.

Ferguson l'écoutait en souriant.

— Je partage entièrement votre point de vue, inspecteur principal. Mais où tout cela nous mène-t-il ? Qu'en déduit ce brillant esprit éduqué à Cambridge ?

— Qu'au centre de l'affaire, il y a Jack Barry. Or, tous les ordinateurs nous renseignent sur son passé et sur ses crimes, mais il n'est jamais fait mention de ses liens avec les Fils d'Érin, il n'y est même pas question de ces Fils d'Érin, et je sens que là, il y a quelque chose qui cloche, monsieur.

— Qu'en concluez-vous ?

— Que quelqu'un ne voulait pas qu'ils apparaissent, et a fait ce qu'il fallait pour ça.

— l'Intelligence Service ?

— Je n'en serais pas surprise.

— Savez-vous, ma chère, que vous êtes vraiment très forte ? sourit Ferguson. Il serait temps de songer pour vous à une promotion. Je vais en toucher un mot au grand patron.

— Ce n'est pas le premier de mes soucis, général. Il y a un chaînon manquant. Il faut le trouver. Que faisons-nous ?

— Vous avez une idée ?

— Je crois que vous devriez avoir une conversation avec le directeur des Services de sécurité, monsieur. Il me semble qu'il y a de ce côté, pour parler comme nos collègues américains, des coups de pied au cul qui se perdent.

— Mon Dieu, si Simon Carter vous entendait... Mais vous avez tout à fait raison. Appelez-le, et proposez-lui de nous retrouver au Grey Fox, à St. James's, dans une heure.

— Vous avez dit *nous*, monsieur ?

— Mais oui. Je m'en voudrais de priver d'un tel plaisir ces ravissants escarpins de chez Manolo Blahnik, inspecteur principal.

— À vos ordres, général, dit Hannah en souriant.

Le Gray Fox était l'un des pubs ultrachics situés à proximité de St. James's Palace. Après le coup de feu du déjeuner, la salle était presque déserte en ce début d'après-midi. Ferguson et Hannah s'assirent tout au fond.

— Gin-tonic, inspecteur ?

— Non, de l'eau minérale, monsieur.

— Quelle misère. Moi, j'en prendrai un. Et un grand.

Comme la serveuse revenait avec la commande, Simon Carter entra. Son trench-coat trempé dégoulinait et, à sa façon de secouer son parapluie, on voyait tout de suite qu'il n'était pas d'une humeur de rose.

— Bon sang, mais que se passe-t-il, Ferguson ? Votre inspecteur principal m'a pratiquement menacé. Moi, le directeur des Services de sécurité !

— Seulement quand vous m'avez dit que vous étiez trop occupé pour venir, monsieur, lui dit Hannah.

Il retira son imperméable, commanda un whisky-soda et s'assit.

— Elle m'a menacé d'en référer au Premier ministre. Vous trouvez ça normal, Ferguson ?

— Mon cher Carter, vous ne m'aimez pas beaucoup et, à supposer que cette question m'intéresse, je ne dois pas vous aimer beaucoup moi non plus. Mais l'affaire est trop grave, et je vous demande d'écouter l'inspecteur principal.

Il vida son verre de gin-tonic, demanda d'un geste qu'on lui en serve un autre, et se laissa retomber contre le dossier de son siège.

Hannah Bernstein reprit les faits depuis le début et sans omettre aucun détail — le meurtre de Tim Pat Ryan, l'extermination des Fils d'Érin, Jack Barry, le témoignage de Jean Wiley. À la fin, Carter semblait abasourdi.

— Quel délire, dit-il faiblement. Je n'ai jamais rien entendu d'aussi idiot.

— Eh bien, dit Ferguson en haussant les épaules, nous avons assez perdu de temps. À quelle heure est notre rendez-vous avec le Premier ministre, Hannah ?

Elle mentit gaiement :

— À cinq heures, monsieur. Mais il m'a prévenue qu'il n'aurait pas beaucoup de temps à nous consacrer. Il doit se rendre à la Chambre ce soir.

Ferguson fit mine de se lever.

— Attendez, dit Carter.

Ferguson se rassit.

— Oui ?

— Vous êtes en mesure de collaborer à cette enquête, monsieur ? demanda Hannah, hyperprofessionnelle comme toujours.

— Oh, ça va, les flics, vous pouvez ranger votre code de procédure !

Il commanda un autre scotch, se tourna vers Ferguson :

— Je n'ai jamais dit un mot de tout ça. J'ai tout nié en bloc.

— Naturellement.

— Et je veux que votre inspecteur principal me donne sa parole que ça restera entre nous. Si elle ne le peut pas, qu'elle sorte.

Ferguson regarda Hannah, qui lui répondit d'un hochement de tête.

— Vous avez ma parole, général.

— Bien. Allez-y, dit Ferguson.

— On ne s'est jamais entendu entre services, Ferguson. Vous êtes trop indépendant. (Il secoua la tête.) La garde personnelle du Premier ministre ! Je n'ai jamais aimé ça. On devrait travailler la main dans la main, mais vous foncez toujours sans rien demander à personne.

— Pas vous, monsieur ? demanda suavement Hannah.

Ignorant la question, Carter but une lampée de scotch avant de continuer :

— Il y a des choses que je ne vous ai cachées, Ferguson, parce que je n'avais pas confiance en vous, et vous ne me disiez pas tout, vous non plus.

Ferguson fit un signe de tête à Hannah.

— Maintenant, vous connaissez les faits, monsieur, dit-elle. À partir de ces faits, nous nous posons un certain nombre de questions, et je suis là pour trouver des réponses. Je constate qu'une personne, une seule et même personne est à l'origine de cette série de meurtres, et qu'il y a forcément une raison à cela. Un mobile. Je pense que vous le connaissez, et que vous en avez supprimé toute trace en l'effaçant de la mémoire des ordinateurs.

— Allez au diable !

— Barry, dit Ferguson. C'est lui qui est derrière tout ça. Expliquez-nous comment.

Carter hésita, respira profondément avant de se décider à répondre :

— D'accord. Quand on a décidé de lancer le processus de paix, le service a reçu pour instruction de se montrer aimable avec nos cousins d'Amérique, et de leur passer des renseignements sur ce qui se passait en Irlande.

— Je sais cela, dit Ferguson.

— Au bout d'un certain temps, on s'est aperçu que les renseignements transmis à la Maison Blanche repartaient en direction de l'IRA. L'affaire a culminé avec les atrocités commises, comme on devait le découvrir plus tard, par Jack Barry et sa bande. Ils avaient liquidé dans des conditions effroyables un commando infiltré composé de nos meilleurs officiers.

— Qui étaient ces officiers ?

— Un groupe de cinq personnes sous le commandement du major Peter Lang, qui avait précédemment servi dans la Garde écossaise et dans les Brigades aéroportées. Il y avait aussi parmi eux une femme.

— En effet, je me souviens de la mort de Peter Lang, dit Ferguson. Ses parents étaient de grands amis à moi. Il a sauté avec sa voiture sur une bombe d'une telle puissance qu'on n'a même pas retrouvé ses restes.

— C'est faux. Un informateur nous a appris par la suite que Peter Lang avait été torturé, puis exécuté, et qu'on avait jeté son corps dans une bétonnière sur un chantier d'autoroute.

— Seigneur ! s'écria Hannah.

— C'est ce même informateur qui nous a appris l'existence du Club des Fils d'Érin, et de ce fameux Contact.

— Qu'avez-vous fait alors ?

— Le processus de paix était dans une phase délicate, nous n'avons pas voulu le compromettre.

— Vous n'avez donc rien dit au Premier ministre ?

— Si nous l'avions mis au courant, vous l'auriez su, Ferguson, tout comme Blake Johnson dans son Sous-Sol, et le président des États-Unis, et Dieu sait qui encore. Nous avons pensé qu'il valait mieux s'y prendre autrement.

— Je crois deviner, intervint Hannah Bernstein. Vous avez opté pour la désinformation en ne transmettant plus à vos cousins américains que de faux renseignements mêlés à quelques bribes de vérité sans importance, comme on en trouve dans n'importe quel journal pour peu qu'on le lise attentivement.

— C'est à peu près ça, admit Carter.

— Eh bien, nous avons la réponse à nos questions, dit Ferguson. Merci pour votre aide.

— Je n'ai rien dit, rien fait, et vous ne m'avez pas vu, répondit Carter en enfilant son imperméable et en empoignant son parapluie. Nous sommes bien d'accord là-dessus ?

— Absolument.

Il sortit. Hannah le suivit des yeux.

— Qu'en pensez-vous, monsieur ?

— Permettez-moi de vous poser une question, inspecteur principal. Supposons que vous ayez perdu en Ulster un fils bien-aimé, pulvérisé par une bombe comme s'il n'avait jamais existé, et que son père, votre époux, en soit ensuite mort de chagrin. Supposons que vous ayez ensuite découvert la vérité sur cette mort, à savoir que votre fils n'avait pas succombé à un attentat mais qu'on l'avait torturé, assassiné et jeté dans une bétonnière.

— Comment l'aurais-je su, monsieur ?

— Peu importe. Ce ne sont que des suppositions. Mais il a fallu, pour exécuter froidement tous ces Fils d'Érin, une détermination farouche, désespérée, une énergie hors du commun. Et vous noterez par ailleurs que, des cinq membres du commando, c'est Peter Lang qui a subi le sort le plus atroce.

— D'où les représailles.

— Bien sûr. Mais trois ans après. Ce qui me fait dire que, pour une raison ou pour une autre, la vérité n'est connue que depuis peu.

— Où voulez-vous en venir, général ?

— C'est très simple. La femme qui a tué Tim Pat Ryan, puis Brady, Kelly, Cassidy et le sénateur Cohan est ma vieille et chère amie lady Helen Lang.

Long Island
Norfolk

13

DANS le bureau de Blake, Dillon était assis devant un sandwich et un gobelet de thé que lui avait apportés Alice Quarmby.

— Je te trouve très en forme, cher ami irlandais, lui dit Blake.

— C'est grâce au Concorde. Quel plaisir de voyager comme les riches !

— Sean, tu *es* riche, tout le monde le sait.

— Tu n'y comprends rien. Le plaisir, c'est de voyager en Concorde sans payer sa place. Qu'attend-on de moi ici ?

— Harry Parker est en train de visionner les bandes enregistrées par les caméras de surveillance de l'autre côté de l'avenue, en face de la maison de Cohan, et dans l'entrée de l'immeuble où les deux agresseurs de Jean Wiley ont été abattus. Si la femme a été filmée, tu pourras peut-être la reconnaître.

— En effet, puisque je l'ai aperçue à Wapping. Mais ça ne nous dira pas qui elle est.

— Je le sais bien. Mais que pouvons-nous faire d'autre pour le moment ?

— J'ai Harry Parker au téléphone, dit Alice Quarmby. Vous voulez lui parler ?

— Bien sûr. Harry ? Quelles sont les nouvelles ?

— Mauvaises, Blake, dit Parker. J'ai visionné toutes les bandes. Il y avait trois caméras. Tout a été effacé et réenregistré. Il n'y a rien à en tirer.

— Dommage. Eh bien, merci, Harry. Si tu as une autre idée, fais-moi signe.

Il raccrocha.

— Encore une impasse ? demanda Dillon.

— J'en ai bien peur.

— J'aurai donc voyagé à l'œil et pour rien sur ce merveilleux Concorde ?

— Ça m'en a tout l'air. Désolé, Sean. Mais puisque tu es ici, nous avons quelques distractions à te proposer. Un fervent supporter de notre Président, Chad Luther, donne aujourd'hui même à Long Island la mère de toutes les soirées. Tu as lu *Gatsby le Magnifique,* de Fitzgerald ? C'est le livre de chevet de Luther. Il s'est fait construire une demeure comme celle de Gatsby, avec des pelouses qui descendent jusqu'à la mer. Tout ce qui porte un nom à New York, à Washington et ailleurs sera chez lui ce soir.

— Je vois le genre, dit Dillon. Et si on n'a pas de nom mais une guitare et un anneau dans la narine, on est également sur la liste des invités.

— Tu es, comme toujours, dangereusement proche de la vérité, mon ami. Et tu vois d'ici le casse-tête pour le service de sécurité.

Tout en parlant, Blake avait saisi une liasse de papiers :

— J'ai dû éplucher moi-même cette liste d'invités.

— Qu'y cherchais-tu ? Des Arabes en burnous blanc ?

— Ne ris pas. Le Président a demandé un Gulfstream pour se rendre à Long Island. Il y aura une navette d'hélicoptères pour les gens comme toi et moi.

— Je suis flatté.

Quelqu'un frappa à la porte, qui s'entrouvrit pour laisser passer la tête d'Alice.

— Encore du café ? Ou du thé ?

— Non, merci. Où en êtes-vous pour... ce dont nous parlions tout à l'heure ?

— On va à la pêche, comme prévu.

Elle repartit. Dillon regarda Blake :

— Vous allez à la pêche... ?

Blake eut une courte hésitation avant de répondre :

— Après tout, je suis certain qu'Hannah connaît ça. C'est un logiciel d'écoute et de surveillance appelé Synod. Il scanne des milliers de communications, des millions de mots. On y entre un mot, il le repère et l'enregistrement démarre. On n'a plus qu'à écouter la communication.

— Bon Dieu, soupira Dillon. Et ça marche ?

— Tu te rappelles Patterson, la taupe du Pentagone ? C'est comme ça qu'on l'a eu.

— Qu'est-ce que vous lui avez donné comme nom, cette fois, à votre espion aux grandes oreilles ?

— Jack Barry.

— Vous cherchez à identifier le Contact ?

— On ne peut rien te cacher.

— La science et la technologie... (soupir). Les gens comme toi et moi, bientôt, ne seront plus que des antiquités.

Le téléphone sonna et Blake décrocha :

— Général, comment allez-vous ? (Il écouta en fronçant les sourcils.) Mais oui, il est ici. (Il tendit l'appareil à Dillon.) C'est Ferguson. Pour toi.

— Général ?

— J'ai du nouveau, et vous allez être surpris. Écoutez plutôt.

Quelques minutes plus tard, Dillon raccrocha d'un geste lent.

— Ça va mal ? demanda Blake.

— Il m'a dit qui était, d'après lui, la femme au colt.

— Dis-le-moi, bon sang !

Dillon répéta ce qu'il venait d'entendre.

— Je la connais, dit Blake, en secouant la tête, je l'ai rencontrée. Une grande dame. Mais les faits sont là. Tu es certain de tes informations à propos de cette boucherie, en Ulster, il y a trois ans ?

— Elles paraissent fiables.

Dillon abattit son poing sur la table :

— Quelle ordure, ce Jack Barry !

— Lady Helen Lang, reprit Blake, soucieux. Attends...

Il prit la liste des invités de Luther Chad et la parcourut rapidement :

— La voici. Elle devrait être à cette soirée chez Chad.

— Et alors ? demanda Dillon.

— Nous devions y aller de toute façon.

— Tu vas prévenir le Président ?

Blake parut curieusement réticent :

— Que dois-je faire ? Si le général dit vrai, elle a tué plusieurs personnes.

— Et il me revient quelque chose, dit Dillon. Tu te rappelles qu'il y avait un Forum pour la Paix en Irlande, au Dorchester, le soir où Cohan a fait le grand saut ?

— Oui ?

— Helen Lang y était. J'ai échangé quelques mots avec elle. C'est une femme extraordinaire, Blake. Je savais que son fils était mort en Ulster, mais j'ignorais tout des circonstances de cette mort.

— Elle, apparemment, les connaissait.

— Ce qui expliquerait beaucoup de choses.

Dillon se leva, alluma une cigarette et se mit à aller et venir dans la pièce tout en parlant :

— J'ai tout de suite senti chez elle quelque chose de bizarre. Dès notre première rencontre, aux obsèques d'Emsworth. Attention, ne me fais pas dire ce que je n'ai pas dit. Elle m'a plu tout de suite, mais en même temps je me suis senti mal à l'aise.

Blake hocha la tête :

— Il vaut mieux que j'en parle au Président.

Il appela le Bureau ovale sur sa ligne directe :

— Blake Johnson pour le Président. Ah. Je vois.

Il raccrocha, réfléchit un instant :

— Il est déjà parti pour Long Island. Je lui en parlerai là-bas. Je préfère le voir en tête à tête.

La porte s'ouvrit sur Alice. Elle semblait très excitée.

— Synod a parlé ! Mais Bon Dieu, ça ne va pas vous plaire. On a plusieurs communications de Jack Barry au cours de ces derniers jours. Vous feriez bien de venir en salle d'écoute.

Ils s'assirent dans la petite pièce à l'atmosphère confinée. Les grandes bobines se mirent à tourner et ils écoutèrent en silence la dernière conversation entre Barry et le Contact :

« Lady Helen Lang. Elle assistera demain soir à un super pince-fesses à Long Island. Inutile, donc, de la chercher chez elle. »

« Je peux attendre, disait Barry. Ne vous en faites pas. Elle ne le sait pas, mais elle ne fait déjà plus partie des vivants. »

La machine s'arrêta.

— Qui aurait cru ça de lui ? dit Alice.

— Vous savez qui c'est ? demanda Dillon.

— Oh, oui, répondit Blake. Cette voix-là, je la reconnaitrais entre mille.

Il se tourna vers Dillon :

— C'est le directeur de cabinet du Président. Henry Thornton.

Dillon prit le temps de digérer l'information.

— Le Président va avoir un sacré choc quand il apprendra ce que faisait ce salopard, dit-il enfin.

— Tu peux le dire.

Puis Blake se retourna vers Alice :

— Cherchez ses antécédents, voyez si vous y trouvez une raison, une motivation. (Il consulta sa montre.) J'ai quelques petites choses à faire de mon côté. Réservez l'hélicoptère pour Dillon et moi dans deux heures.

— Je m'en occupe tout de suite.

Elle sortit.

— Un sale coup, grommela Dillon. Un vrai sale coup.

— J'en suis malade. Je ne connais rien d'aussi méprisant que la trahison.

— Et Ferguson ?

Blake réfléchit un instant avant de répondre :

— Je te fais confiance, Sean, et je fais confiance à Ferguson. Tu peux lui en parler, mais qu'il n'en dise rien à son Premier ministre. C'est au Président, maintenant, de décider de la suite.

Dans son bureau du ministère de la Défense, Ferguson écouta, la mine soucieuse.

— Effectivement, tout repose maintenant entre les mains de Blake et du Président, dit-il. Je suis horrifié, bien sûr, par la découverte de ce traître. J'aurais plaisir à l'abattre moi-même, si c'était possible. Mais, d'un autre côté, je serai franc, Sean. Nous nous connaissons depuis assez longtemps...

Il se tut un instant avant de poursuivre :

— Lady Helen Lang est une amie très chère.

— Inutile d'en dire plus, général. Je ferai tout ce qui sera en mon pouvoir.

— Merci, Sean.

Le Gulfstream se posa à Westhampton, où lady Helen et Hedley furent accueillis avec un minimum de cérémonie. Elle s'était changée pendant le vol et portait un ensemble du soir en soie noire composé d'une robe et d'une veste longue de coupe ajustée. Hedley avait revêtu une livrée gris perle. Il était cinq heures de l'après-midi.

— L'apéritif est à six heures, dit-elle. La limousine nous attend ?

— Bien sûr.

— Prévenez le commandant Frank que je veux repartir à vingt-deux heures au plus tard. Qu'il réserve un couloir aérien.

— Vous en êtes certaine ?

— Absolument. Occupez-vous-en tout de suite.

Hedley sortit, la laissant seule dans le salon privé. Elle prit le portable dans son sac pour appeler Barry.

— Bonjour, monsieur Barry. C'est moi.

— Oui, et je sais qui tu es, salope. Et je sais aussi où tu es, à Long Island.

— Comme vous êtes bien informé !

— Tu auras bientôt de mes nouvelles, lady Helen Lang. Je connais ton adresse à Londres, et celle de ta maison dans le Norfolk. Ce que j'ai fait à ton fils, c'est rien à côté de ce que je vais te faire !

— Eh bien, monsieur Barry, vous voilà bien énervé. Ce n'est pas bon pour votre cœur, dit-elle avant de raccrocher.

Chad Luther était né à Charlesville, Texas, troisième enfant d'un fermier qui avait déjà touché le fond de la déchéance au moment de sa venue au monde. Après avoir vu mourir cinq de ses enfants, l'homme avait sombré dans l'alcool et l'apathie. À l'âge de faire son service militaire, Chad avait été envoyé au Viêt-nam et en était revenu deux ans plus tard avec le sentiment d'être un survivant. Son père était mort et sa mère agonisante, et il avait hérité deux cent quatorze hectares de terres incultes et incultivables dont il n'avait su que faire jusqu'à ce qu'on y découvre du pétrole. Courtisé par les grandes compagnies, le jeune héritier avait fini par céder son bien pour dix millions de dollars. Et sur cette base, il avait bâti un empire. Les dix millions étaient désormais huit cents, et continuaient à faire des petits dans les secteurs des hydrocarbures, de la construction et des loisirs. Et Luther fréquentait désormais les riches et les puissants de ce monde, à commencer par le président des États-Unis.

Il était particulièrement fier de sa propriété de Long Island, avec ses terrasses et ses pelouses descendant jusqu'à la mer, et le port qu'il avait fait construire pour abriter son yacht et sa collection de hors-bord. Une grande agitation régnait cet après-midi-là dans la demeure et aux alentours.

Toutes les fenêtres étaient illuminées et des flots de musique s'en échappaient. Tout ce qui comptait à New York, à Washington et ailleurs était là, et — comme l'avait fait remarquer Dillon — même si on ne comptait pour rien, on avait intérêt à s'y trouver.

Luther, resplendissant dans son smoking bleu et sa chemise à jabot plissé, accueillit le Président et Henry Thornton.

— C'est une grande joie que vous me faites, monsieur le Président.

— Je suis content d'être ici, Chad.

— Nous avons préparé pour vous un appartement au rez-de-chaussée.

Il les précéda, tandis que Clancy Smith fermait la marche. Le salon était accueillant, il y avait du feu dans la cheminée, des murs recouverts de boiseries et des portes-fenêtres donnant sur la mer. Le Président fit quelques pas sur la terrasse. L'eau n'était pas loin.

— C'est très joli.

— J'attends l'heure du dîner avec impatience, monsieur le Président.

— Ce sera un plaisir pour moi aussi.

Luther sorti, Jake Cazalet se tourna vers son directeur de cabinet :

— Que n'aurai-je pas fait pour l'Amérique !

L'hélicoptère se posa à Westhampton où une limousine attendait Blake et Dillon. Au même moment, Helen Lang arrivait devant la demeure dans une Lincoln conduite par Hedley. Elle en descendit, arrangea les plis de sa jupe et se campa à côté de la voiture, son sac à la main.

— Ça ira ?

— Comme toujours, lady Helen.

Il arborait sur sa veste le disque en matière platique qu'on lui avait envoyé pour lui permettre de franchir l'entrée de la propriété.

— À tout à l'heure.

La porte d'entrée était grande ouverte. En haut des marches elle se trouva nez à nez avec deux agents du service de sécurité.

— Votre invitation, madame ?

Dans le geste qu'elle fit pour ouvrir le sac, sa main effleura le pistolet et le sang se glaça dans ses veines. Dieu, quelle idiote elle était ! On ne plaisantait pas avec la sécurité en de telles circonstances. Ces hommes allaient fouiller son sac, découvrir l'arme, et que ferait-elle alors ? Elle resta pétrifiée, la main dans son sac, pendant deux secondes qui lui parurent une éternité, puis elle aperçut Chad Luther qui se frayait un chemin vers elle à travers la foule des invités.

— Je vous en prie, messieurs. Cette dame n'a pas besoin de montrer son invitation !

Il l'embrassa sur la joue droite.

— Chère, chère amie ! Vous êtes superbe, comme d'habitude ! Je vous ai fait placer à la table d'honneur, avec moi et le Président.

— Quel gentil garçon vous faites, Chad.

— Ce n'est pas difficile, avec quelqu'un comme vous. Venez, venez donc, il y a là quelqu'un que je veux absolument vous présenter.

Les deux sbires firent mine de protester, mais Luther l'entraînait déjà à l'intérieur.

Elle sourit, prit une coupe de champagne sur le plateau que lui présentait un maître d'hôtel, et plongea dans la foule.

Dillon et Blake arrivèrent un peu plus tard, se mêlèrent aux invités et repérèrent très vite le Président au milieu du groupe qui l'assiégeait.

— On ne pourra jamais lui parler tranquillement, constata Dillon.

— On a le temps.

Les plans de tables étaient affichés à l'entrée de la salle à manger. Dillon s'approcha, fit une grimace :

— Quel dommage, nous ne mangeons pas ce soir.
— C'est la vie, mon vieux. J'ai des instructions à donner. Garde un œil sur notre petit monde.
Il sortit.
Dillon alluma une cigarette, prit une coupe de champagne et fendit la foule en direction du jardin. Une petite brise soufflait, il faisait assez frais et les promeneurs étaient rares. Comme il s'accoudait à la balustrade, Helen Lang apparut en haut des marches.
Elle sourit.
— Tiens, c'est vous, monsieur Dillon ?
— Décidément, nous sommes abonnés aux rencontres fortuites. Voulez-vous que j'aille vous chercher un verre ?
— Offrez-moi plutôt une cigarette.
Il en tira une de son vieil étui argenté.
— Voici.
— Et qu'est-ce qui vous amène ici, monsieur Dillon ?
Il se lança :
— Ah... la même chose que vous, peut-être, lady Helen. Car je crois que nous avons quelque chose en commun. Un contact à la Maison Blanche ?
Il lui offrit la flamme de son antique Zippo, sans la quitter des yeux, mais elle ne changea pas d'expression.
— Intéressant, dit-elle.
— C'est fini, reprit-il, d'un ton pressant. Je ne sais pas ce que vous avez l'intention de faire, mais c'est fini, et...
Avant qu'il ait achevé sa phrase, elle lui décocha l'un de ces sourires qui lui allaient droit au cœur.
— Allons, mon ami, rien n'est jamais fini tant que je n'en ai pas décidé ainsi.
Comme il restait bouche bée, elle sourit à nouveau :
— Mon pauvre monsieur Dillon, vous tuez des gens pour un oui ou pour un non, et pourtant vous êtes un type bien.
Puis, tournant les talons, elle s'éloigna.

Chad Luther parvint à arracher Cazalet à la foule qui l'entourait :

— Le Président a besoin d'une petite pause avant le dîner, mesdames et messieurs, je vous en prie.

— Bien joué, Chad, le félicita Cazalet, tandis qu'ils s'esquivaient, suivis de Clancy Smith.

Luther les ramena à l'appartement présidentiel.

— La salle de bains et les toilettes, c'est par là, monsieur le Président, et si vous voulez prendre un verre, vous trouverez ici tout ce qu'il faut.

Tout en parlant, il avait fait pivoter un panneau de boiserie pour découvrir un magnifique bar dans une niche tapissée de miroirs.

— Chad, vous êtes un hôte parfait, comme toujours.

— Je vous laisse, maintenant.

Luther à peine sorti, Clancy Smith se livra à une rapide inspection des lieux. Il commença par la salle de bains, puis ouvrit la porte-fenêtre donnant sur la terrasse, et la referma.

— Clancy, vous êtes un vrai chien courant, tout le temps à flairer dans tous les coins, dit Cazalet.

— C'est pour ça qu'on me paie, monsieur le Président. Il y a des agents des Services Secrets dans le jardin. J'y vais faire un tour.

Il sortit en refermant la porte derrière lui.

Cazalet s'approcha du bar, en proie à un débat intérieur. Il prit une bouteille de scotch sur une étagère, puis la reposa. Mieux valait s'abstenir. La soirée n'avait pas commencé et elle risquait d'être longue. Pour compenser, il prit un paquet de Marlboro et en choisit une. Il fallait bien avoir un vice, bon sang ! Il alluma sa cigarette et alla ouvrir une porte-fenêtre.

Une demi-lune brillait au ciel et la pluie avait cessé. Cette partie de la maison était proche de la mer. De sa terrasse il voyait une longue pelouse, des pins, un plan d'eau presque entièrement fermé par deux langues de terre. Un hangar à bateaux se dressait sur la rive et un magnifique hors-bord se balançait à côté.

C'était vraiment très beau. Il respira à pleins poumons, et une voix calme et joliment timbrée s'éleva tout près de lui :

— Puis-je vous demander du feu ?

Il se retourna pour voir Helen Lang qui sortait d'un fourré au pied des marches.

Elle avait erré un moment dans le jardin, saisie d'une étrange tristesse, comme si elle avait senti venir la fin de quelque chose. Une douleur fulgurante dans la poitrine l'avait forcée à s'asseoir sur un banc. Elle avait prestement avalé deux pilules et avait attendu, sans faire un mouvement, de se sentir mieux.

Elle pensait à Cazalet. C'était maintenant ou jamais. Elle hésita, en proie à une incertitude qui ne lui ressemblait pas et l'étonnait elle-même. Cazalet était un type bien, un héros, rejeton d'une riche famille qui aurait pu lui éviter d'aller au Viêt-nam, mais il avait choisi de servir dans l'armée et en était revenu couvert de décorations. Puis il était devenu un président solide, attaché à une politique progressiste, chez qui on aurait cherché en vain la moindre trace de cette arrogance que donne le pouvoir. Et il avait tendrement soigné, des années durant, une épouse que la leucémie consumait à petit feu. Un type bien. Mais Peter, lui aussi, avait été un type bien. Et pour Helen, le temps pressait, désormais.

Elle se leva, suivit le sentier qui la ramenait vers la maison, entendit une porte-fenêtre s'ouvrir, leva les yeux et vit Cazalet sur la terrasse. Elle hésita une fraction de seconde puis ouvrit son sac à main et effleura le colt du bout des doigts avant de sortir son étui à cigarettes en argent.

— Puis-je vous demander du feu ?

— Mais bien sûr.

Il descendit les marches, la flamme jaillit de son briquet. Elle lui saisit le poignet :

— On ne voit pas cela souvent. Une ancienne cartouche Lee Enfield.

— C'est un souvenir du Viêt-nam... Mais comment avez-vous reconnu une Lee Enfield ?

— Mon mari était colonel dans l'armé britannique. Il avait le même briquet. Vous ne vous souvenez pas de moi. Nous avons seulement échangé une poignée de main, lors d'une cérémonie à Boston. Je suis lady Helen Lang.

Il sourit avec chaleur à l'énoncé du nom.

— Mais bien sûr ! Mon père et le vôtre faisaient des affaires ensemble, à Boston, il y a bien longtemps. Vous avez épousé un baronet anglais, si je ne me trompe ?

— Sir Roger Lang.

— Il vous accompagne, ce soir ?

— Oh, non. Il est mort voici deux ans. Nous avions un fils unique, qui a été tué en Irlande du Nord, et mon mari était déjà âgé et de santé fragile. Il n'a pas survécu au choc.

— Je vous plains sincèrement.

— Je n'en doute pas.

Il lui prit la main d'un geste instinctif et, comme elle ouvrait la bouche pour dire quelque chose, on entendit frapper à la porte de l'appartement.

— Veuillez m'excuser, dit-il, en remontant les marches.

En arrivant sur la terrasse il se retourna, mais elle avait disparu comme par enchantement.

Dillon et Blake étaient dans la grande salle de bal où se pressait la foule des invités quand le portable de Blake se mit à sonner dans sa poche. C'était Alice Quarmby :

— J'ai fait un petit tour dans le passé de Thornton, patron, comme vous me l'aviez demandé. Et ma foi, je ne suis pas déçue du voyage. Écoutez plutôt...

Blake l'écouta pendant plusieurs minutes, les traits impassibles.

— Merci, Alice, dit-il enfin. Vous êtes un ange.

— C'était important ? demanda Dillon.

— On peut le dire. Thornton est bien l'homme que nous cherchions, et je sais pourquoi, désormais. Je t'expliquerai ça plus tard. Il nous faut maintenant trouver le Président.

— Il n'a pas l'air d'être ici.

— J'aperçois Luther. Il pourra peut-être nous renseigner.

Mais Luther, quand ils le rejoignirent, était en pleine conversation avec Henry Thornton. Les deux hommes avaient chacun une coupe de champagne à la main et riaient aux éclats.

— Eh, vous deux, vous ne buvez pas ? leur lança Luther.

— Jamais pendant le service, répondit Blake, de son ton le plus aimable. Je vous présente Mr. Dillon, un collègue de Londres. Le Président a demandé à le voir dès qu'il serait ici.

— Il est allé se reposer.

— Monsieur Dillon, je suis enchanté de vous connaître, dit le directeur de cabinet en tendant la main. Votre réputation vous a précédé.

— J'en suis ravi.

Thornton posa son verre et se tourna vers Luther :

— Je sais où se trouve l'appartement, je vais les y conduire. Par ici, messieurs.

Il se fraya un chemin à travers la foule et ils le suivirent jusqu'au corridor où Clancy Smith montait la garde à côté de la porte.

— Tout se passe bien, Clancy ?

— Comme sur des roulettes, monsieur Thornton.

Le directeur de cabinet frappa, ouvrit la porte et les précéda dans le salon.

Cazalet était encore sur la terrasse, devant la porte-fenêtre ouverte.

— Il y a un problème, monsieur le Président ? demanda Thornton.

— Non, j'étais en train de discuter avec une personne assez curieuse, mais elle semble s'être volatilisée dans la nature, dit Cazalet.

Puis il sourit.
— Monsieur Dillon !
Il lui serra chaleureusement la main.
— Quel plaisir de vous revoir !
— Je n'en suis pas si sûr, monsieur le Président. Je crains que vous n'ayez envie de tuer le messager quand vous aurez entendu ce que Blake va vous dire.
— C'est si terrible que ça ? répondit Cazalet en s'adossant à la balustrade. Dans ce cas, laissez-moi le temps d'allumer une cigarette.
Il prit une Marlboro, et Dillon lui présenta la flamme de son Zippo.
— Bien, messieurs, allez-y, je suis prêt au pire.
Juste au-dessous, dissimulée dans le feuillage, Helen Lang écoutait.
— Vous savez tout des Fils d'Érin, monsieur le Président, tout comme nous, commença Blake. Nous pensons depuis le début que cette série de meurtres a pour auteur une seule et même personne. Et qu'il doit y avoir à l'origine un puissant mobile personnel.
— Oui, dit Cazalet en hochant la tête. Il aura fallu que quelqu'un commette un acte abominable pour susciter un tel désir de vengeance.
— Eh bien, nous savons désormais ce qu'a été cet acte.
Il se tourna vers Dillon :
— Sean ?
— Pendant des années, des informations ultraconfidentielles transmises à la Maison Blanche par les Services de renseignements britanniques ont été livrées aux Fils d'Érin et à Jack Barry. Il y a trois ans, ces fuites ont permis à Jack Barry et à ses hommes de capturer et d'assassiner les cinq membres d'un commando secret de l'armée britannique infiltré en Irlande du Nord. Ce commando était placé sous le commandement du major Peter Lang. Celui-ci a été torturé, exécuté et son corps jeté dans une bétonnière.
— Un crime particulièrement atroce..., dit Blake.

— Attendez, l'interrompit Cazalet. Le major Peter Lang ?

— Oui.

— Mais je viens de parler avec lady Helen Lang ! Et elle m'a dit que son fils avait été tué en Irlande !

— C'est bien sa mère, monsieur, confirma Dillon. Je la connais aussi.

— Et c'est bien elle qui a exécuté les Fils d'Érin, ajouta Blake.

Profitant du silence du Président, qui semblait abasourdi, Thornton intervint :

— Allons, ce n'est pas possible ! Une femme seule ? Une vieille dame comme elle ? On ne me fera pas croire ça !

— La chose, pourtant, ne fait guère de doute, lui rétorqua Blake.

— Il faut reconnaître qu'elle a fait fort, observa Dillon. Il ne reste plus de vivants que Jack Barry et le Contact.

— Que va-t-il se passer maintenant ? demanda Thornton. Si l'histoire est vraie, pourquoi n'arrête-t-on pas cette femme ?

— Qu'en pensez-vous, Blake ? demanda le Président.

— J'ai dit que la chose ne faisait guère de doute. Mais je crains que nous ne manquions de preuves, monsieur le Président. Il serait préférable, pour des raisons évidentes, de ne pas ébruiter cette affaire. Et il y a autre chose, monsieur.

— Quoi ?

— La présence d'un informateur — d'un traître — à la Maison Blanche. Les deux problèmes sont étroitement liés, comme vous l'aurez compris.

— Sans doute, dit le directeur de cabinet. Mais nous ne savons pas qui est cet informateur.

— Oh, nous le savons parfaitement, corrigea Dillon. Voyant que votre enquête interne ne donnait rien, monsieur Thornton, Blake Johnson a conduit la sienne, et voici le résultat.

Blake sortit de sa poche un petit magnétophone à cassette :

— J'ai fait appel au logiciel Synod pour avoir le relevé des appels destinés à un certain Jack Barry à partir de la Maison Blanche, puis de Washington.

— Et qu'avez-vous obtenu ? demanda Cazalet.

— Un certain nombre d'enregistrements, monsieur le Président. Mais il vous suffira d'en écouter un.

Il posa l'appareil sur la balustrade et pressa le bouton de mise en marche.

« Lady Helen Lang. Elle assistera demain soir à un super-pince-fesses sur Long Island. Inutile, donc, de la chercher chez elle.

« Je peux attendre. Ne vous en faites pas. Elle ne le sait pas, mais elle ne fait déjà plus partie des vivants. »

Blake arrêta la bande, tandis que Cazalet se tournait, horrifié, vers son directeur de cabinet :

— Mon Dieu, Henry, mais c'est votre voix !

Thornton parut s'affaisser sur lui-même et s'adossa à la balustrade en baissant la tête. Il resta un instant dans cette position, prit une profonde inspiration et releva la tête pour les fixer d'un regard étincelant.

— Pourquoi, Henry, pourquoi ? demanda Jake Cazalet.

— Je crois pouvoir répondre à cette question, dit Blake en regardant Thornton. Votre mère avait un frère illégitime, votre oncle, né à Dublin. Il s'est engagé aux côtés de Michael Collins, a participé au Soulèvement de Pâques en 1916 et a été exécuté par les Brits.

— Abattu comme un chien, sans autre forme de procès, corrigea Thornton. Sept balles. Ma mère n'a jamais oublié. Moi non plus.

— Et pendant votre dernière année d'études à Harvard, une jeune fille du nom de Rosaleen Fitzgerald, originaire d'Irlande du Nord, a été tuée lors une fusillade dans les rues de Belfast, continua Blake. Vous l'aimiez.

— Assassinée, martela Thornton. Par les soldats britanniques. Les salauds !

— Et quelques années plus tard, enchaîna Dillon, on vous retrouve directeur de cabinet à la Maison Blanche. C'est le moment où les gens des Services Secrets britanniques se mettent à échanger des renseignements avec leurs collègues américains, et vous y voyez très vite l'occasion de vous venger. En aidant la rébellion pour que l'Irlande soit libre.

— Comment êtes-vous entré en contact avec les Fils d'Érin ? demanda Barry.

— Par Cohan. J'ai été invité à une soirée organisée à New York pour collecter des fonds au profit du Sinn Fein. Il était ivre. Il m'a parlé de ce club et du soutien qu'il voulait apporter à la Cause.

— Et Barry ?

— Je l'ai rencontré à New York, où il était venu acheter des armes pour l'IRA. Brady, qui était l'un des patrons du Syndicat des transporteurs routiers, le connaissait. Il l'a présenté aux autres. C'est à cette occasion qu'ils ont décidé de s'appeler les Fils d'Érin. Cohan se vantait de le connaître. À cette époque — c'était tout au début du processus de paix —, il logeait au Mayfair, sous son vrai nom, et ne se cachait pas le moins du monde. Le *New York Times* avait même signalé sa présence. Les choses se sont passées le plus simplement du monde. J'ai proposé, anonymement, de lui fournir des renseignements. Je n'étais pour lui qu'une voix au téléphone.

— Puis il y a eu le retour de bâton.

Thornton eut un curieux sourire :

— Vous ne trouvez pas ça incroyable ? Une femme comme elle ? Qui l'aurait cru ?

Cazalet se tourna vers Blake :

— Quel désastre. Qu'allons-nous faire ?

Au même moment, Thornton, prenant appui d'une main sur la balustrade, sautait par-dessus.

Il se reçut à quatre pattes, se releva aussitôt et partit en courant, sans s'apercevoir qu'Helen Lang, dissimulée dans un fourré, avait tout entendu.

— Vous n'irez pas loin, Henry ! cria Cazalet en dévalant les marches derrière Blake et Dillon.

Clancy Smith, alerté par les cris, ouvrit la porte et traversa l'appartement pour se précipiter à leur suite.

— Monsieur le Président ?

— Par ici, Clancy ! lança Cazalet.

Clancy, les suivit, après avoir lancé un appel à tous les agents du service de sécurité présents sur les lieux.

Helen Lang les laissa prendre un peu d'avance et les suivit à son tour, prudemment.

Il y avait maintenant beaucoup de monde dans les jardins, des petits groupes d'invités sortis, un verre à la main, pour goûter la fraîcheur du crépuscule et admirer la vue. Et parmi eux, Hedley. Inquiet pour lady Helen, il avait ôté sa casquette de chauffeur et s'était approché par l'arrière de la maison. Les agents de la sécurité l'avaient laissé passer après avoir examiné son badge. Servi par le hasard, il avait aperçu lady Helen au pied de la terrasse, puis avait vu le Président sortir par la porte-fenêtre et s'approcher de la balustrade tandis qu'elle montait les marches pour échanger quelques mots avec lui.

Il ne comprit pas ce qui se passait quand Thornton, Blake et Dillon apparurent à leur tour et qu'il vit lady Helen disparaître dans un fourré. Pendant quelques minutes, il entendit le bruit de leurs voix mais il était trop éloigné pour suivre leur discussion. Puis Thornton bondit pardessus la balustrade. Le Président et les autres se lancèrent à sa poursuite. Mais il n'y avait plus trace de lady Helen. Hedley se remit en marche, en supposant qu'elle avait pris la même direction.

Thornton se fraya un chemin à travers les fourrés, tomba sur un genou et ne bougea plus. Il sentait à sa ceinture le poids du pistolet qu'il y avait glissé un peu plus tôt. Il avait l'intention de s'en servir le soir même contre Helen Lang, mais il l'emploierait peut-être à un autre usage. Un certain affolement régnait autour de la maison. Les hommes de la sécurité, prévenus par Clancy Smith, parcouraient les jardins en tous sens, à la grande frayeur des invités que les cris avaient déjà alertés. Lady Helen suivait Thornton de près. Elle ne l'avait pas perdu un instant de vue depuis qu'il avait sauté par-dessus la balustrade pour se tapir dans les fourrés.

Mais elle ne s'était pas rendu compte que Hedley la suivait de près lui aussi. Comme les autres s'éloignaient, elle vit devant elle Thornton qui se ruait hors de sa cachette et partait à toutes jambes vers la mer en baissant la tête. Il atteignit l'embarcadère en bois qui jouxtait le hangard à bateaux et elle entendit le martèlement de ses pas sur les planches. Il s'était arrêté devant le hors-bord et commençait à détacher les amarres quand elle le rejoignit.

— Monsieur Thornton ! appela-t-elle.

Thornton se figea, puis se tourna vers elle, un Smith & Wesson à la main. En voyant cette silhouette féminine debout dans la pénombre, il comprit instantanément à qui il avait affaire.

— C'est vous, espèce de garce !

— Oui, monsieur Thornton, c'est bien moi. Nous voici donc à la fin de l'histoire. Vous savez, je pense, ce qui est arrivé à mon fils. Le moment est venu de régler cette dette.

— Allez au diable !

En parlant, il pointait le Smith & Wesson.

Helen Lang plongea la main dans son sac pour prendre le colt.

Hedley s'était déjà faufilé dans l'obscurité jusqu'à la poupe du hors-bord et s'approchait de Thornton par-derrière. Il glissa sur le pont humide. Au bruit qu'il fit, Thornton se retourna, leva son arme pour tirer et Helen lui logea une balle dans la nuque. Il tomba à genoux avant de s'étaler de tout son long. Hedley se releva.

— Allez m'attendre au parking. Je m'occupe de ça. Allez-y !

Tournant les talons, elle s'éloigna à grands pas.

En étudiant la description des lieux fournie par Chad Luther au bureau d'Helen Lang à Londres, Hedley avait noté la présence, à l'entrée de la baie, d'un récif qui ne pouvait se négocier qu'à marée haute. À cette heure, la marée était basse. Après avoir jeté le cadavre de Thornton sur le pont arrière, il entra dans la cabine de pilotage et mit le contact. Quand le moteur fut lancé, il sauta sur la jetée, largua les amarres, et laissa partir le hors-bord. Quand celui-ci atteignit le récif il filait déjà à une telle vitesse qu'il s'envola littéralement sous le choc et explosa en retombant.

Les cris de frayeur des invités et ceux des agents de sécurité, qui s'appelaient les uns les autres, retentirent dans les jardins. Hedley, caché derrière des buissons, vit arriver Blake, Dillon et le Président.

— Oh, mon Dieu ! s'écria Cazalet en regardant les flammes sur la mer.

Hedley rebroussait chemin vers la maison quand il entendit un cri. C'était la voix d'Helen.

— Lâchez-moi !

— Il faut que je voie ce qu'il y a dans votre sac, madame.

C'était Clancy Smith qui tenait lady Helen par le poignet à la lueur blafarde d'un projecteur niché dans le feuillage.

Hedley bondit, saisit Clancy par le bras et le repoussa brutalement.

— Laisse-la tranquille, mon gars.

— Services Secrets, garde du corps du Président, dit Clancy. Je fais ce que j'ai à faire.

— Pas avec elle !

Clancy, qui avait fait la guerre du Golfe, savait reconnaître le danger quand il se présentait. Il tira de son étui, avec une belle célérité, le Beretta qu'il portait à l'épaule. Mais il en fallait plus pour arrêter Hedley. Son bras se détendit à la vitesse de l'éclair pour frapper le Beretta et son silencieux. Clancy resta hébété par la force du coup. Il n'avait jamais rien vu de tel.

Hedley lui tordit le bras.

— Tu étais dans les Forces spéciales, c'est ça ?

— Je t'emmerde.

— Pas autant que moi, mon gars. J'ai rempilé trois fois au Viêt-nam, et dans les Marines, et j'ai fini sergent-major. La guerre du Golfe, à côté, c'était de la rigolade. Alors, laisse tomber.

Clancy Smith était un type courageux, mais la pression sur son bras était insupportable. Le Beretta tomba à ses pieds. Hedley le fit pivoter, saisit les menottes que Clancy avait sur lui et les referma autour de ses poignets. Clancy s'écroula, le visage contre terre.

— Faut pas te vexer pour ça, dit Hedley. J'ai tué plus de gens que tu l'imagines.

Il se tourna vers Helen :

— Allons-y, madame.

Ils s'éloignèrent rapidement en suivant le sentier. Clancy parvint, non sans peine, à se remettre debout. Un instant plus tard, deux de ses collègues le rejoignirent.

Hedley aida lady Helen à monter dans la limousine, se mit au volant et démarra.

— Ça va ?

Elle ne répondit pas tout de suite car elle reprenait son souffle.

— Ça va, Hedley. Direction l'aéroport. Appelez-les. Dites-leur de se tenir prêts pour un décollage immédiat. Nous rentrons à Londres.

Il décrocha le téléphone.

— Vous avez vu le Président ?

— Oui. C'est un type bien, Hedley. Et il a eu de la chance.

Il ne répondit rien, se contentant de transmettre les instructions à l'aéroport et de raccrocher.

— Alors, c'était quoi tout ce tintouin, là-bas ? Qui était ce type ?

— Le Contact en personne, et il a eu la fin qu'il méritait. Henry Thornton, directeur de cabinet du Président.

— Bon Dieu ! s'exclama-t-il en secouant la tête. C'est incroyable !

— Il faut que je vous dise encore une chose. Ils savent, pour moi, Hedley. Le président Cazalet, Blake Johnson, Dillon, Ferguson...

Il lui jeta un regard atterré dans le rétroviseur :

— Mais qu'allez-vous faire ?

— Rentrons chez nous à Compton Place et nous ferons le point sur la situation.

Il se taisait. Elle alluma une cigarette.

— Accélérez, Hedley, accélérez !

Elle prit le portable et appela Barry, qui était encore au lit.

— C'est encore moi, dit-elle. Je voulais simplement vous donner quelques nouvelles.

Il se dressa sur son séant, tendit la main vers son paquet de cigarettes et parvint à garder son calme :

— Bonnes ou mauvaises ?

— Mauvaises, j'en ai peur. Votre Contact était un certain Thornton, directeur de cabinet du Président. Il trouvait amusant d'aider la rébellion sous prétexte qu'il avait de vieux comptes à régler avec l'armée britannique. Un oncle fusillé, une petite amie victime d'un accrochage entre rebelles et forces de l'ordre dans les rues de Belfast...

— Comment savez-vous tout ça ?

— Il a été démasqué par Sean Dillon et Blake Johnson Il y a eu une confrontation générale au cours d'une soirée à laquelle assistait le Président, et comme je me trouvais moi-même à proximité, j'ai tout entendu.

— Et Thornton ?

— Je lui ai logé une balle dans la tête. Puis il a été pulvérisé par une explosion assez spectaculaire. Cela vous rappelle quelque chose ?

Un long silence suivit.

— Alors, dit enfin Barry, il ne reste plus que vous et moi. Où êtes-vous maintenant ?

— Toujours à Long Island. Je m'apprête à prendre un avion pour Gatwick afin de rentrer chez moi dans le Norfolk.

— Compton Place, je connais.

— Je dois donc m'attendre à une visite ?

— Vous pouvez y compter. Je vais prendre un avion, moi aussi.

— Vous m'en voyez ravie.

Elle reposa le portable.

— Vous cherchez les ennuis, lady Helen. Et vous risquez d'avoir d'autres visites. Le général Ferguson...

— Peu m'importe, du moment que Barry arrive le premier. Passez-moi le flacon.

Il obéit, à contrecœur, et l'entendit secouer sa boîte à pilules pour en avaler deux avant de boire.

— Très bien, dit-elle. Nous serons là-bas à temps.

Clancy retrouva le Président, Blake et Dillon sur la terrasse de l'appartement présidentiel et leur raconta ce qui lui était arrivé.

— Donc, dit Blake, il était noir, taillé comme une armoire à glace, et il a dit qu'il avait fait le Viêt-nam ?

— C'est ça.

Dillon se tourna vers le Président :

— Ce ne peut être que le chauffeur, Hedley Jackson. S'il nous manquait une preuve pour nous convaincre, la voici.

— Faites-le rechercher par vos hommes. Fouillez les jardins et la maison.

— Il y a ici plus de cinq cents personnes, fit observer Clancy.

— Essayez toujours.

Clancy s'éloigna.

— Ainsi, Thornton est mort, dit le Président, pensif. Voilà un accident qui arrive fort à propos, n'est-ce pas ?

— Je ne vous le fais pas dire, monsieur le Président, acquiesça Dillon.

— Mais vous ne croyez pas aux accidents ?

— En effet, monsieur le Président, répliqua Dillon avec un léger sourire. Surtout quand cette dame est dans les parages.

14

PEU après qu'Helen eut appelé Barry, le téléphone sonna chez Ferguson à Cavendish Square. C'était Dillon :

— Je passe mon temps à vous appeler à des heures impossibles pour vous annoncer des catastrophes.

— De quoi s'agit-il, cette fois ?

Dillon raconta.

— Quelle horreur ! s'exclama Ferguson. Le directeur de cabinet ? Qui se serait douté d'une chose pareille ?

— C'est déjà du passé, répondit Dillon. Il a cramé comme un poulet, et ce n'est pas moi qui le plaindrai. Beaucoup de gens sont morts par sa faute, et si on n'avait que la fin de Peter Lang à lui reprocher il mériterait déjà l'enfer. Heinrich Himmler aurait été fier de lui.

— Et Helen Lang ? Où est-elle ?

— Blake s'en occupe. Je vous préviendrai dès qu'on le saura. Elle n'est certainement plus ici, en tout cas.

Ferguson raccrocha, réfléchit quelques minutes et appela Hannah Bernstein. Il fut surpris de lui trouver l'esprit aussi clair, oubliant qu'il y avait là-derrière quinze années d'expérience dans la police.

— Bernstein ? C'est moi. J'en ai de belles à vous apprendre. La tragédie grecque revit à Long Island. Désolé, inspecteur principal, mais il faut avancer l'heure de votre prise de service.

— Bien sûr, monsieur.

— Autre chose. Le grand patron m'a appelé hier soir, de son bureau de Scotland Yard.

— Il y a un problème, monsieur ?

— Pas vraiment. Vous êtes nommée commissaire, Branche spéciale de Scotland Yard.

— Eh bien... J'en connais quelques-uns qui vont faire une sale tête à la cantine.

— Soyons francs, commissaire. Et laissons de côté votre doctorat en psychologie de l'université de Cambridge. À ma connaissance, vous avez déjà tué quatre fois dans l'exercice de vos fonctions.

— Il n'y a pas de quoi me vanter, monsieur.

— Si cela peut apaiser votre conscience hassidique, commissaire, par Gédéon et l'Épée de Dieu, ces gens-là ne méritaient pas autre chose ! Sans parler de la balle que vous avez reçue vous-même et qui a bien failli vous expédier dans l'autre monde. Vous savez combien je suis fier de travailler avec vous, commissaire. Quoi qu'il en soit, Kim est déjà en train de nous préparer du café et des œufs brouillés, et nous attendrons ensemble que Dillon nous appelle pour annoncer les prochaines catastrophes. Je vous raconterai tout cela dès que vous serez là.

Le Président et Dillon discutaient devant la cheminée quand Blake revint à l'appartement. Cazalet se retourna à son entrée :

— Il y a du nouveau ?

— Concernant lady Lang, monsieur le Président ? Oui. Elle est partie ce matin de Gatwick à bord d'un Gulfstream de sa compagnie pour arriver à Westhampton en fin d'après-midi.

— Et ensuite ?

— Elle était ici en début de soirée, comme vous l'avez vu. Mais le temps de la pister, son avion était déjà reparti, peu avant dix heures.

— Destination ?

— Gatwick. (Blake hésita.) Que préconisez-vous, monsieur le Président ?

— Au sujet de lady Helen ?

Cazalet se tut un instant. À le voir réfléchir ainsi en fronçant les sourcils, on sentait que le politicien averti, rompu aux situations délicates et aux décisions rapides, avait repris le dessus.

— Si cette affaire s'ébruite, dit-il enfin, c'est tout le processus de paix qui risque de capoter. Il faut être pragmatique. La mort de Thornton peut passer pour un regrettable accident. Un homme m'a agressé, Thornton l'a poursuivi, et ils sont morts tous les deux. On a déjà trouvé des explications pour les morts de Brady, Kelly et Cassidy. Et celle de Tim Pat Ryan à Londres ?

— C'était un truand, suggéra Dillon. Et tout ce que Londres compte de truands voulait sa peau.

— Parfait. Quant à Cohan (Cazalet haussa les épaules), je ne verserai pas une larme pour cette fripouille. Il avait bu un verre de trop, et il est tombé de son balcon, point.

— Vous voulez dire, en somme, qu'il ne s'est rien passé, monsieur le Président ? demanda Blake.

— Cette affaire est de la dynamite, Blake. Pour la Maison Blanche comme pour Downing Street. Nous voulons tous la paix, et ce n'est pas ça qui va...

— ...tout remettre en cause, acheva Blake.

— Il reste Jack Barry, fit observer Dillon en allumant une cigarette. S'il disparaissait à son tour ?

— Pour le coup, ce serait vraiment comme s'il ne s'était jamais rien passé, répondit promptement Blake.

Ils se regardèrent en silence.

— Vous oubliez lady Helen, dit enfin Cazalet. Elle a tué six personnes — à notre connaissance.

— Je vois, dit Dillon. Et vous voudriez maintenant qu'elle paie pour avoir expulsé de cette vallée de larmes une bande d'absolus salopards responsables d'un nombre incalculable de morts, à commencer par celle de son fils ?

— Au regard de la loi, c'est une criminelle multirécidiviste.

— Je l'ai été bien plus souvent qu'elle, et souvent pour de plus mauvaises raisons, rétorqua Dillon. Et vous-même, monsieur le Président, vous avez rapporté quelques jolies médailles du Viêt-nam. Tout comme Blake. Si nous faisions le compte des cadavres ?

— Sacré Dillon ! pesta Cazalet. D'accord. Mais le problème reste entier. Que faisons-nous pour lady Helen ?

— Elle n'est plus sous votre juridiction, lui fit observer Blake.

— C'est vrai. Mais ma responsabilité n'en est pas moins engagée.

Il hésita une seconde avant d'ajouter :

— Très bien. Appelez-moi le général Ferguson.

On lui passa la communication.

— Monsieur le Président ?

— Dillon m'a dit que vous étiez au courant. Ce que vous ne savez pas encore, c'est que lady Helen Lang se trouve en ce moment à bord d'un Gulfstream qui fait route vers Gatwick. Ça va mal, général. Laissez-moi vous résumer la conversation que je viens d'avoir avec Dillon et Blake Johnson.

— Donc, il ne s'est rien passé, monsieur le Président, dit la voix de Ferguson, parfaitement audible dans le haut-parleur branché sur le téléphone. C'est entendu, je ferai de mon mieux, ici. Mais pour lady Helen... ?

— J'espère que vous trouverez une solution. Vous pouvez en parler à votre Premier ministre. Je l'appellerai plus tard, mais nous comptons sur vous en ce qui la concerne. Je vous envoie Blake et Dillon le plus vite possible. Je peux mettre un avion à leur disposition.

— Comptez sur moi, promit Ferguson. Je ne sais pas encore comment je vais m'y prendre, mais je trouverai bien quelque chose.

— On reste en contact, lui dit Blake.
— Le plus étroit possible, ajouta le Président, en souriant. À vous de jouer, messieurs.

Le Gulfstream monta à quinze mille mètres et vira au-dessus de l'Atlantique. Lady Helen Lang, vieille habituée du Foreign Office, appela le ministère de la Défense et demanda à parler d'urgence au général Charles Ferguson. Elle se rappelait aussi un numéro de code du temps où son mari était encore vivant, et il fonctionna à merveille. Son appel suivit chez Ferguson à Cavendish Square.

Hannah Bernstein décrocha.
— Qui le demande ?
— Helen Lang, répondit-elle.
Puis elle sourit en reconnaissant la voix :
— Ah, je vous connais ! Vous êtes cette charmante femme policier que j'ai déjà aperçue.
Hannah pressa le bouton du haut-parleur et fit de grands gestes à l'adresse de Ferguson.
— Allô, Charles ?
— Helen, ma chère, ce n'est pas bien...
— Charles, vous savez que je vous ai toujours adoré malgré votre caractère impossible. Mais pour une fois, contentez-vous d'écouter. Ils ont tous payé pour ce qu'ils avaient fait. Le directeur de cabinet, c'était la cerise sur la gâteau. J'ignorais qui était ce fameux Contact. Il a essayé de me descendre, et c'est moi qui l'ai descendu. Peu importe, d'ailleurs. Il a finalement volé en éclats, et ce fut une très belle explosion. Votre Dillon a été très gentil. Il m'a dit que tout était fini. Il voulait m'aider. Quel charmant garçon, vraiment.
— Quand il ne tue pas les gens.
— Mon cher Charles, vous n'avez fait que cela, vous-même, pendant des années.
— Helen, dites-moi quelque chose. Comment avez-vous su... ?

— Grâce à ce pauvre Tony Emsworth. Rongé par le cancer et par les remords. Il possédait une copie du dossier et il m'a tout raconté, juste avant de mourir. Il y avait tout le monde, dans ce dossier. Vous, Mr. Dillon, cette charmante jeune femme. Et Barry. Et les Fils d'Érin.

— Je vois. Et maintenant ?

— Je rentre à Compton Place. J'y attends des invités. Mr. Barry et ses amis. C'est moi qui lui ai proposé de venir, et il n'a pas pu résister. Il m'a parlé d'un avion, mais je ne pense pas qu'il voyage sur les lignes régulières.

Ferguson resta un instant muet de stupéfaction.

— Vous n'allez pas faire ça, Helen.

— Bien sûr que si ! Mr. Barry est le dernier de la bande, et c'est lui qui a torturé mon fils. Si vous voulez vous joindre à nous, Charles, vous êtes le bienvenu. Mais si ce doit être la dernière chose que je ferai sur cette terre, je veux avoir cet homme en face de moi.

— Pourquoi dites-vous cela ?

— Mon cœur, Charles, ne va pas très bien. Rien de tel que le whisky et les pilules pour vous tenir en forme. De toute façon, si je ne peux pas l'avoir, je suis certaine que Mr. Dillon, lui, ne le ratera pas.

— Pour l'amour de Dieu, Helen...

— Pour l'amour de moi, Charles.

Elle raccrocha.

— Qu'en pensez-vous, monsieur ? demanda Hannah.

— Que devrais-je faire, à votre avis ? Nous n'avons rien, pas le moindre fait, pour justifier son arrestation.

— Donc ?

— Donc, je serai à Gatwick pour l'accueillir. On verra bien.

À Doonreigh, Docherty prenait son petit déjeuner quand la sonnerie du téléphone retentit.

— J'ai un gros paquet à toucher, il me faut un avion pour un aller-retour sur la côte. Le village s'appelle Compton, la maison Compton Place.

— Vous serez combien ?

— Quatre, peut-être cinq. Cet après-midi.

Docherty hésita :

— Je ne sais pas... Il y a pas mal de vols militaires dans ce coin-là.

— Écoute, mon salaud. J'ai dix mille livres pour toi dans un sachet de supermarché. Décide-toi.

— Laisse-moi un peu de temps, Jack. J'ai besoin de jeter un coup d'œil sur les cartes de la région. Je te rappelle.

— Dans combien de temps ?

— Dans une heure.

Barry raccrocha brutalement et, au lieu d'un verre, se versa une tasse de thé. Il alluma une cigarette et alla se camper devant la fenêtre pour regarder la pluie. Mais ce qu'il éprouvait n'était pas de la colère. De l'excitation, plutôt. Quelle femme !

L'avion du Président décolla de Westhampton. Comme chaque fois, Dillon fut surpris par le luxe des aménagements, les énormes fauteuils club, les tables en bois massif. Paul, le steward, était un sergent de l'armée de l'air. Il servit du café à Blake, un Bushmills à Dillon. Puis il revint avec un téléphone portable.

— Pour vous, monsieur Dillon. Le général Ferguson.

— Vous êtes tombé du lit, général ?

— Taisez-vous et écoutez. Je l'ai eue au téléphone.

— Et alors ?

— Elle a tout appris de la bouche de Tony Emsworth, peu de temps avant qu'il meure. Il avait conservé le dossier, illégalement bien sûr, et le lui a passé. Tous les noms y figuraient, y compris les nôtres. Et tous les détails sur la fin atroce de son fils, que l'Intelligence Service avait classée affaire secrète. Elle m'a dit aussi qu'elle avait descendu Thornton avant l'explosion du bateau. Et elle a prévenu Barry qu'elle rentrait chez elle à Compton Place. Elle veut qu'il y vienne.

— Comme on pouvait s'y attendre. C'est lui le dernier, n'est-ce pas ? Thornton, elle l'a eu en prime.

— Elle m'a dit qu'elle avait le cœur malade, ajouta Ferguson, et qu'elle marchait aux pilules et au whisky. Mais elle est décidée à aller jusqu'au bout, Dillon. Vous vous rendez compte... Une femme comme elle, aussi merveilleuse, attirant chez elle cette ordure...

— Allons, du calme !

— Et vous savez ce qu'elle a dit encore ? « De toute façon si je peux pas l'avoir, je suis certaine que Mr. Dillon, lui, ne le ratera pas. »

— Vraiment ? demanda Dillon, glacial.

— Dieu seul sait ce que je vais faire à Gatwick.

— Je peux vous le dire. Vous ne ferez rien parce qu'elle n'y sera pas. Dites à l'inspecteur principal de nous rejoindre sur la ligne.

— Vous pouvez l'appeler commissaire.

— Enfin, tu l'as eue, ta promotion ! dit Dillon à Hannah qui venait de décrocher. Si je te dis que c'est mérité, tu vas me répondre que j'en fais trop.

— Venons-en au fait, Dillon.

— J'ai appelé la météo avant de quitter Westhampton. C'est très mauvais sur toute l'Angleterre. Grosse dépression, brouillard... C'est pourquoi je disais au patron qu'elle ne serait pas à Gatwick. Et d'ailleurs je ne pense pas que c'était son intention. Elle va se débrouiller pour atterrir ailleurs.

— Très bien, je me renseigne là-dessus.

— Entendu. On se rappelle.

Docherty appela Barry :

— C'est d'accord, je peux vous emmener, toi et ta bande. Avec le Chieftain. Je connais un type dans le Norfolk : Clarke. Il avait monté une école de pilotage à Shankley Down, une ancienne base de ravitaillement de la Seconde Guerre mondiale. L'école a fait faillite, et il gagne sa croûte avec des vols clandestins vers la Hollande, en Cessna 310.

— La Hollande ou la planète Mars, je m'en fiche pas mal. Donc, c'est possible ?

— Oui. Je lui ai téléphoné. Shankley Down est à une heure de route de Compton Place.

— Parfait. Attends-nous dans deux heures.

Barry raccrocha brutalement, puis décrocha aussitôt pour appeler un autre numéro.

— Quinn à l'appareil. Qui appelle ?

— Barry. J'ai un coup à te proposer. Dans le Norfolk. Aller-retour en avion-taxi.

— Bon Dieu, Jack, dans le Norfolk ?

— Et alors, qu'est-ce que tu as de mieux à faire ? Tu préfères rester dans ta merde comme un vieux gorille, à pleurer sur les souvenirs du bon vieux temps ? Deux heures de vol aller, atterrissage sur un terrain désaffecté, deux heures de vol retour.

— Et dans l'intervalle ?

— On fait ce qu'on sait faire de mieux.

— On sera combien ? demanda Quinn, une pointe d'excitation dans la voix.

— Toi, moi, Dolan, Mullen, McGee. Alors, tu viens ?

— Et comment, bordel !

— On se retrouve à Doonreigh, chez Docherty, dans deux heures. Si les autres gars ne peuvent pas y être à temps, on partira tous les deux. Fusils et armes de poing.

— On y sera, Jack, on y sera tous, c'est juré. Et que vivent les Fils d'Érin !

— Vivre, tu parles, grommela Barry d'un ton sinistre, après qu'il eut raccroché.

À bord du Gulfstream, Helen Lang écouta le copilote lui décrire les conditions météorologiques qui régnaient sur les îles Britanniques.

— Ce n'est pas très bon, dit-elle.

— Nous pouvons tout de même tenter un atterrissage à Gatwick, lady Helen. Il y a beaucoup de brouillard, mais c'est faisable.

— Et l'aéroport d'East Midlands ?

Il hocha la tête :

— Ce serait certainement mieux que Gatwick.

C'était son idée depuis le départ. Elle sourit :

— Alors, va pour East Midlands. Puisque je me rends dans le Norfolk, cela ne fera guère de différence.

— Comme vous voudrez.

— Envoyez un message radio pour commander une limousine. Nous n'avons pas besoin de chauffeur. Hedley conduira.

Le copilote repartit.

— Vous aviez tout prévu, n'est-ce pas ? dit Hedley.

— Bien sûr, répondit-elle en prenant une cigarette. Du feu, s'il vous plaît.

Il lui tendit du feu. Elle se laissa aller contre le dossier de son siège, ferma les yeux.

— Je ne regrette qu'une chose. C'est que je ne vous laisse pas le choix.

— Je n'ai jamais eu le choix depuis le jour où j'ai fait votre connaissance, rétorqua-t-il en souriant. Je vais vous chercher une tasse de thé.

En arrivant à Doonreigh, Barry trouva les autres dans le petit bureau de Docherty où ils s'étaient entassés pour faire l'inventaire des fusils et des armes de poing. À part Docherty, qui n'avait pas l'air content du tout, une grande excitation régnait dans la pièce et Barry fut accueilli avec force rires et claques dans le dos.

— Alors, Jack, qu'est-ce qu'on va faire au juste ? demanda Quinn.

Barry savait exactement comment gérer cette situation. Il avait devant lui un groupe d'hommes que n'aurait pas reniés la Mafia, mais qui, comme nombre de terroristes des deux bords dans cette Irlande déchirée par la guerre, s'accrochaient désespérément à leur image de valeureux combattants de la liberté.

— Camarades, nous avons lutté côte à côte pour un même idéal, celui d'une Irlande libre et indépendante, et nombre d'entre nous y ont laissé la vie, victimes de la trahison et de la malhonnêteté. Vous ne l'avez jamais su, mais j'avais organisé à New York une cellule des Fils d'Érin, et l'un de ses membres travaillait pour nous à Londres. Quatre d'entre eux ont été abattus.

Un silence total régnait maintenant dans la pièce. Il poursuivit, après une courte pause :

— La personne responsable de ces morts est une femme. C'est à cette femme que nous allons rendre visite dans le Norfolk. Elle doit payer, et l'heure est venue. Nous allons nous occuper d'elle, et nous repartirons tout de suite après. Ceux qui ne veulent pas venir, qu'ils le disent.

Quinn répondit pour tous les autres :

— On est avec toi, Jack, tu le sais bien.

Barry lui administra une grande claque sur l'épaule :

— Voilà un mec bien ! Allons-y.

Et il sortit le premier.

La perturbation avançait inexorablement sur l'Angleterre, noyant tout sous le brouillard. À Gatwick, Ferguson et Hannah attendaient dans un salon réservé aux Services de sécurité.

Ferguson jeta un coup d'œil au-dehors :

— On n'entend plus rien.

— Je vais voir ce qui se passe, dit Hannah.

Quand elle revint quelques minutes plus tard, elle faisait une drôle de tête :

— Le trafic est interrompu, tous les vols sont annulés au départ comme à l'atterrissage.

— Zut ! Il y a d'autres possibilités ?

— Oh, oui. Manchester et East Midlands.

— Renseignez-vous. Tâchez de savoir si son appareil a été détourné.

Hannah à peine repartie, la sonnerie du téléphone retentit.

— Un appel pour vous, général, annonça la standardiste.

Helen semblait de bonne humeur :

— Mon pauvre Charles, je suis désolée de vous avoir manqué. Avec ce temps de chien... Nous venons d'atterrir à East Midlands. Trop heureux de toucher enfin le plancher des vaches. Nous roulons maintenant vers le Norfolk. Il y a encore quelques nappes de brouillard, mais pas assez pour nous retarder. Il faut dire que Hedley est un chauffeur hors pair.

— C'est de la folie, Helen. Écoutez, Blake et Dillon ne vous laisseront pas faire. Remettez-vous-en à nous, Helen.

— Dieu vous bénisse, Charles.

Elle raccrocha.

— Et maintenant ? demanda Hedley.

— Maintenant, tout dépend de Mr. Barry.

— Il n'arrivera jamais dans le Norfolk avec un temps pareil.

— Je n'en jurerais pas, Hedley. Cet homme est capable de bien des choses.

Elle ouvrit sa boîte à pilules, en prit deux, tendit l'autre main :

— Le flacon, s'il vous plaît.

Il le lui passa :

— Vous vous tuez à petit feu.

— Peu m'importe, du moment que je tue Barry d'abord.

En fin d'après-midi, le Chieftain atteignit la côte au-dessus de Morecambe. Il pleuvait très fort et le brouillard tourbillonnait, mais Docherty maintenait l'appareil sous les turbulences. Barry était assis à côté de lui.

— On va y arriver ?

— C'est assez dur, mais je crois que oui. Sinon, on peut toujours faire demi-tour.

— Si tu fais ça, tu es un homme mort. Ce rendez-vous est le plus important de ma vie.

Le sourire de Barry était terrifiant.

— Laisse-moi essayer, Jack, dit Docherty en se concentrant sur ses commandes.

Le sergent Paul s'approcha avec un téléphone portable.

— Le général Ferguson, monsieur Dillon.

— Je prends.

— Mauvais temps, brouillard, dit Ferguson. Elle a atterri à East Midlands et se dirige maintenant vers le Norfolk en voiture.

— Donc ?

— Écoutez. Elle m'a dit que Barry la rejoignait en avion. Ce qui signifie qu'il a trouvé un vol clandestin, probablement direct, pour se rendre dans le Norfolk.

— Vous voulez dire qu'elle risque d'être déjà à Compton Place quand il y arrivera ?

— Vous m'avez compris.

— Vous pouvez toujours prévenir la police locale et...

— Ne soyez pas stupide, Dillon. Je sais bien que l'humour noir est une spécialité irlandaise, mais ce n'est pas le moment.

— Il va lui falloir du renfort. Elle a ce brave Hedley, qui a montré au Viêt-nam de quoi il était capable, mais il y a bien des années de ça. Si Barry se pointe, il ne sera pas seul. Je le connais depuis assez longtemps pour le savoir.

— Dillon, le Norfolk septentrional est l'une des dernières régions authentiquement agricoles de l'Angleterre. Il nous faudra deux bonnes heures pour y arriver par la route, et rien ne la fera renoncer. Que pouvons-nous faire ?

— Essayez d'abord de savoir si on peut se poser à Farley Field. Ensuite, appelez les lieutenants Lacey et Parry, et dites-leur que nous sommes en guerre.

— Qu'est-ce que vous racontez ?

— Je connais un peu cette côte du Norfolk. On y trouve d'immenses plages, surtout à marée basse. Ils peuvent m'emmener là-bas et je sauterai en parachute. Ce ne sera pas la première fois. Faites confiance à Lacey pour organiser le coup.

— Pour l'amour du ciel, Dillon...

— Laissez le ciel tranquille, il n'est pour rien dans tout ça. Je vais en parler à Blake pour qu'il donne l'ordre à notre pilote de se détourner sur Farley. Je vous rappellerai ensuite.

— Pourquoi Farley... ? s'étonna Blake.

— Allons, Blake, rappelle-toi ! C'est le terrain d'entraînement de la RAF près de Londres. Ils ont un jet Lear, piloté par les lieutenants Lacey et Parry. Nous avons déjà passé quelques moments ensemble. Il y a urgence, et ils peuvent nous aider.

— Quelle urgence ?

— Lady Helen Lang veut régler son compte au dernier de sa liste, le sieur Jack Barry. Elle a réussi à le faire sortir de sa planque pour venir chez elle. Il s'est laissé convaincre, et il lui a dit qu'il arrivait en avion. Les choses risquent de mal tourner à Compton Place. C'est à des kilomètres, au fin fond de la campagne. D'où la nécessité de nous poser à Farley. Ils ont une réserve d'armes, là-bas, et tout ce dont nous aurons besoin. Écoute, tu vas comprendre.

Il rappela Ferguson :

— Dites à Lacey de me trouver une plage à proximité de Compton Place. Comme je vous l'ai dit, je m'y ferai parachuter. Comme ça, au moins, elle ne sera pas seule. Demandez simplement qu'on prépare l'équipement et les armes.

Blake tendit la main vers le téléphone :

— Excusez-moi. Prévoyez tout ça pour deux.

Dillon se mit à rire et reprit l'appareil :

— J'ai avec moi un Américain sur le retour qui veut sauter aussi. Il joue les correspondants de guerre pour son Président.

— Vous êtes aussi cinglés l'un que l'autre, dit Ferguson.

— Bien sûr, et il vous faut faire avec, rétorqua Dillon, avant de raccrocher.

Le Chieftain se posa sur la vieille piste pour bombardiers de Shankley Down et roula jusqu'aux hangars délabrés à côté desquels se dressait le baraquement de Nissen. De la fumée s'échappait de la cheminée. Un Cessna 310 était rangé en bout de piste, à côté d'une Ford Transit. En s'approchant, ils virent un type en blouson de cuir qui attendait.

Les autres sortirent tous en même temps.

— Eh, Clarke, t'as l'air en forme ! lança Docherty.

— Où est l'argent ? dit Clarke.

Docherty sortit une grosse enveloppe de la poche de son blouson :

— Deux mille en liquide.

Clarke prit la liasse et compta. Barry lui donna une bourrade dans l'épaule :

— Ça ira ?

Clarke regarda l'Irlandais et ses amis. La discrétion, comme toujours, était de mise.

— Ça ira. À votre service. Les clés de la Transit sont sur le tableau de bord.

Barry lui donna une petite tape sur la joue.

— Merci, mon gars. À tout à l'heure.

Il fit signe aux autres de le suivre. Ils montèrent dans la Transit, Quinn au volant, et partirent.

Le Gulfstream toucha le sol à Farley, roula sur quelques centaines de mètres avant de s'immobiliser, et Dillon et

Blake descendirent la passerelle. Ferguson et Hannah attendaient au bord de la piste. Derrière eux se tenaient Lacey et Parry.

— Tout est organisé ? demanda Dillon.

— Venez voir à l'intérieur, répondit Ferguson.

On leur avait réservé une pièce. Sur une table à tréteaux étaient disposés deux parachutes, deux fusils d'assaut AK47, et deux Browning munis de silencieux.

— Je vois que vous n'avez pas oublié mes préférences, observa Dillon.

Puis, se tournant vers Lacey :

— Quel est le programme ?

— Je vais vous montrer la carte, monsieur, dit le lieutenant en lui indiquant la table. C'est une carte d'état-major. Compton Place est tellement près de la mer qu'on ne voit pas la distance à cette échelle. Voici la plage d'Horseshoe Bay. Elle est très large quand la mer se retire. Nous pouvons attendre que la marée soit au plus bas...

— Pas question. En partant tout de suite, nous y serons dans combien de temps ?

— Dans quarante minutes.

— À propos, nous allons avec vous, dit Ferguson. Après vous avoir largués, nous repartirons vers la piste de ravitaillement de Bramley qui se trouve à vingt minutes de vol. Et nous vous rejoindrons par la route.

— Vous êtes vraiment trop bons, rétorqua Dillon. Tu vois, Blake ? Là, c'est Horseshoe Bay.

Les deux hommes se confièrent aux mains de l'armurier, un vieux sergent-majoı qui procéda à leur équipement avec minutie et compétence. Pour chacun un parachute, un AK, un Browning et des chargeurs.

— Eh Blake, plaisanta Dillon, on se croirait au Viêt-nam il y a un quart de siècle !

— Ça va, écrase, rétorqua Blake.

Ils enfilèrent leurs combinaisons, les holsters des Browning et vérifièrent le montage des AK47. Ferguson et Hannah entrèrent sur ces entrefaites.

— Lacey nous dit qu'il y a encore du brouillard par endroits, mais que c'est pire pour vous à Horseshoe Bay. À Bramley, par contre, nous devrions atterrir sans peine, dit Ferguson.

— Eh bien, tant mieux pour vous, général ! lança Dillon, et avec un sourire à l'adresse de Blake : Allons-y, mon vieux !

— Pourquoi pas ? dit Blake en ramassant son parachute pour se diriger vers la sortie.

Norfolk
Ulster

15

DANS la Transit, l'ambiance était à la bonne humeur. Barry, assis à côté de Quinn qui conduisait, les mit au courant de la situation.

— La femme que nous allons voir s'appelle lady Helen Lang. Elle est Américaine d'origine, mais ne vous laissez pas tromper par les apparences. Elle a déjà tué plusieurs personnes. Et il y a un os : Hedley, son chauffeur, un grand Noir taillé comme une armoire à glace.

— Ça fera toujours un nègre de moins, murmura Dolan, en caressant la crosse de son ArmaLite. Je me charge de lui.

— On n'a pas commencé que tu dis déjà des conneries qui pourraient te coûter la vie, rétorqua durement Barry. Comme vous le savez, je suis un ancien du Viêt-nam, et Hedley aussi. Il s'est battu dans les unités spéciales des Marines, et il en est revenu avec une brochette de médailles. Il faut se méfier de ce type.

— Un vrai sale nègre, c'est bien ce que je disais ! ricana Quinn.

— C'est ça, vieux frère, on en reparlera à ton enterrement.

Barry leur passa une carte d'état-major à grande échelle à l'arrière de la Transit :

— Compton Place, c'est là, tout près de la mer. Il y a un village qui s'appelle Compton, mais il est à huit kilomètres.

C'est le genre de bled perdu qui se dépeuple d'année en année — il doit y rester une cinquantaine d'habitants, surtout des vieux. Rien à craindre de ce côté-là.

Mullen, grand, costaud, sale gueule et crâne rasé, parla à son tour :

— C'est du tout-cuit, ça, Jack. T'aurais aussi bien pu y aller tout seul !

— C'est elle qui m'a invité à venir, continua Barry, ignorant la remarque. Il y a trois ans j'ai tué son fils, un officier britannique qui infiltrait l'IRA. C'est pour ça qu'elle a refroidi Tim Pat Ryan à Londres et mes amis à New York. Et maintenant, c'est moi qu'elle veut. Ça ressemble un peu aux westerns de la télé, quand le type dit à l'autre : retrouvons-nous dans la rue au lever du soleil et on s'expliquera.

— Elle est complètement frappée, cette mémé ! s'exclama Mullen.

— Cinq hommes abattus, et tous avec la même arme. Autant dire qu'elle connaît son boulot. Elle a même descendu deux minables qui essayaient de violer une fille, un soir, sur Park Avenue.

— On va lui faire sauter le caisson, gronda Quinn. Et au nègre aussi.

— J'y compte bien. Je tiens pas à l'avoir au cul pour le reste de mon existence, et c'est ce qui m'attend si on ne lui fait pas sa fête une fois pour toutes.

Il y avait comme un regret dans sa voix, un regret qu'il ne s'expliquait pas.

— Moi, je te le dis, c'est gagné d'avance, Jack ! reprit Quinn. Tu vas voir qu'on sera vite de retour.

— Espérons. Regardez bien cette carte. Que vous sachiez où vous allez.

En fin d'après-midi, dans un brouillard mêlé de pluie, la Mercedes traversa le village de Compton et poursuivit son chemin sur la petite route qui serpentait dans des paysages inchangés depuis des siècles. Hedley s'arrêta derrière la maison. Lady Helen sortit pour ouvrir la porte de la cuisine. Hedley la suivit, portant les bagages.

— Et maintenant ?

— Je vais me changer, puis nous nous préparerons.

— Pour quoi, lady Helen ?

— Pour Jack Barry.

Elle se tut une seconde avant d'ajouter en levant la main, avec un geste un peu enfantin :

— Il va venir, Hedley, il en a trop envie. Mais d'un autre côté, Charles Ferguson, Sean Dillon, Blake Johnson...

— ...peuvent aussi arriver d'une minute à l'autre.

Elle regarda l'épais brouillard qui stagnait autour de la maison :

— Ne dites pas de bêtises, Hedley. S'ils viennent de Gatwick par la route dans cette purée de pois, ils en ont pour des heures. Attendez-moi, je suis à vous dans dix minutes.

Dans sa chambre, elle se dévêtit, prit une combinaison à fermeture éclair dans la garde-robe et l'enfila prestement. Après avoir chaussé des boots retenus à la cheville par une bande élastique, elle sortit le colt .22 de son sac à main, retira le chargeur, vissa le silencieux sur le canon et remit le chargeur en place. Elle ouvrit un tiroir, y prit quatre autres chargeurs qu'elle fourra deux par deux dans ses poches.

Comme elle respirait avec difficulté, elle prit sa boîte à pilules, la secoua pour en faire tomber deux au creux de sa main, puis deux autres. Elle passa dans la salle de bains, emplit un verre d'eau et les avala d'un coup.

— Zut après tout, dit-elle à mi-voix. Je ne suis plus à deux près.

En redescendant, elle trouva Hedley dans la cuisine, occupé à faire du thé. Il lui tendit une tasse.

— Paré pour le combat, Hedley ?

— Depuis longtemps.

— Je suppose que vous n'avez pas tout oublié ?

Elle sourit en le regardant :

— Vous avez été un véritable ami.

— C'est facile, avec vous.

Il but une gorgée de thé avant d'ajouter :

— Bon sang, je bois même de ce truc-là plutôt que du café pour vous faire plaisir !

Puis, en posant sa tasse :

— Si vous tenez à voir le film jusqu'à la fin, je vous propose d'aller faire un tour à la grange.

Là, elle ne se servit pas du colt, qu'elle portait dans un étui à sa ceinture. Hedley lui donna un Browning de calibre .9, équipé d'un silencieux, dans lequel il introduisit un chargeur de vingt-quatre balles dont l'extrémité dépassait de la crosse.

— Avec ça, j'ai vraiment l'impression de partir pour la guerre, dit-elle.

— Ce n'est pas qu'une impression, croyez-moi. Allons, jambes écartées, les deux mains sur la crosse !

Elle tira, déchiquetant une cible après l'autre.

— Et maintenant, Hedley ?

— C'est très simple. On attend le premier qui arrive.

La Ford Transit s'arrêta dans un bois de pins d'où l'on dominait Compton Place. Le vent chassait des lambeaux de brouillard, laissant apercevoir par intermittence, en contrebas, les terres et la maison.

— Laissez la Transit ici, ordonna Barry. Avec les clés sous le tapis de sol. On continue à pied.

— On est avec toi, Jack, dit Quinn.

— Ça fait plaisir de le savoir. T'auras un bon point pour ça, comme on disait au Viêt-nam.

Il se mit à pleuvoir tandis qu'ils descendaient à flanc de colline et s'approchaient des dépendances. Hedley se tenait en haut des marches menant à l'étage de la grange, avec un AK47 équipé d'un silencieux et d'une lunette de visée nocturne. Il visa soigneusement Quinn et pressa la détente. Le hasard voulut qu'à cette seconde Quinn se tourne vers Barry. La balle passa à côté du cœur et frappa la crosse de l'ArmaLite. Il recula, déséquilibré :

— Seigneur Jésus !

— Couchez-vous ! hurla Barry, et ils se jetèrent tous à terre.

Barry rampa jusqu'à Quinn :

— Ça va ?

— Je crois.

— J'ai reconnu ce bruit. AK avec silencieux. Je l'ai assez souvent entendu, au Viêt-nam.

Puis il se tourna vers les autres pour leur dire, à voix basse :

— Elle est là, elle attend. Faites gaffe. Disposez-vous en ligne pour avancer.

Après une longue descente, le Lear perça la couche nuageuse et déboucha au-dessus de Horseshoe Bay dans la lumière grise du crépuscule.

— Ce n'est pas bon, dit le lieutenant Lacey dans son micro. La marée est à mi-hauteur. Il vaudrait mieux laisser tomber.

Dillon et Blake, en combinaison de saut, leur parachute sur le dos et les AK47 en travers de la poitrine, échangèrent un regard avec Hannah Bernstein et Ferguson.

— À vous de décider, messieurs, dit le général.

Dillon tendit la main vers la manette d'ouverture de la trappe et tira :

— On n'a jamais dit qu'on voulait devenir centenaires !

Il sourit à Blake en s'inclinant :

— C'est toi le plus vieux, saute le premier.

— Trop aimable, répondit Blake, et, tandis que Lacey faisait un passage à trois cents mètres, il plongea la tête la première, suivi par Dillon.

Le temps restait agité, et le brouillard tournoyait à l'horizon. Dillon se sentit ballotté dans le sillage du Lear. Il tira sur la poignée du parachute, regarda au-dessus de lui et vit l'avion reprendre brusquement de la hauteur.

Blake atterrit sur le sable, face à la vague. Dillon, qui suivait, plongea dans deux bons mètres d'eau, refit surface et prit pied à grand-peine à cause du parachute qui le tirait en arrière. Débloquant d'un coup de poing la boucle qui maintenait le harnais, il laissa celui-ci glisser de ses épaules et remonta d'un pas lourd vers le rivage.

Blake vint à sa rencontre :

— Ça va ?

— Allons-y, répondit-il en hochant la tête.

Ils traversèrent la plage, s'arrêtèrent un court instant sous les pins et repartirent vers la maison. Comme ils atteignaient le sommet des dunes, il y eut une détonation et de la fumée s'éleva.

— À mon avis, c'est une grenade fumigène, annonça Dillon. Allons-y !

Et ils dévalèrent la pente en courant.

Barry était resté en arrière, pressentant le danger, tandis que les autres avançaient vers la grange à la suite de Quinn. Hedley visa Mullen et l'abattit d'une balle en pleine tête. Puis il lança une grenade fumigène. Les autres se jetèrent à plat ventre et arrosèrent de leur tir le premier étage de la grange. Hedley s'affala sur la plus haute marche, la tête baissée, tandis qu'une tâche rouge sombre apparaissait à son épaule droite.

Lady Helen s'accroupit à côté de lui :

— Vous êtes touché ?

— Ce n'est pas grand-chose. Ne vous en faites pas.

— Vas-y, Quinn ! ordonna Barry.

— On y va ! cria Quinn en se relevant.

Les autres l'imitèrent. Lady Helen, derrière Hedley, leva le Browning et tira à plusieurs reprises, abattant Quinn. Ils battirent en retraite. Elle se pencha sur Hedley :

— Venez à l'intérieur.

Dolan et McGee s'éloignaient en rampant. Barry les arrêta :

— Allez, les gars, il faut entrer là-dedans ! Ils sont faits comme des rats !

— Bon Dieu, Jack, c'est de la folie. Le premier qui passe la porte, ils lui feront sauter la tête !

Barry brandit son Beretta :

— Avancez, ou c'est moi qui vous fais sauter la tête ! Allez, montez !

Dolan, terrifié, mit le pied sur la première marche et Blake, qui arrivait dans la cour à cet instant précis, lâcha une rafale d'AK47 qui l'expédia la tête la première sur le pavé de la cour.

Blake s'accroupit, tandis que Barry se rapprochait de McGee :

— T'en fais pas, on les aura !

Dillon surgit de l'autre côté de la cour et tira à son tour avec son AK47.

— Tu es là, Jack ? lança-t-il à pleine voix.

— Comme toi, Sean ! Mais tu arrives toujours trop tard ! répondit Barry sur le même ton.

Blake lâcha une autre rafale dans la direction que lui indiquait la voix de Barry, et des coups de feu lui répondirent. Il sentit une vive brûlure au bras gauche et tomba en arrière. Dillon riposta, tirant trois balles dont l'une au moins atteignit McGee en pleine figure.

Dans le silence revenu, on n'entendit plus que le crépitement de la pluie. Mais Barry rampait vers la grange. Il poussa la porte du rez-de-chaussée et entra. Il la vit au-dessus de lui alors qu'elle tirait Hedley à l'intérieur en faisant tomber de la paille de la plate-forme.

— Je suis là ! lança-t-il.

Elle fit volte-face en lâchant Hedley. Barry avait levé la main qui tenait le pistolet, et elle pointa son colt sur lui sans une hésitation.

Le Beretta s'enraya. Tandis qu'il tentait frénétiquement de faire glisser le chargeur, elle le visa avec application.

Puis il se passa quelque chose d'étrange. Elle ouvrit la bouche comme si elle manquait d'air, recula en titubant et tomba à genoux. Barry parvint enfin à éjecter son chargeur, en inséra un autre et visa, à la seconde où Dillon surgissait en hurlant à la porte de la grange.

— Non !

Il avait crié et tiré en même temps. Sa balle effleura le visage de Barry qui bascula en arrière.

Reprenant son équilibre, Barry riposta de plusieurs balles, obligeant Dillon à plonger. Puis il disparut par la porte de derrière. Le silence revint. Dillon se releva et courut en haut des marches.

Il trouva Hedley gisant, l'épaule ensanglantée, et lady Helen. Le visage de la vieille dame avait pris une teinte grisâtre. Dillon s'agenouilla à côté d'elle :

— Qu'y a-t-il ?

— C'est mon cœur, monsieur Dillon. Je suis en sursis depuis un certain temps. On les a eus ?

Dillon hésita.

— La vérité, s'il vous plaît !

— Apparemment, on a eu toute la bande. Sauf Barry.

— Comme c'est dommage, dit-elle en fermant les yeux.

Un instant plus tard, une Land Rover de la RAF s'arrêtait dans la cour, amenant Charles Ferguson et Hannah Bernstein.

Dillon allait d'un cadavre à l'autre. Quinn, atteint de plusieurs balles, respirait encore.

— Ça alors, Quinn ! s'exclama Dillon. Ça faisait une sacrée paye que je t'avais pas vu !

— Dillon ?

— Tous refroidis, tes copains.

— Et Jack ?

— Celui-là, c'est le diable qui le protège. Il s'est tiré à temps, comme toujours.

— L'ordure !

— Tu sais où il est allé ?

Un sourire blafard passa sur les traits de Quinn :

— Ça te coûtera une cigarette.

Dillon sortit son étui argenté. Les cigarettes étaient restées sèches malgré son plongeon. Il en alluma une avec son Zippo et la planta entre les lèvres du blessé.

— On est venus de Doonreigh à bord d'un Chieftain, avec Docherty. Tu l'as connu, dans le temps, Docherty ?

— Bien sûr.

— On s'est posés sur une piste pas très loin d'ici. Docherty devait nous y attendre.

Il avait de plus en plus de mal à parler et s'arrêta quelques secondes pour reprendre son souffle avant de continuer :

— Jack Barry... le fumier.. pensait qu'à sauver sa peau... Nous a tous plantés pour repartir en Ulster. Spanish Head... Sa planque...

Le discours tournait au délire. L'homme n'en avait plus pour très longtemps.

— Attends, Quinn. Je peux encore l'avoir. Tu te rappelles ce qu'on disait de moi, dans le temps ? Que je pouvais piloter tout ce qui avait des ailes ? Quand vous avez atterri à Shankley Down, il n'y avait pas un autre avion ?

Quinn hocha plusieurs fois la tête :

— Petit, mais avec deux moteurs... On monte sur l'aile pour entrer dans le cockpit...

— Un Cessna 310.

— C'est ça. Rattrape-le, Dillon. Bute-le, ce fumier !

La cigarette tomba des lèvres de Quinn et sa tête roula sur le côté.

Dillon rejoignit Ferguson, qui parlait dans son portable. Il raccrocha :

— J'ai demandé qu'on nous envoie une équipe de secours. Avec ce temps, ils ne seront pas ici avant quatre heures.

Il montra Quinn d'un signe de tête :

— Et lui ?

— Mort. Ils sont morts tous les quatre.

— Il y en avait que je connaissais ?

— Oh, vous serez ravi quand vous verrez leurs noms. Ils figurent tous sur votre liste des individus les plus recherchés.

Hannah Bernstein avait trouvé une trousse médicale dans la Land Rover de la RAF. Elle avait bandé le bras de Blake et l'épaule de Hedley. Ce dernier était accroupi à côté de lady Helen, qui sourit en voyant Dillon s'approcher.

— Il a donc réussi à sauver sa peau, monsieur Dillon ? Quel dommage !

Dillon s'agenouilla et lui prit la main :

— C'est ce qu'il s'imagine, mais je l'aurai. Je ferai ça pour vous, ma chère amie. Je vous en donne ma parole.

Il se redressa et l'aida à se relever.

Ils se regroupèrent dans la grange, Hedley, Blake, Ferguson, Hannah Bernstein et lady Helen. Hannah soutenait la vieille dame. Blake avait l'air de beaucoup souffrir, et Hedley n'était pas très solide sur ses jambes.

— Quel affreux grabuge, Charles, dit lady Helen. Que va-t-on dire de moi dans les journaux ?

— Rien, ma chère, répondit Ferguson. Mes hommes vont ramener les cadavres à Londres, où ils finiront dans un certain crématorium. Dès demain matin, il n'en restera plus que quelques kilos de cendres qu'on pourra jeter dans la Tamise, s'il ne tient qu'à moi.

— Et vous avez le pouvoir de faire cela, Charles ?

S'approchant d'Hannah qui la soutenait, il la prit doucement dans ses bras :

— Je fais ce que je veux, ma chère.

— Vous n'avez plus besoin de moi ici, annonça Dillon. Je prends la Land Rover.

— Vous pourriez peut-être m'en dire un peu plus ? s'étonna Ferguson.

— Quinn vient de m'apprendre qu'ils étaient arrivés ici après s'être posés sur la piste de Shankley Down, à bord d'un Chieftain piloté par un certain Docherty, qui est une vieille connaissance à moi. Je suppose que Barry va repartir par le même chemin, si ce n'est déjà fait.

— Et vous avez l'intention de le poursuivre avec la jeep ?

— Le type qui s'occupe de ce petit aéroport s'appelle Clarke, et il a un Cessna 310. C'est avec ça que je vais le poursuivre et le rattraper — jusqu'en enfer s'il le faut. Le 310 est un peu plus lent que le Chieftain, mais je me débrouillerai. Du moment que je connais son point de chute.

— Spanish Head ? dit Blake, qui écoutait.

— Gagné.

— Mais ce serait de la folie de sa part d'aller se réfugier là-bas !

— Il *est* fou.

— Et où comptez-vous vous poser, Sean ?

— J'ai beaucoup fréquenté ces coins-là, à une époque. Je les connais comme ma poche. Il y a de grandes plages près de Spanish Head à marée basse.

— Voler et se poser sur une plage par un temps pareil ? C'est vous qui êtes fou, Dillon, dit Ferguson.

— Ça ne date pas d'hier, général.

— Dans ces conditions, général, il est préférable que je l'accompagne, intervint Hannah Bernstein.

— Il ferait beau voir ! s'écria Dillon.

— Laisse-moi t'expliquer quelque chose, Dillon. Premièrement, pour partir d'ici avec la Land Rover tu as besoin des clés, et c'est moi qui les ai. Deuxièmement, tu n'es pas habilité à agir sans une présence policière, et je suis toute désignée pour y pourvoir en tant que commissaire de la Branche spéciale de Scotland Yard, puisqu'il se trouve que l'Irlande du Nord, jusqu'à preuve du contraire, fait partie du Royaume-Uni.

— Cette fille est impossible.

— Ne me dites pas que c'est une découverte, observa Ferguson. Restez en contact avec nous, c'est tout ce que je vous demande.

Quand Barry arriva à Shankley Down, Docherty et Clarke attendaient dans l'un des deux hangars en fumant cigarette sur cigarette. La Transit s'arrêta sur un coup de freins brutal et Barry en sortit. Il saignait du visage à l'endroit où la balle de Dillon l'avait éraflé.

— Allons-y, dit-il.

— Où sont passés les autres ? demanda Docherty.

— Tous morts.

— Attends un peu, dit Clarke. Qu'est-ce que c'est que cette histoire ?

Barry sortit son Beretta et l'abattit d'une balle entre les deux yeux. Puis il se pencha sur le corps et fouilla son blouson pour y prendre l'enveloppe contenant les deux mille livres. Quand il se redressa, Docherty le fixait d'un air hagard.

— Jack !

— Ça a merdé. Sur toute la ligne. Allons-y, maintenant.

Il poussa Docherty vers le Chieftain.

Une minute plus tard, ils roulaient sur la piste dans le rugissement du moteur et décollaient pour s'élever dans le ciel nocturne.

Dillon et Hannah arrivèrent quarante minutes plus tard. Dillon était au volant. Il s'arrêta à côté du cadavre de Clarke et sauta de la Land Rover.

— Pas difficile de deviner comment il est mort, dit-il. Appelle Ferguson sur ton portable et dis-lui qu'on a encore un client pour son incinérateur.

Il entra dans le second hangar, grimpa sur l'aile du Cessna pour se glisser dans le cockpit, s'assit, examina le tableau de bord et fit jouer les commandes. Hannah monta à son tour et s'assit à côté de lui.

— Alors ?

— Le réservoir est plein, si c'est que tu veux savoir. Barry est déjà parti depuis un moment et le Chieftain est plus rapide que ce Cessna. Le terrain de Docherty à Doonreigh se trouve à une soixantaine kilomètres de Spanish Head et, d'après Quinn, c'est là que ce salaud devrait aller. Je peux le choper si je me pose sur cette plage dont je t'ai parlé, au pied des falaises.

— On sera à marée haute ou à marée basse ?

— On se renseignera une fois partis.

Il mit le contact, se tourna vers elle :

— Si ça ne te plaît pas, je peux me débrouiller tout seul.

— Va te faire voir, Dillon.

Elle referma la portière du cockpit, boucla sa ceinture et tendit la main pour prendre le casque à écouteurs accroché à côté de son siège.

— Compose le cinq, dit-il. C'est le répondeur vocal de la météo nationale. Il te dira ce qu'il faut faire pour avoir les prévisions en Ulster.

Après s'être coiffé lui-même de son casque, il lança le moteur de gauche, puis celui de droite, et le Cessna sortit du hangar pour aller, sous la pluie battante, se placer en bout de piste. Elle lui parla dans son micro :

— On en a pour combien de temps ?

— Une heure et demie par vent arrière, deux si on vole vent debout. Pourquoi ?

— D'après la météo, la mer est à marée basse sur cette côte et commencera à remonter d'ici une heure et demie. Le brouillard se dissipe, et la lune est à sa moitié.

— Voilà qui paraît intéressant.

Il lui sourit, relâcha les gaz, et le Cessna s'élança sur la piste.

Le Chieftain vira au-dessus du terrain de Doonreigh à la nuit tombante avant de se poser et de rouler à petite vitesse vers les hangars et le baraquement de Nissen. Barry s'était servi dans le bar portatif de Docherty et avait sifflé la moitié d'une bouteille de whisky pendant le trajet, seul dans la cabine des passagers. Il n'avait pas pris la peine de sortir un pansement de la trousse de secours, se contentant d'asperger sa plaie de whisky pur. Dès que le Chieftain fut immobilisé, il ouvrit la portière et descendit. Le brouillard avait disparu, mais il pleuvait à torrents.

— On est tout de même mieux sur le plancher des vaches, dit-il.

Docherty sortit à son tour et le rattrapa :

— Je te rappelle que tu m'as promis dix mille livres dans un sachet de supermarché, Jack.

Barry se mit à rire :

— Et j'allais l'oublier ! Incroyable, non ? dit-il en sortant son Beretta pour lui tirer deux balles en plein cœur.

Quelques minutes plus tard, il était sur la route.

La terre était plongée dans l'obscurité mais le ciel s'était éclairci et une demi-lune y brillait quand Dillon commença à survoler la mer d'Irlande.

— Tu crois qu'on va y arriver, Sean ? demanda Hannah.

— Allons, il faut garder la foi, petite.

Une curieuse intimité s'était établie entre eux.

Il volait bas maintenant, à moins de cinq cents mètres d'altitude, et on voyait nettement la côte, les falaises de l'Irlande du Nord toutes noires au clair de lune. Il jeta un coup d'œil à la carte ouverte sur ses genoux et obliqua légèrement vers la gauche.

— Voilà. Nous y sommes.

Il descendit à deux cents mètres.

— Il n'y a qu'un problème. La marée monte vite dans ce coin-là.

Il fit un passage au-dessus des falaises, puis du château.

— C'est là ? demanda-t-elle.

— Eh oui, Spanish Head dans toute sa splendeur.

Il repartit vers la mer, vira de l'aile et libéra le train d'atterrissage.

— On y va. Essaie de prier. Ça peut toujours servir.

Les vagues moutonnaient au-dessous d'eux et il ne restait plus guère de plage. Dillon redressa à trois mètres au-dessus de l'eau, et coupa les gaz. Les roues touchèrent le sable mouillé à moins d'un mètre de la lisière de l'eau, le Cessna bondit en avant et s'arrêta très vite, le nez en l'air, freiné par la pente.

Un grand silence se fit tandis qu'il coupait le contact et retirait son casque. De cet endroit, la mer paraissait plutôt calme au clair de lune. Dillon sourit :

— Jolie vue.

— Ne me fais plus jamais ça, dit Hannah Bernstein. Plus jamais ! On peut sortir ?

— C'est une idée. Si tu attends trop, tu risques d'avoir les pieds mouillés. On y va !

Après avoir traversé la plage, ils trouvèrent un sentier qui montait entre deux falaises. En arrivant au sommet ils virent le château, qui semblait assez proche.

— Et maintenant ? demanda Hannah.

— C'est très simple, nous allons chez le gardien, répondit Dillon en repartant.

Le vieux John Harker était dans la cuisine de sa petite maison à attendre que l'eau se mette à chanter dans la bouilloire quand il sentit un courant d'air frais sur sa nuque. En se retournant il vit Dillon dans l'embrasure de la porte, et Hannah derrière lui.

— Vous vous souvenez de moi ?

— Mon Dieu ! fit le vieux.

— Sa Seigneurie est bien rentrée ?

— Il a dix minutes. Comment vous le savez ?

— Je sais toujours tout. Maintenant, voilà ce que tu vas faire. Prendre ta torche et nous conduire à travers le jardin. Je déciderai de la suite une fois au château.

— À votre service, dit Harker.

Puis, après une brève hésitation :

— Il est cuit, cette fois ?

— Si ça ne tient qu'à moi, oui.

— Dieu soit loué !

Harker alla prendre une torche électrique à une patère et revint vers eux.

— Vous vous rappelez, ce passage secret derrière la boiserie de la bibliothèque ? Il débouche dans le hall d'entrée. Allons-y.

Barry se servit un grand whisky dans le bureau attenant au hall d'entrée, le but très vite et monta à la bibliothèque où il s'en servit un autre. Il commença à le boire debout, à petites gorgées, en regardant les portraits de ses ancêtres. Tous des Francis, sauf lui. Il s'arrêta devant celui qui arborait l'uniforme des Confédérés et eut un sourire vaguement amusé.

— Un salopard, voilà ce que tu étais, dit Barry. Un salopard plein d'arrogance. Mais un bon soldat.

Comme il levait son verre en direction du portrait, la porte s'ouvrit derrière lui et Dillon entra, Hannah sur ses talons. Dillon n'était pas armé, mais Hannah tenait un Walther de la main gauche.

— Sean, ma parole, tu as le diable avec toi !

— Parfois, seulement.

Barry sourit :

— Comment es-tu arrivé jusqu'ici ?

— Comme toi, sauf que j'ai atterri sur la plage.

— Et à Compton Place, ils en étaient où, quand tu es parti ?

— Tous tes copains sont morts, Blake et Hedley sont légèrement blessés, c'est tout.

— Et lady Helen ?

Comme Dillon le regardait en haussant les épaules, Barry ajouta, d'un ton étrangement pressant :

— Elle n'a rien, n'est-ce pas ?

— C'est son cœur qui ne va pas. Elle a eu une attaque.

— Bon Dieu, dit Barry, elle allait me tuer, mon feu s'était enrayé, et elle s'est pour ainsi dire écroulée...

Hannah Bernstein s'avança :

— Commissaire Hannah Bernstein, Branche spéciale de Scotland Yard. Je dois vous informer de...

Barry lui jeta son verre au visage, plongea en avant au moment où elle tirait et disparut derrière la boiserie.

— Vite ! cria Dillon en se ruant vers la porte.

Elle le suivit. En arrivant dans le grand hall d'entrée ils trouvèrent la porte ouverte et Harker sous le porche, sa torche électrique à la main.

— Il m'est passé devant en courant. Il a filé dans le sentier qui descend vers les falaises !

Dillon fonçait déjà dans la direction indiquée et Hannah suivit, le vieil Harker fermant la marche avec sa torche.

Barry courait entre les arbres, tête baissée et le Browning dans la main gauche, sans trop savoir où il allait. Le ciel était chargé de nuages et on entendait des roulements de tonnerre à l'horizon que des éclairs illuminaient par intermittence.

Helen Lang. Pourquoi ne parvenait-il pas à la chasser de son esprit ? Il déboucha sur le chemin conduisant au Trou de la Mer. Dillon, Hannah et Harker n'étaient pas très loin derrière lui.

La mer scintillait sous les éclairs, de hautes vagues s'écrasaient sur le sable, le Cessna prenait l'eau. Barry dévala le chemin jusqu'aux marches qui descendaient dans le Trou de la Mer et que des gerbes d'eau et d'écume engloutissaient à chaque déferlement de vague. Debout sur la première marche, il se retourna et leva le Beretta au moment où Dillon arrivait à son tour.

Dillon repoussa brutalement le bras de Barry. Leurs poitrines se heurtèrent. Dillon saisit le poignet gauche de Barry et le tordit. L'os craqua, Barry poussa un hurlement et Dillon le précipita la tête la première dans le gouffre écumant. On entendit un cri désespéré, aussitôt couvert par le grondement de l'eau qui se précipitait contre la falaise en faisant trembler la roche.

Le vieux Harker leva bien haut sa torche.

— Que Dieu nous aide, dit-il. Mais quelle sorte d'homme êtes-vous ?

— Je me le demande, certains jours, répondit Dillon.

Puis il se tourna vers Hannah :

— Appelle Ferguson. Qu'il envoie Lacey et Parry nous récupérer avec le Lear.

— Entendu, dit-elle, en lui posant la main sur le bras. Ça va, Dillon ?

— Voilà longtemps que je n'étais pas allé aussi bien ! répondit-il en criant pour se faire entendre dans le vacarme des vagues. Ce Jack-là était une véritable ordure, la mer l'a pris, et tout est bien qui finit bien !

Puis il se retourna et emboîta le pas au vieil Harker qui remontait vers le château.

Le lendemain dans l'après-midi, il retrouva Hannah et Ferguson dans une salle d'attente de la London Clinic. Hedley entra, l'épaule bandée mais impeccable dans sa livrée de chauffeur.

— Comment va-t-elle ? demanda Ferguson.

— Pas bien du tout. Elle demande Mr. Dillon.

Dillon se leva et entra dans la chambre. Elle était assise dans son lit, reliée par des fils à divers appareils électroniques, une seringue à perfusion plantée dans le bras gauche. Dans un angle de la pièce, une infirmière veillait.

Dillon s'approcha du lit.

— Lady Helen...

Elle ouvrit les yeux.

— Vous l'avez eu, n'est-ce pas ? C'est Charles qui me l'a dit.

— C'est exact.

— C'en est donc fini des Fils d'Érin, tous autant qu'ils furent, y compris le Contact. Et voulez-vous que je vous dise quelque chose ?

Elle ferma les yeux et se tut quelques secondes comme pour reprendre son souffle :

— Cela ne m'a pas rendu mon fils.

Il lui prit la main.

— Je le sais.

Elle sourit.

— Monsieur Dillon, vous vous prenez pour quelqu'un d'abominable, mais savez-vous ce que je pense, moi ? Je pense que vous êtes le type le plus moral que j'aie jamais rencontré. Réfléchissez-y.

Ses paupières se fermèrent, sa main échappa à celle de Dillon et l'un des appareils fit entendre un bruit bizarre. L'infirmière bondit de son siège. Dillon tourna les talons et sortit.

Ferguson et Hannah se levèrent en le voyant revenir.

— C'est fini, n'est-ce pas ? dit le général.

— Si on veut, répondit Dillon.

Il prit Hedley par l'épaule :

— Allons faire un tour dans le jardin. Je fumerais volontiers une cigarette.

ÉPILOGUE

FERGUSON, Hannah et Dillon se rendirent à Compton Place une semaine plus tard dans la Daimler du général. Il pleuvait comme jamais.

— Qu'a dit le Premier ministre, hier soir ? demanda Dillon.

— Qu'il était sincèrement désolé pour lady Helen, bien sûr.

— Ne le sommes-nous pas tous ?

— Oui. Mais pas mécontents du dénouement. Les choses auraient pu tourner beaucoup plus mal, et on peut estimer que le pire a été évité.

— Il ne s'est rien passé, en somme — c'est ce que vous voulez dire, général ? demanda Hannah Bernstein, froide et lointaine dans son tailleur-pantalon noir.

— Écoutez, commissaire. Il nous faut bien, de temps en temps, considérer que l'intérêt de la cause que nous défendons prime sur tout le reste.

— C'est ce qu'on disait à l'IRA, lui fit observer Dillon. J'avais dix-huit ans quand on a commencé à m'enfoncer ce clou-là dans la tête.

Il abaissa la vitre de la portière et alluma une cigarette avant de se retourner vers Hannah :

— Désolé, ma chérie.

Elle posa la main sur son genou :

— Je t'en prie, Sean.

— Donc, reprit-il, le Premier ministre et le Président poussent un grand soupir de soulagement et remercient le Seigneur pour le bon travail accompli par leurs petits soldats. Avec, une fois encore, votre serviteur dans le rôle du porte-flingue préposé aux exécutions capitales. Et la participation exceptionnelle d'Hannah Bernstein et de Blake Johnson.

— C'est la règle du jeu, Dillon, dit Ferguson.

Dillon se tourna vers Hannah :

— Tu ne te demandes jamais à quoi rime tout ça ? Moi, oui.

Ils entraient dans le village. Le parking de St. Mary était presque complet, et il y avait des voitures garées dans les rues.

— Seigneur, que de monde pour ces adieux ! murmura Ferguson.

— Ça ne m'étonne pas, j'en ai appris assez sur elle pour savoir à quel point elle était aimée, dit Dillon en jetant un coup d'œil à sa montre. Il reste trois quarts d'heure avant la cérémonie. Je ne sais pas si vous êtes comme moi, mais je prendrais bien un verre. Arrêtons-nous au pub. Si vous ne voulez pas m'accompagner, je vous rejoindrai ensuite à l'église.

— Non, je pense moi aussi qu'un verre serait le bienvenu, approuva Ferguson.

Il regarda Hannah :

— Si vous êtes d'accord, commissaire.

— Bien entendu, monsieur.

La Daimler les déposa devant l'entrée du pub et repartit. Il y avait déjà beaucoup de monde à l'intérieur — non seulement des gens de Compton dans leurs habits du dimanche, mais aussi de nombreux étrangers. Hetty Armsby, en tailleur noir, servait au bar, secondée par deux jeunes filles du village. Le vieux Tom Armsby était assis sur son tabouret à l'extrémité du comptoir. Il avait revêtu un costume noir lui aussi, et son cou maigre sortait d'un col de chemise empesé.

— Eh bien..., dit Ferguson, deux comtes, une duchesse, et que je sois damné si ce n'est pas le commandant de la Garde écossaise et le commandant de la Garde royale que j'aperçois là-bas ! Il faut que j'aille les saluer.

— Ah, ce bon vieux système de classes britannique ! grinça Dillon en regardant Hannah. Je vais me propulser vers le comptoir. Attends-moi ici.

Il se fraya un chemin jusqu'à Hetty :

— Vous n'auriez pas une bouteille de champagne au frais ?

— Une demi-bouteille, plutôt. (Elle fronça les sourcils.) Du champagne ?

Il alluma une cigarette avant de répondre :

— Je veux porter un toast à la plus grande dame que j'aie jamais rencontrée.

Les traits de Hetty s'illuminèrent d'un sourire et, dans un élan soudain, elle se pencha au-dessus du comptoir pour l'embrasser sur la joue.

— Pour sûr, dit-elle, pour sûr que c'était la plus grande.

Elle sortit la bouteille.

— Deux coupes, dit-il.

— Trois, plutôt, lança une voix familière derrière lui.

Il se retourna vivement pour voir Blake Johnson, le bras gauche en écharpe.

— Ça, alors ! D'où sort-il, celui-là ?

— Il y a toujours une base de l'armée américaine à Crockley. Le Président s'est décidé à la dernière minute. Il m'a chargé d'apporter sa couronne.

Il prit l'une des coupes de champagne et Dillon emporta les deux autres.

— Commissaire, dit Blake en embrassant Hannah, c'est toujours un bonheur de vous voir.

— Très aimable à vous, mais c'est pour Helen Lang, cette grande dame, que nous sommes ici, répondit la jeune femme.

Elle leva sa coupe et ils trinquèrent.

— À son souvenir et en espérant qu'elle nous entende, ajouta Ferguson, qui venait de les rejoindre.

Il y avait une telle foule à l'intérieur de l'église qu'ils durent se mettre dans la file d'attente pour franchir le seuil. Hedley était là aussi, en compagnie d'un homme d'une quarantaine d'années et d'une femme du même âge. Il leur dit quelques mots à voix basse, et l'homme se détacha de la foule.

— Général Ferguson ? Je me présente, Robert Harrisson, neveu de lady Helen.

— Ah... C'est donc vous qui allez prendre la direction des affaires de la famille ?

Harrisson hocha la tête. Il pleurait.

— C'était une femme extraordinaire. Vraiment extraordinaire. Elle venait souvent chez nous à Boston quand j'étais gamin. Nous l'adorions tous.

— Permettez-moi de vous présenter mes collègues, le commissaire Hannah Bernstein, Sean Dillon et Blake Johnson, de la Maison Blanche.

Harrisson ouvrit de grands yeux :

— De la Maison Blanche ?

— Je suis ici en tant que représentant personnel du Président des États-Unis, expliqua Blake. Il a tenu à faire porter une couronne.

— Seigneur, je ne sais que dire, balbutia Harrisson en sortant son mouchoir. Excusez-moi, mais je dois rejoindre ma femme.

Dillon n'était pas un homme de religion. Ses souvenirs d'enfance le ramenaient parfois à l'église catholique romaine de County Down, en Ulster — l'encens, les bougies, l'eau bénite — et à son oncle prêtre, si bon qu'il ne semblait pas fait pour ce monde. Mais le service auquel il assistait maintenant, debout au fond de cette vieille église — les cantiques, la musique d'orgue, l'éloge funèbre prononcé par le prêtre — ne signifiait pas grand-chose pour lui. Fait étrange, Helen Lang avait été catholique comme lui, mais la famille Lang ne l'était pas. Et au bout du compte, quelle importance ?

Il fut content de se retrouver dehors, le long de l'église, pour allumer tant bien que mal une cigarette sous la pluie. Il retrouverait les autres plus tard.

Hedley apparut sous un grand parapluie noir.

— Encore un cliché, Hedley, dit-il. Des funérailles sous une pluie battante.

— Vous avez l'air contrarié, monsieur Dillon.

— Je trouve qu'elle méritait mieux, c'est tout.

— Vous avez liquidé ce salaud pour elle.

— C'est toujours ça de pris.

Ils restèrent côte à côte tandis que les porteurs sortaient de l'église pour emmener le cercueil vers la partie du cimetière où se dressait le mausolée de la famille Lang.

— Une sacrée femme, dit Hedley. Vous savez ce qu'elle a fait pour moi ?

— Vous allez me le dire.

— Le notaire m'a appelé cette semaine. Elle me laisse un million de livres et la maison de South Audley Street.

Dillon chercha les mots justes :

— Elle vous aimait beaucoup, Hedley. C'est une façon de vous le dire.

— Oui, mais ce n'est que de l'argent, monsieur Dillon. (Il avait les yeux pleins de larmes.) Elle va tellement me manquer...

Dillon lui donna une tape sur l'épaule. Le cercueil passait devant eux. Ils se joignirent à la foule qui sortait de l'église et retrouvèrent Ferguson, Hannah et Blake.

On posa le cercueil dans le mausolée, le prêtre dit quelques mots, et on referma les portes de bronze. La pluie n'avait pas cessé. On lisait sur une plaque :

MAJOR PETER LANG, MILITARY CROSS, SCOTS GUARDS, SPECIAL AIR SERVICE REGIMENT, 1966-1996. REQUIESCAT IN PACE.

Et sur une autre plaque, fraîchement posée :

HELEN LANG, AIMÉE DE TOUS,
DÉCÉDÉE EN 1999.

— C'est moi qui m'en suis occupé, dit Hedley à Dillon, puisqu'il n'y avait personne d'autre. Je savais qu'elle aurait voulu quelque chose de simple.

— Étonnant, observa Ferguson. Une couronne du Premier ministre britannique et une autre du président des États-Unis. On ne voit pas ça tous les jours.

La foule commençait à se disperser. Ils se dirigèrent vers le parking. Un sergent en uniforme attendait au volant d'une limousine de l'American Air Force.

— Tu repars tout de suite, Blake ? demanda Dillon.

— Eh oui, le travail m'attend, comme tu le sais, cher ami irlandais.

— Oh, oui, je le sais.

— Au revoir, général.

Blake leur serra la main, embrassa Hannah et s'assit à l'arrière de la limousine qui démarra aussitôt.

Les gens prenaient congé, les voitures repartaient.

— Et voilà, dit Ferguson.

Ils rejoignirent la Daimler, le chauffeur ouvrit la portière arrière et ils s'assirent, Dillon sur un strapontin face aux deux autres. Il referma la glace qui les séparait du chauffeur et se retourna vers Hannah :

— Dis-moi, petite, tu n'en as pas marre, par moments ? Je veux dire, *vraiment* marre ?

— Je sais, Sean, je sais.

La Daimler démarra.

— Bon, et maintenant ? demanda Dillon.

— Ce ne sont pas les problèmes qui manquent, répondit Ferguson. Le Moyen-Orient, l'Afrique, la Bosnie... (Il haussa les épaules.) Mais en Irlande, les choses ont changé de dimension avec la réussite du processus de paix.

— Si vous croyez ça, général, vous croyez à n'importe quoi.

Et Dillon se laissa retomber sur la banquette en fermant les yeux.

Du même auteur

aux Éditions Albin Michel

L'AIGLE S'EST ENVOLÉ
AVIS DE TEMPÊTE
LE JOUR DU JUGEMENT
SOLO
LUCIANO
LES GRIFFES DU DIABLE
EXOCET
CONFESSIONNAL
L'IRLANDAIS
LA NUIT DES LOUPS
SAISON EN ENFER
OPÉRATION CORNOUAILLES
L'AIGLE A DISPARU
L'ŒIL DU TYPHON
OPÉRATION VIRGIN
MISSION SABA
TERRAIN DANGEREUX
L'ANGE DE LA MORT
LE FESTIN DU DIABLE
LE SECRET DU PRÉSIDENT

La composition de cet ouvrage
a été réalisée par Nord Compo,
l'impression et le brochage ont été effectués
sur presse Cameron dans les ateliers
de ***Bussière Camedan Imprimeries***
à Saint-Amand-Montrond (Cher),
pour le compte des Éditions Albin Michel.

Achevé d'imprimer en janvier 2000.
N° d'édition : 18641. N° d'impression : 000159/4.
Dépôt légal : février 2000.